Wiliam Owen Roberts wurde 1960 geboren. Er studierte Walisische Literatur- und Theaterwissenschaft am University College von Wales in Aberystwyth, arbeitete als Drehbuchautor und Fernseh redakteur und ist jetzt freier Schriftsteller.

1989 erhielt er für *Humangofiant*, einen Band mit Kurzgeschichten, das Stipendium des Welsh Arts Council.

Der Roman *Y Pla*, der von seiner Frau Elisabeth ins Englische übersetzt worden ist, wurde 1988 mit dem Welsh Arts Council Prize ausgezeichnet.

Wiliam Owen
Roberts

Der Schwarze Tod

Roman

Aus dem Englischen von
Klaus Berr

Knaur

Dieses Buch wurde auf chlor-
und säurefreiem Papier gedruckt.

Vollständige Taschenbuchausgabe
November 1995
Droemersche Verlagsanstalt
Th. Knaur Nachf., München

Titel der Originalausgabe:
»Pestilence«

Originalverlag:
Hamish Hamilton, London
Umschlaggestaltung:
Agentur ZERO, München
Umschlagabbildung: unter
Verwendung des Gemäldes »Der
heilige Rochus, den Pestkranken
Almosen spendend« (um 1594/95)
von Annibale Carracci, Dresden,
Gemäldegalerie, Alte Meister
Satz: Ventura Publisher im Verlag
Druck und Bindung:
Elsnerdruck, Berlin
Printed in Germany
ISBN 3-426-63033-8

2 4 5 3 1

Für meine Mutter und
meinen Vater

Prolog

Die jüngeren Kinder waren es, die Chwilen Bwm als erste sahen, Chwilen den Maikäfer, der mit einem Sack über der Schulter auf die Kirche zukam.

»Haste da wenigstens was Anständiges drin?«

»Hoffentlich hat das Vieh heuer ein bißchen Mumm in den Knochen.«

Einion Fychan, der junge Aussätzige, humpelte herbei, wurde aber von zwei Leibeigenenmädchen mit hölzernen Mistgabeln verscheucht. Doch er wollte sich den Spaß nicht entgehen lassen und kletterte auf einen etwas abseits stehenden Felsbrokken, um ungestört zusehen zu können. Einige Kinder warfen Apfelbutzen nach ihm. Zuerst wich er ihnen aus und wehrte sie mit den Händen ab, doch da er Angst hatte, das Gleichgewicht zu verlieren und noch mehr Aufmerksamkeit auf sich zu ziehen, ließ er es schließlich mit gleichgültiger Miene über sich ergehen. Den Kindern wurde es bald langweilig, und sie ließen ihn in Ruhe.

Chwilen Bwm setzte den Sack ab und knirschte mit seinen verfaulten Zähnen, das Gesicht zu einer Leidensmiene verzerrt.

»Mein Gott, was für Zahnschmerzen. Die quälen mich schon seit Tagen ...«

Es war die Zeit für den beliebtesten Wettkampf in der Gemeinde, der jedes Jahr an der Nordseite der Kirche abgehalten wurde. Mit Ästen und Schilf war notdürftig ein Pferch abgesteckt worden, und jetzt, am Ende des Tages, strömte die Menge dort zusammen. Vor allem die Leibeigenen freuten sich seit Monaten auf dieses Ereignis, und es gab Gerüchte, daß die eifrigsten

Wettstreiter heimlich geübt hätten: Eines Abends hatte eine Leibeigene, als sie im Wald neben ihrer Hütte die Hühner zusammentrieb, versteckt im Unterholz Spuren eines ähnlichen Pferchs entdeckt.
Hwch Ddu, eine Leibeigene, hatte Mitleid mit Chwilen Bwm.
»Lieber brenn' ich in der Hölle, als so was durchzumachen. Letzten Frühling, da waren sie furchtbar, meine Zahnschmerzen ...«
Alle bekreuzigten sich. Gwythwches, eine alte Frau, die der Lady aufwartete, der Herrin der Gemeinde, packte Chwilen Bwm am Handgelenk.
»Na komm, laß uns mal sehen.«
»Warum denn so eilig? Immer mit der Ruhe, Weib.«
Gwythwches stürzte sich auf den Sack und stupste ihn an.
»Bei der geweihten Pisse des heiligen Bartholomäus, warum schleppst du für unseren Wettkampf bloß so ein dürres, krätziges Ding an?«
Chwilen Bwm spuckte unflätig aus.
»Ich hab' einen abscheulichen Geschmack im Mund. Als hätt' ich drei Tage lang 'ne Hundezunge abgeschleckt.«
»Das bewahrt dich vor allen möglichen Krankheiten.«
»So heißt es«, meinte ein Leibeigener und bekreuzigte sich.
Chwilen Bwm lehnte sich gegen die Kirchenmauer und knirschte mit den Zähnen, bis ihm die Tränen in die Augen traten. Der Schmerz war schlimmer als das Fegefeuer. Er fuhr sich mit der Zunge über den Gaumen und schmeckte den Eiter, saurer als die Eingeweide einer toten Schlange. Er scharrte mit dem Fuß über den Boden und grub den großen Zeh in die Erde. Ein Keiler rannte grunzend vorbei, verfolgt von einer Horde Kinder, die versuchten, ihm auf den Rücken zu springen.
»Na, komm schon, Chwilen Bwm! Jetzt mach schon!« kreischte eine Leibeigene.
»Hoffentlich ist die besser als letztes Jahr.«

»Haste ihr die Zähne angespitzt, hm?«
»Ach, halt's Maul, du blöde Kuh!«
Durch seine Tränen hindurch betrachtete Chwilen Bwm die Gesichter, blinzelnd sah er von einem zum anderen. Grauhäutig, halb verhungert, gierig nach jeder Ablenkung, die ihr erbärmliches Leben ihnen bot ... Ein kleiner Junge schnappte sich den Sack, kämpfte wütend mit den Schnüren, die ihn zuhielten, und fuhr schließlich mit der Hand hinein. Einen Augenblick lang blieb er starr, doch dann lächelte er und zog langsam eine schwarze Katze am Genick heraus. Triumphierend hielt er sie in die Höhe. Er starrte in das Meer staunender Gesichter, hörte das an- und abschwellende Murmeln und Flüstern der Menge. Dann sprang er unvermittelt in den Pferch und warf die Katze auf den Boden.
Ein uralter Mann, so alt, daß niemand wagte, sein Alter zu schätzen, klopfte mit seinem Stab auf den Boden. Die Menge verstummte, als er seine Faust mit zwölf Strohhalmen vorstreckte.
»Nur die sechs mit den kürzesten Halmen dürfen kämpfen«, sagte er mit zitternder Stimme.
Augenblicke später standen rempelnd und johlend sechs kampfbereite Männer vor dem Pferch und ließen sich von sechs anderen die Hände auf den Rücken fesseln.
»Ihr kennt die Regeln«, sagte der alte Mann mit seiner dünnen, leidenschaftslosen Stimme. »Kein Beißen, Treten oder Spukken, und nur die Stirn zum Stoßen.«
Einige in der Menge kicherten, und ein bärtiger Flegel, der etwas abseits stand, grinste. Er hatte fünfmal hintereinander gewonnen. Ein paar Leibeigenenmädchen kreischten und hüpften auf und ab. Nicht selten machten sich einige von ihnen vor Aufregung in die Hose. Der kleine Junge kauerte in dem Pferch und streichelte die verängstigte Katze. Die auserwählten sechs schwangen sich über die Einfriedung, ein anderer hob den

Jungen heraus. Alle sechs Männer starrten die Katze an, die einen Buckel machte und mit dem Schwanz auf den Boden schlug. Das Publikum verstummte.

Auf das »Fertig!« des alten Mannes folgte ein ohrenbetäubendes Brüllen. Die Teilnehmer sprangen ungestüm vorwärts, so leidenschaftlich, so entschlossen, daß die Zuschauer das Gefühl hatten, noch nie, zumindest nicht soweit sich einer von ihnen erinnern konnte, habe es im Bezirk von Eifionydd ein so wüstes Zusammenschlagen von Schädeln, einen so heftigen Kampf gegeben. Ab und zu stürzte einer der Streitenden, und Staub und der Gestank von schweißigen Füßen drangen ihm in die Nase. Und wie sie trampelten. Und einander auswichen. Und ächzten. Und schrien. Und schoben und schlugen und stießen und rutschten und fielen und krochen und bluteten und keuchten. Und das Publikum tobte.

»Hinein mit dir! Hinein damit! Hinein!«

»Tiefer, du da! Tiefer!«

»Kopf! Kopf! Kopf!«

Die Katze war im Gedränge der Füße und Beine und gesenkten Köpfe kaum zu sehen. Nur ab und zu blitzte sie kurz in dem Getöse und dem Staub und der wogenden Masse der Leiber auf. Das Publikum war außer sich.

Einer biß dem Flegel ins Kinn und sprang mit einem Mundvoll Bart zurück. Der Flegel schrie, doch da er die Hände nicht losmachen konnte, warf er den Kopf nach hinten und zertrümmerte einem anderen die Nase.

Der Aussätzige hüpfte auf seinem Felsen auf und ab und wischte sich mit dem Handrücken ungeduldig seine triefende Nase.

Die Katze jaulte. Die Zuschauer pfiffen und buhten. Roter Staub wehte auf. Dreckige Füße kämpften um Boden. Der Abendhimmel verblaßte. Die Schreie wurden lauter. Der Staub stieg höher. Schreie … Staub … Schreie … Staub …

Und ein dünner Blutfaden an der Kirchenmauer.

Pasteurella Pestis

1

Weit entfernt von diesem Ort schien beharrlich die Sonne auf die zierlichen Arkaden, die marmornen Höfe und die klingenden Brunnen der Madrasa, der berühmten Akademie des Sultans Hasan in Kairo. Ein Jahrhundert zuvor war Bagdad den Mongolenhorden in die Hände gefallen, und jetzt war Kairo die Hauptstadt der muslimischen Welt. Die Gebäude der Madrasa waren noch nicht ganz vollendet, aber das Herz der Akademie, die Haupthalle, präsentierte sich bereits in ihrer ganzen strengen Schönheit. Hoch wölbte sich das Dach, bis in die Unendlichkeit des Himmels, wie es schien, über den Gruppen von Studenten, den *ulmas*, die sich um ihre Lehrer versammelt hatten. Als Kinder kamen die auserwählten zukünftigen Gelehrten hierher und verbrachten ihre Jugend mit dem Studium des Heiligen Korans und seiner Traditionen, die sie ebenso auswendig lernten wie die komplizierten Gesetze der *fiqh*. Erst nach vielen Jahren hingebungsvollen Studierens konnten sie als Missionare in jeden Winkel der muslimischen Welt und weiter hinaus geschickt werden.
Und hier stand der junge Student Salah Ibn al Khatib kurz vor einem wichtigen neuen Abschnitt seines Studiums. Zehn Jahre lang, seit seinem siebten Lebensjahr, hatte er täglich Vorlesungen über das Gesetz des Propheten gehört und es auswendig gelernt, wie es im Heiligen Koran geschrieben stand. Man hatte ihn gelehrt, daß der Mensch mit seinem Verstand versuchen mußte, das von Allahs göttlichem Willen erschaffene Universum zu begreifen, daß er in Übereinstimmung mit diesem göttlichen Willen ein gerechtes Gesellschaftssystem erfinden und einfüh-

ren mußte, daß es Gottes Gebot an den Menschen war, Begierden und weltliches Verlangen zu zügeln, und er hatte gelernt, wie erhaben die Ewige Weisheit war, verglichen mit der Geringfügigkeit und Bedeutungslosigkeit der irdischen Existenz des Menschen. Salah konnte sich nicht mehr an eine Zeit erinnern, in der er nicht den *muqri* aus dem Einen Buch hatte vorlesen hören, eine Zeit, in der er sich nicht täglich in dessen geheiligte Wahrheiten vertieft hatte. Sechsmal hatte er es von Anfang bis Ende gelesen: einhundertzwanzigtausend Worte, einhundertvierzehn *suras* und sechstausend *ayas*. Der Ruf der Madrasa gründete sich auf das Auswendiglernen, und einige der *muqris* hatten mit der Schönheit ihrer Stimmen und ihrem kunstvollen Vortrag der Schriften Reichtum und Ehre erworben. Salah hatte sich, Satz um Satz, Abschnitt um Abschnitt und durch ständige Wiederholung, das Heilige Buch zu eigen gemacht, hatte sich in dessen Weisheit versenkt, bis er gleichsam zu einem Faden geworden war in diesem reichen Teppich, der jedem Teil des Universums Gestalt und Sinn gab. Fast alles, was er wußte, ob über seine Mitmenschen oder über die Welt außerhalb der hohen Mauern der Madrasa, stammte aus den Verkündigungen seiner Lehrer. Salah hoffte, am Ende seiner Lehrzeit Antworten auf einige der ewigen Fragen zu finden, der Fragen nach dem Ursprung und der Bestimmung der menschlichen Rasse, dem Verhältnis von menschlicher Natur und göttlicher Ordnung und nach dem Willen des Ewig Gnädigen.

Ja, an diesem Ort, in der Ruhe von weißem Marmor und grünem Blattwerk, von fallendem Wasser und strahlender Heiterkeit der Sonne, bereitete Salah Ibn al Khatib sich vor auf das geheiligte Abenteuer seines ersten Haddsch, der Pilgerfahrt nach Mekka, Geburtsort des Propheten, die er unternehmen wollte, bevor er an der Madrasa sein Studium abschloß. Doch an diesem Ort und zu dieser Stunde trafen traurige Nachrichten ein ... Traurige Nachrichten und für Salah schlechte Nachrichten.

Salah, so hieß es, sei das Abbild seines reichen und mächtigen Vaters. Er sei standhaft und aufrecht und habe, so hieß es weiter, die Kraft eines dreijährigen Kamels. Unter einem Schopf widerspenstiger schwarzer Haare wölbte sich eine breite, ausgeprägte Stirn. Seine feingeschnittene Nase mit dem aristokratischen Haken stand zwischen runden schwarzen Augen mit kaum merklichen braunen Einsprengseln, und seine Haut war ungewöhnlich hell: Wenn er zornig war oder über einer schwierigen theologischen Frage brütete, pulsierte eine blaue Ader an seiner linken Schläfe. Sein Mund war klein, und ein ironisches Lächeln schien dort zu nisten, mit dem er, so mochte man vermuten, die Gelehrsamkeit seiner Meister in Frage stellte. Doch in Wahrheit war sein Lächeln frei von Arglist und Zynismus. Sein Gang war, wie es der langen Tradition der Madrasa entsprach, ein etwas geziertes Gleiten, aber wenn ihm jemand nachrief, sah er nicht nur über die Schulter, sondern blieb stehen und drehte sich um. Salah Ibn al Khatib war jung und sprühte vor Lebenskraft und Ehrgeiz, denn er hoffte, ein Missionar zu werden oder vielleicht sogar ein Bibliothekar der Akademie.

Doch jetzt, da sein Herz klopfte bei dem Gedanken an die bevorstehende Pilgerfahrt, war sein Onkel in die Madrasa gekommen und hatte ihm traurige, schlechte Nachrichten überbracht.

»Sehr krank?«

»Sehr krank«, erwiderte sein Onkel, Ahmad al Khatib, mit einem Kopfnicken, und dann durchschritten sie gemeinsam mit ernsten Gesichtern die marmornen Höfe und fein geschwungenen Arkaden der Madrasa und traten durch die winzige Gittertür in dem riesigen Portal hinaus in den Lärm, das dampfende, hektische Treiben von Kairo.

2

Es hatte eine Frühmesse gegeben, aber das Hochamt und die Vesper wurden am Nachmittag gefeiert. Zu diesem Gottesdienst versammelten sich die Freien und ihre Tiere in einem Halbkreis vor dem Kirchenportal. Das Fest des heiligen Michael und der Schutzengel fiel auf den gleichen Tag wie das eines obskuren Ortsheiligen, Hermon, Beschützer und Verteidiger von Rindern und Schafen, und so tummelte sich auf dem Kirchhof das Vieh, das mit seinem Muhen und Blöken den Gottesdienst beinahe übertönte.

Zwischen zwei Kindern von Leibeigenen mit Kerzen in den Händen trat Iolyn der Priester aus der Kirche. Iolyn kümmerte sich um das Seelenheil aller in dieser Gemeinde, das der Freien und das der Leibeigenen, und an diesem Tag sogar um das des Viehs. Er war klein und blaß, hatte jedoch breite Schultern und Hände wie Schaufeln. Seine Zunge schien zu groß zu sein, und wenn er die Gebete sprach, klang es, als hätte er ein Ei im Mund. Doch heute ging er würdevoll von einem Tier zum anderen und segnete es. Er trug eine Monstranz mit einem Bildnis der Heiligen Jungfrau, die Freie und Leibeigene küssen mußten, wenn er vorüberging.

Nachdem Iolyn der Priester die Tiere gesegnet hatte, wurden sie an Pflöcke gebunden, die man eigens für dieses Fest in die Erde des Kirchhofs gerammt hatte. Danach betraten die Freien mit Getreidegarben, Armen voller Heu und flachen Körben mit Obst die Kirche und legten die Gaben vor den Altar, bevor sie niederknieten, um zur Jungfrau und zu den Heiligen zu beten.

Die Kirche war ein schlichtes Gebäude, Altar und Kanzel, der Taufstein an der Westtür, die niedrige Krypta und der stämmige

Glockenturm, sogar die wenigen Reliquienschreine und der Beichtstuhl waren aus örtlichen Materialien roh herausgehauen. Meist wetteiferte der feuchte Geruch des Lehmbodens mit dem Gestank der Gläubigen, doch da an diesem Tag die Tür geöffnet war, wehten die Gerüche des Spätsommers herein und vermischten sich mit dem Duft von Getreide und Äpfeln. Die Sonne strömte durch die schmalen, unverglasten Fenster, Samenkörner schimmerten, und Staubflöckchen tanzten in den goldenen Strahlen.

Nach dem Hochamt verließ die Gemeinde die Kirche. Draußen im Sonnenschein spielten und sangen die Kinder des Ortes und des Umlandes.

Clefyd clefyd byth i mi
Na byth i nheulu chwaith.

Keine Pest für mich,
keine Pest für mich,
und auch für meine
Familie nicht.

Dann spuckte ein halbes Dutzend Kinder auf den Kadaver einer Seemöwe, eins nach dem anderen.

Ein Esel schrie, ein paar Pferde drängten sich aneinander. Iorwerth Gam, Iorwerth der Gerissene, ein Freier mit zwei Söhnen und einer Tochter, Nest, wandte sich an seinen Nachbarn, Mato ap Tudur Hen, einen anderen Freien.

»Mit dem Pferd da hinten stimmt was nicht.«

»Wahrscheinlich Druse, oder was meinst du?«

»Kann schon sein.«

»Jetzt sollt's wieder besser werden, wo's doch gesegnet ist.«

»Durch die Gnade des heiligen Hermon und des heiligen Michael und Unserer Lieben Frau.«

»So ist es.« Und beide bekreuzigten sich.
Später, als auch das Vieh der Leibeigenen einen gemeinschaftlichen Segen erhalten hatte, trotteten Freie und Leibeigene davon, die meisten in den Schatten der Bäume, wo sie sich hinsetzten und plauderten. Eine Horde Kinder lief davon, um Vogelnester zu plündern. Der strahlende Tag war Grund zur Freude, und die Leute wandten das Gesicht der Sonne zu, als wollten sie sie anbeten.
Ieuan Ddu, der Steward, Verwalter der Gemeinde, kam aus der Kirche und spürte die Sonne warm auf seinem Gesicht. Er schloß die Augen und lauschte dem Schreien der spielenden Kinder, dem Zwitschern der Vögel in den Bäumen und dem entfernten Ruf eines Kiebitzes. Alle waren guter Laune, und ihn durchzuckte der Gedanke, wie schön es doch wäre, in einem Land zu leben, in dem das ganze Jahr über ein solches Klima herrschte. Keine Verzweiflung mehr, keine Angst mehr vor der Kälte des langen Winters. Welch ein glückliches und gesegnetes Leben.
Er ging langsam auf das Herrenhaus zu, vorbei am Pferdestall, an der Scheune und dem niedrigen Kuhstall. Wie diese war auch das Herrenhaus ein niederes, rechtwinkliges Gebäude, mit einem Dach aus langen Holzlatten und einem Bewurf aus Lehm. Es sah beinahe fremd aus in der Nachmittagssonne, denn nach dem langen Sommer war die Erde rundum staubig und hart. Doch schon bald würden die Leute wieder, schwankend wie Betrunkene, durch knietiefen, dicken schwarzen Schlamm waten.

3

Salah Ibn al Khatib stand am Fenster des weißen, leeren Zimmers seines Vaters und sah hinaus auf Ströme von Pilgern mit ihren Kamelen, die zur langen Pilgerfahrt nach Mekka aufbrachen. Er wandte sich ab und kauerte sich neben das Bett seines Vaters.

Das Schweigen dauerte fort. Am anderen Ende der Stadt rezitierte ein *muqri* aus dem Heiligen Buch, seine Stimme hallte über die Dächer. Salahs Vater versuchte zu sprechen, aber aus seiner Kehle kam nur ein gequältes, gurgelndes Geräusch. Salahs Onkel legte das Ohr an die Lippen seines Bruders. Er und Salah warteten, steif und schweigend.

Der Kranke versuchte es noch einmal. Er sagte etwas, klar und deutlich diesmal, doch das Blöken einer Ziege unter dem Fenster übertönte für Salah die Worte seines Vaters.

Und dann starb der Vater.

Einige Zeit später führte Ahmad al Khatib seinen Neffen aus dem Zimmer. Ahmad war sehr erregt und zitterte am ganzen Körper, als er Salahs Handgelenk ergriff. Salah schrieb es dem Kummer zu, der seinen Onkel überwältigt hatte, er selbst allerdings war sehr gefaßt. In den vielen Monaten der Krankenbesuche bei seinem Vater hatte er sich an den Gedanken des Todes gewöhnt, und wenn er nun auch ein gewisses Maß an natürlicher Traurigkeit empfand, hatte er dies doch vorausgesehen und als unausweichlich betrachtet. Da er zudem fast sein ganzes Leben hinter den Mauern der Madrasa verbracht hatte, kannte er seinen Vater kaum.

Ahmad schneuzte sich und sah sich um. Er stammelte leicht beim Sprechen.

»Du mußt sofort mit mir kommen. Du kehrst nicht mehr in die Madrasa zurück.«
»Aber –«
»Hör zu. Wir haben keine Zeit zu verlieren. Ich werde dir später alles erklären. Aber jetzt pack deine Habseligkeiten zusammen.«
»Was? Darf ich nun doch auf meinen Haddsch?«
»Nicht ganz.«
Ahmad sah ihn mitleidig an. Er strich sich mit der Hand über das Gesicht, bevor er weitersprach.
»Nun ja, so eine Art Haddsch. Ein Haddsch von anderer Natur.«
Salah legte den Kopf schräg und beobachtete, wie sich sein Onkel den Schweiß vom Gesicht wischte. Noch nie hatte Salah ihn schwitzen sehen. Und nun schwitzte er wie ein Schwein im Schlachthaus. Ahmad war für gewöhnlich ein zurückhaltender Mann, beherrscht und umsichtig. Aber jetzt schien er vollkommen außer sich zu sein, er zitterte und war in heller Aufregung wegen der letzten Worte seines Bruders …
… Es lief darauf hinaus, daß Salah unverzüglich zu einer Reise aufbrechen mußte, tief ins Herz des dunklen Kontinents, zur Wiege der Ungläubigen, um dort den König von Frankreich zu töten, Philipp von Valois, der in einer weit entfernten Stadt namens Paris lebte. Der Großvater dieses Mannes war verantwortlich für den Tod des Großvaters von Salah Ibn al Khatib, der bei einem dieser gottlosen Überfälle ums Leben gekommen war, die die Ungläubigen Kreuzzüge nannten. Und diese schreckliche Tat wurde in einem Buch gepriesen, das unter den rückständigen Ungläubigen sehr beliebt war, ein Buch mit dem Titel *Gesta Dei Francos* – oder, wie Ahmad es übersetzte, »Das Werk Gottes, vollbracht von den Franzosen«.
Und so kam es, daß Ende September des Jahres 1347 Salah seine Kindheit und die stillen Höfe der Madrasa, die Welt des Lernens und der stillen Betrachtung und die heitere Unveränderlichkeit

des Heiligen Buches verließ und sich auf den Weg machte in die von Menschen wimmelnde Hafenstadt Alexandria.
Zur gleichen Zeit trat etwas anderes seine lange und schreckliche Reise an, es verließ das Schwarze Meer und bahnte sich unbarmherzig einen Weg auf den Kontinent Europa zu …

4

Gegen Ende September im Jahre des Herrn 1347 begab sich ein Sheriff Depute, Vertreter der Krone in der Grafschaft und in dieser Funktion auch Richter, zusammen mit seinem Schreiber, Bruder Dafydd, einem kleinen Trupp Fußsoldaten, einem farbenfroh gekleideten Spielmann und einem Leibeigenen in die Gemeinde Dolbenmaen im Bezirk von Eifionydd. Es war der erste Besuch des Sheriff Depute in der Gemeinde. Er wandte sich an Bruder Dafydd.
»Könnt Ihr mir eine Vorstellung geben von dem, was mich erwartet?«
»Was wollt Ihr wissen?«
»Ich weiß, daß Lord Rhys ap Dafydd ap Madog seit mehr als drei Jahren in der Picardie für unseren König kämpft. Daß seine Frau Angharad, Tochter von Madog, gesund und wohlbehalten ist und daß die Gemeinde von Dolbenmaen im Namen der Königinmutter Isabella von einem Steward verwaltet wird. Wie ist dieser Steward?«
»Wie soll ich es sagen? Jemand hat einmal behauptet, der Steward von Dolbenmaen – er heißt übrigens Ieuan Ddu, der Schwarze Ieuan – sehe aus, als habe er seit seiner Kindheit nichts anderes zu essen bekommen als Holzäpfel, und auch

davon nicht genug. Seine Beine sind so dünn wie die eines Rotkehlchens.«
Der Sheriff Depute lächelte höflich. Bruder Dafydd errötete angesichts einer so erlauchten Anerkennung seines Witzes und fuhr fort: »Es ist eine sehr arme Gemeinde. Nur Marschland, bis auf einen kleinen Streifen Wiese. Von dieser Wiese abgesehen, hat die Krume kaum Tiefe. Obwohl natürlich der Sumpf tiefer reicht als der Stiel einer Harke.«
»Was ist mit der Lady? Gibt es da etwas, das ich wissen muß?«
Der Schreiber, dem der Zölibat Fesseln anlegte, tat die Frage geringschätzig ab.
»Eine Frau ist eine Frau. Mehr braucht Ihr nicht zu wissen.«
Dem Sheriff Depute war sein Amt erst ein Jahr zuvor verliehen worden, kurz nach dem Fest des heiligen Eustachius, und es mangelte ihm noch ein wenig an Selbstvertrauen. Zu verdanken hatte er das Amt vorwiegend den Verbindungen seiner Familie und seiner anhaltenden Begeisterung für die Feldzüge des Schwarzen Prinzen. Eine Zeitlang hatte er als Offizier unter Adam Heyne von Conwy gedient, dem damaligen Regenten von Llyn. Obwohl er Walisisch verstand, zog er es vor, Französisch zu sprechen. Es war schließlich die Sprache der Regierung, der Kultur und der Zivilisation, die *lingua franca* der Christenheit. Auch mit Bruder Dafydd sprach er Französisch, denn er nahm zu Recht an, daß der Mönch das seiner Muttersprache vorzog. Obwohl er es bei weitem nicht fließend sprach, verlieh es ihm Status, und wenn es ihm gelang, einen komplizierten Gedanken ohne allzu viele Fehler auszudrücken, schwoll ihm die Brust, und er hüstelte gekünstelt. Der Sheriff Depute bemerkte das wohl, und er war stolz auf seine Gerissenheit und seinen Takt. Bruder Dafydd war so leicht zu durchschauen, es gab nichts Einfacheres, als seiner Eitelkeit zu schmeicheln. Leute, die in drei Sprachen schreiben konnten, waren rar, und so war er ein nützliches Werkzeug.

Bruder Dafydd hatte den Depute schließlich überzeugt, daß nicht mehr als sechs Fußsoldaten nötig seien, um sie auf ihrer richterlichen Rundreise durch Eifionydd zu begleiten. Sechs genügten durchaus, hatte er behauptet, und es würde überall laute Klagen geben, wenn man für mehr als sechs Unterkunft verlangte. Aber der Depute hatte kein großes Vertrauen in die Sicherheit der walisischen Landstriche. Seit König Edward III. vor zehn Jahren gegen die Franzosen in den Krieg gezogen war, gestaltete sich das Leben für die Bevölkerung beinahe unerträglich hart. Vor zwei Jahren war es in Caernarfon zu einem Aufstand gekommen, bei dem einer der Stellvertreter des Königssohnes ermordet wurde, und das nur vier Wochen nach der Investitur dieses Sohnes als Prinz von Wales. Es hatte andere Zwischenfälle gegeben, andere Morde, und der Bischof von Bangor hatte mit der Behauptung, er sei nur dem Papst Rechenschaft schuldig, Abgesandten des Königs den Zutritt zu seinem Land verweigert.
Aber Bruder Dafydd, so beruhigte sich der Sheriff Depute, hatte in solchen Dingen immer recht. Genaugenommen sogar auf eine höchst ärgerliche Weise: Nie schien er auch nur den geringsten Fehler zu machen. Und da saß er nun auf seinem sanften Maultier, leise vor sich hin murmelnd, auf der Stirn dieses riesige Muttermal in der Form der Mappa Mundi, die der Depute einmal gesehen hatte: die Weltkarte, die den Pilgern den Weg nach Jerusalem wies. Hinter ihnen sang der Spielmann, Guirault de Bornelh, den Fußsoldaten vor, die den entlaufenen Leibeigenen bewachten.

Le plus beau corps qui soit
né d'une mère
Est dans mes bras et
j'émeus guère
Du jaloux né de l'aube.

Der schönste Leib,
den je eine Mutter geboren,
Liegt in meinen Armen,
und nicht rührt mich
Der Eifersücht'ge,
den der Morgen gebiert.

Lächelnd trieb der Sheriff Depute seinen Zelter zu einem forschen Trab an, und im Dahinreiten streiften die Blätter der Bäume zu beiden Seiten sein Gesicht. Doch ein vertrauter Schmerz zwischen den Hinterbacken hemmte ihn. Kein Wunder, daß man Hämorrhoiden »Ritters Fluch« nannte. Er zuckte zusammen und zügelte sein Pferd.

5

Bald nach Tagesanbruch besuchten sie die Messe, und als die Sonne ihren langen, langsamen Weg über den Herbsthimmel antrat, kehrten der Sheriff Depute, Bruder Dafydd, Ieuan Ddu, Iocyn Fach, Schmied der Gemeinde, und die Freien – unter ihnen Mato ap Tudur Hen, Iorwerth Gam, Tegwared ap Rhys, Iorwerth Foel – in Begleitung der Fußsoldaten in das Herrenhaus zurück. Man setzte sich auf Bänke, die man von der Kirche mitgebracht hatte. Frauen, Priestern, Leibeigenen und Kindern verbot das Gesetz während des Besuchs des Sheriff Depute den Zutritt zum Herrenhaus. Nur einem einzigen Leibeigenen wurde, als Vertreter seines Standes, nach der Anhörung der Freien eine Audienz gewährt.

Ieuan Ddu erhob sich und begrüßte die Freien von den Lehnsgütern.
»Den Sheriff Depute sehen wir heute zum erstenmal, aber Bruder Dafydd kennen wir bereits von der Osterrundreise. Also, soweit ich weiß, wird es diesmal eine neue Regelung geben ...«
Der Steward war ein unbeholfener, langweiliger Redner, und der Sheriff Depute ertappte sich dabei, wie er das hagere, bärtige Gesicht und die dürren Beine anstarrte. Rotkehlchenbeine ... er unterdrückte ein Lächeln.
Eine Verlegenheitspause entstand, und die Freien hüstelten und scharrten mit den Füßen. Bruder Dafydd zögerte, da er glaubte, der Depute wolle etwas sagen, doch dann nickte Ieuan Ddu ihm zu. Er erhob sich.
»Der Gerichtstag zu Michaeli im Jahr des Herrn 1347, dem fünften Jahr der Herrschaft unseres Allerheiligsten Vaters Clemens VI. Da es uns obliegt, jeden Bezirk zu besuchen, ist es nötig geworden, die Verweilzeit in den einzelnen zu beschneiden«, einige Freie sahen sich betroffen an, »deshalb gilt als neue Regel in der gesamten Grafschaft, daß während der Versammlung eine Kerze brennt«, er zündete die bereitliegende Kerze an, »die bei Beginn der Frühmette gelöscht und nach der Vesper wieder angezündet wird. Die Versammlung ist zu Ende, wenn die Kerze niedergebrannt ist.«
Iorwerth Gam sprang auf.
»So etwas habe ich noch nie gehört. Von wem stammt denn diese blöde Regel?«
Bruder Dafydd starrte ihn böse an.
»Das ist fortan Gesetz. Wenn es Euch gefällt, dürft Ihr gern Eure Beschwerde am letzten Tag eines jeden Monats vor dem Grafschaftsgericht in Caernarfon vorbringen.« Das würde auch den lautesten Einwand zum Verstummen bringen, denn niemand wollte den langen Weg nach Caernarfon auf sich nehmen, um dann seinen Fall in einer fremden Sprache und vor lauter Frem-

den verhandeln zu lassen. Murrend setzte Iorwerth Gam sich wieder.
Der Depute freute sich über den Einfallsreichtum des Mönchs. Hatte diese Nachricht erst einmal die Runde gemacht, würden auch die anderen Bezirke sich fügen.
Damit war der Gerichtstag eröffnet, obwohl einige Freie immer noch verärgert vor sich hin murmelten; die Kerze würde niedergebrannt sein, lange bevor jeder sein Anliegen vorgebracht hatte. Iocyn Fach, der Schmied, erhob sich als erster.
»Sheriff Depute, Bruder Dafydd, ich will nur eine einfache Antwort. Ich meine mich zu erinnern, daß ich das bereits bei dem Gerichtstag an Ostern vorgebracht habe. Also, ich und einige andere Männer von den Lehnsgütern haben das Fischereirecht für den Fluß Aberglasyn, an der Grenze zum Bezirk von Aurudwy. Schon seit unvordenklichen Zeiten legen wir dort unsere Leinen und Netze aus. Aber jetzt hat uns jemand im Namen des Königs dieses Recht genommen. Wer das war, weiß ich nicht mehr so genau. Aber er hat den Fluß an sich gerissen, was gegen Gesetz und Tradition verstößt.
Deshalb bitten ich und einige Eurer freien Lehnsmänner, dieses Unrecht wiedergutzumachen. Wir alle haben nach dem Gesetz das Recht zu fischen. Sogar die Leibeigenen.«
Iocyn Fach setzte sich wieder. Der Depute wandte sich an Bruder Dafydd um Rat.
»Roger de Mortimer aus Chirk, Chief Justice für Nordwales, hat den Fluß im Namen der Krone in Besitz genommen.«
Der Depute kannte zwar den Namen, hatte aber den Chief Justice, den Obersten Richter für diese Gegend, noch nicht kennengelernt, da dieser in Frankreich an der Seite von König Edward und dem Schwarzen Prinzen gekämpft hatte. Bruder Dafydd erhob sich.
»Die Beschwerde wurde an den Kronrat weitergeleitet, doch wir haben bis heute keine Antwort erhalten –«

»Aber ich habe diese Beschwerde doch schon an Michaeli im letzten Jahr vorgebracht«, rief Iocyn Fach, ohne sich zu erheben. Dafydd wandte sich an den Sheriff Depute, der mit leicht bebender Stimme antwortete.

»Habt Geduld und findet Euch mit der Verzögerung ab. Aus Eile ist noch nie Gutes entstanden. Der Mann, den Ihr beschuldigt, kämpft an der Seite des Königs und kann nicht für sich selbst sprechen. Zur gegebenen Zeit wird die Sache unserem königlichen Herrn vorgelegt werden, und Euch wird Gerechtigkeit widerfahren.«

»Wer ist der nächste?« fragte Ieuan Ddu, der ein wachsames Auge auf die Kerze hatte. Bruder Dafydd sah, wie Mato ap Tudur Hen aufstand und seinen Federkiel weglegte.

»Es ist immer die gleiche Geschichte. Ich habe diese Beschwerde an Ostern vorgebracht und an Michaeli im letzten Jahr und im Jahr zuvor und davor auch schon und auch schon in einer Zeit, da einige von Euch noch gar nicht geboren waren. Eure Lehnsmänner sind arm, mein Lord. Manchmal geht es den Leibeigenen, die Frondienst verrichten, besser als uns Freien.«

Einige der Freien sahen sich verstohlen lächelnd an.

»Und wir sind arm aus dem sehr einfachen Grund, daß es uns nicht gestattet ist, unser Land zu verkaufen, wie Ihr es nach dem Gesetz von England könnt. Ein Mann mit fünf Morgen und fünf Söhnen muß sein Land gleichmäßig unter ihnen aufteilen. Aber wie kann jemand mit einem so erbärmlichen Stückchen Land seinen Lebensunterhalt verdienen? Wenn wir kaufen und verkaufen könnten, wäre alles viel besser – für uns, für den König und für die Familien. Es würde uns Sorgen und Neid und Feindseligkeiten ersparen. Land und Vieh sind in dieser Gegend fast immer die Ursache für Streitereien und Fehden.«

Bruder Dafydd erhob sich schwerfällig.

»Die Antwort bleibt die gleiche: Der König ist entschlossen, an die uralten Traditionen der Waliser nicht zu rühren.«

»Außer wenn es ihm paßt«, flüsterte jemand. Der Sheriff Depute kam dem Mönch zu Hilfe.

»Est avis conseil qu'il est afere que les francs tenants les facent il plest Roi.«

Als nächster erhob sich Tegwared ap Rhys.

»Es war ein schweres Jahr. Wir haben zur Heiligen Jungfrau gebetet, wir haben Gelübde abgelegt und Buße getan vor Gott dem Allmächtigen, und trotzdem war das Leben schwer, sehr schwer –« Tegwared war berüchtigt für seine Weitschweifigkeit. »Wirklich sehr schwer, das kann ich Euch sagen. Ich schwöre Euch, seit Jahren hatten wir keine so schlechte Ernte mehr. Obwohl, wenn ich darüber nachdenke, das letzte Jahr auch nicht so gut war. Und das Jahr davor auch nicht, wenn ich mich recht erinnere. Den ganzen März und den ganzen April über stürmte es, und ohne Zweifel –«

»Was habt Ihr dem Sheriff Depute zu sagen?« fragte Bruder Dafydd ungeduldig.

»Was ich ihm zu sagen habe? Ich sage ihm folgendes. Nämlich möchte ich ihm sagen, daß ...«

Ein unbehagliches Schweigen entstand, während der alte Mann mit mahlenden Kiefern nach Worten suchte.

Alle Augen waren auf ihn gerichtet.

Die Röte stieg ihm ins Gesicht, und er setzte sich verwirrt. Jemand kam vom Eingang des Saales nach vorn gelaufen.

»Ich hoffe, ich bin nicht zu spät dran.« Eryl Fychan sprach schnell. »Ich bin hier wegen meines Bruders, Einion Fychan. Iolyn der Priester wird meine Geschichte bezeugen. Mein Bruder hat bereits die Sterbesakramente empfangen, man hat ihm Erde auf die Füße gestreut, und jetzt lebt er im Dunkel, wie es heißt –«

»Der Aussätzige«, flüsterte Bruder Dafydd dem Depute ins Ohr.

»Aber jetzt hat sich einiges geändert. Kurz vor Ostern ist unser

Vater gestorben, und da Einion im Dunkel lebt, sollte doch eigentlich ich alles erben, alles Land.«

»Keine anderen Söhne?«

»Nein. Keine.«

»Ihr seid Euch bewußt, daß es Eure Pflicht ist, Euch um Euren Bruder zu kümmern und ihn zu versorgen bis an sein Lebensende?«

Es gab eine kurze Pause.

»Ja, das bin ich.«

»Das ist es, was das Gesetz vorschreibt.«

»Er ist draußen, wenn Ihr ihn –«

Aber der Sheriff Depute schüttelte ablehnend den Kopf.

»Euer Wort ist genug, Eryl Fychan.«

Eryl drehte sich um und ging mit einem säuerlichen Lächeln davon.

Die Kerze brannte noch, doch bis zur Vesper hatte sich mehr als die Hälfte in Rauch aufgelöst.

6

In weiße Gewänder gehüllt, stand Salah Ibn al Khatib auf Deck und sah hinaus auf die verblüffende Weite des Wassers, das blau und golden wogte, so weit das Auge reichte. Nicht im Traum hätte er sich vorgestellt, daß es so etwas gab wie diesen endlos stummen Kreis aus Meer und Himmel, auf dem funkelnd das Licht tanzte. Stundenlang war er in die Betrachtung dieser neuen, fremden Welt versunken, Wasser ringsumher, Wasser bis zum Horizont, und nie auch nur eine Andeutung von Land. Manchmal verspürte er den Drang, einfach über die Reling zu

steigen und das Wasser zu betreten, als wäre es eine dicke Schicht glänzenden Glases. Er sah dem Kielwasser nach, das hinter ihnen aufschäumte, und lächelte, als er an den asthmatischen kleinen Juden dachte, dessen Brust während ihrer Unterhaltung wie ein Blasebalg an- und abgeschwollen war, diesen keuchenden Gauner, ihm eingeredet hatte, dies sei das richtige Schiff für ihn, und der ihm den Kapitän, Giovanni di Marco Villani aus Genua, vorgestellt hatte.
Das Schiff sei, so hatte der Kapitän geschworen, im Lauf der Jahre einige tausend Male über Cádiz nach Calais gesegelt. Na ja, einige hundert Male zumindest. Es sei eine unabänderliche Tatsache, daß er die Reise einige zehn Male gemacht hatte, was andere auch behaupten mochten. Er gebe ihm sein Wort, er sei bereit, den heiligsten Eid zu schwören, daß er, günstiges Wetter natürlich vorausgesetzt, Cádiz in spätestens einem Monat erreichen werde. Habe sein Schiff denn nicht zweimal diese gefährlichste aller Reisen überstanden, zu den Ländern, wo den Menschen die Köpfe aus der Brust wuchsen und wo Kannibalen lauerten? War er denn nicht weit in den Süden des staubigen, trockenen Marokko gesegelt, wo sanfte Brisen die Bäume umschmeichelten und wo Riesen wohnten, die nur ein Auge in der Mitte ihrer Stirn hatten und schon zu Mittag zwei ausgewachsene Kamele verspeisten? Aber seit dieser tapfere Kapitän, Iaborik al Achita, dessen Mutter aus Compostela stammte, sich zu weit hinausgewagt hatte und vom Rand der Welt gestürzt war, hatte eisige Furcht alle Seefahrer in den Häfen eines jeden Landes gepackt, und Reisende zögerten, außer Sichtweite des Landes zu segeln.
So kam es, daß Salah Ibn al Khatib sich an einem Spätsommertag einen Weg gebahnt hatte durch die Straßen von Alexandria, deren wimmelnde Massen auch den tapfersten von Allahs Söhnen erschreckt hätten, und sich, immer in Richtung der blauweißen Fahne, die schlaff an der Maststange baumelte, bis zum

Schiff des Juden vorgearbeitet hatte. Vorbei an Sklaven, die ächzend und fluchend schwere Bündel und Truhen auf das Schiff luden, war er das Fallreep hochgestiegen …

… Das Schlimmste war jetzt vorüber, das hoffte er zumindest. Sein erster Tag auf See war ein Alptraum gewesen. Hundeelend war ihm gewesen, immer und immer wieder hatte er sich, jeden Anstand fahrenlassend, über die Reling erbrochen. Auf den Rat des Kapitäns hin hatte er versucht zu essen, doch alles, was er hinunterwürgte, kam sofort wieder hoch, eine gelbe und grüne und braune Brühe mit Brocken von Fleisch, Obst und Gemüse. Er hatte seine Kleider beschmutzt, die Hände, das Deck, die Takelage, alles. Sein helles Gesicht war noch blasser geworden, und der Kapitän, ein erbarmungsloser Witzbold, hatte gemeint, wenn er so weitermache, werde aus ihm noch ein anständiger Christ werden, bis sie Cádiz erreichten.

Mit einem säuerlichen Lächeln massierte Salah seinen gequälten Bauch. Konnte es eine schlimmere Strafe geben für einen verwöhnten Sohn der Madrasa? Für einen, der zehn Jahre in kultivierter und gelehrter Abgeschlossenheit verbracht hatte, um das Heilige Buch Wort für Wort auswendig zu lernen? Doch jetzt fühlte er sich endlich besser und konnte auch wieder etwas zu sich nehmen, ohne gleich darauf elend über der Reling zu hängen und die Fische zu füttern. Er zog einige Datteln aus den Falten seines Ärmels und begann zu kauen. Der Kapitän kam dazu, stellte sich neben ihn und sah auf das Meer hinaus. Eine Zeitlang schwiegen sie. Dann begann der Kapitän ein Gespräch.

»Schade, daß der Wind nachgelassen hat. So wird unsere Reise ein paar Tage länger dauern.«

»Aber wir werden Cádiz doch bis zum Ende des Monats erreichen?«

»Wahrscheinlich schon.«

Der Ausguck rief etwas von seinem hohen Krähennest herunter.

Der Kapitän antwortete in einer Sprache, von der Salah kein Wort verstand, und wandte sich dann wieder Salah zu.
»Habt Ihr das verstanden? Wohl kaum. Das war das Rotwelsch der Diebe von Siena. Ich spreche sieben Sprachen. Aber Gauner haben natürlich ihre eigene Sprache.« Er lachte auf. »Er sagt, daß er in einiger Entfernung ein Schiff entdeckt hat, aber nicht erkennen kann, unter welcher Flagge es fährt. Wenn es überhaupt unter einer fährt. Es wird langsam Zeit, daß jemand etwas erfindet, mit dem man entfernte Dinge sehen kann, als wären sie nah ...«
»Piraten?« Salah bekam Herzklopfen.
»Möglich.« Der Kapitän spuckte ins Meer, ohne den jungen Mann des Islam anzusehen.

7

Während der junge Salah Ibn al Khatib im Mittelmeer über Piraten grübelte, haderte im Bezirk Eifionydd ein rothaariger Freier, Rhys ap Madyn ap Espyn, mit dem Sheriff Depute.
»Ich habe es am Gerichtstag an Ostern gesagt, und ich sage es jetzt wieder! Ich weiß nicht mehr, wie oft ich schon zur Heiligen Jungfrau gebetet habe, daß endlich etwas unternommen wird. Es ist zwei Tage nach Mariä Verkündigung passiert, es ist, ich weiß nicht mehr wie oft schon, davor passiert, hier und in Aurudwy. Und ich kann Euch sagen, mir ist es egal, wie andere dazu stehen, aber ich habe die Nase voll ...«
»Rhys ap Madyn ap Espyn!« wies ihn der Sheriff Depute scharf zurecht.
»Ja?«

»Ihr vergeudet gutes Kerzenwachs.«
Rhys besann sich und wandte sich an Bruder Dafydd.
»Eure Lehnsmänner, die Freien, die hier und heute anwesend sind, bitten untertänigst, daß man ihnen nicht mehr gegen ihren Willen ihr Vieh und ihr Eigentum wegnehme, um damit Cricieth Castle zu versorgen. Es ist ungerecht. Warum können sie nicht zu den Märkten und Messen kommen wie alle anderen auch und sich das, was sie brauchen, zu einem angemessenen Preis kaufen? Niemand hat etwas dagegen, Rinder und Schafe, Eier oder Hühner für einen angemessenen Preis zu verkaufen. Aber wenn ich sehe, was tatsächlich passiert, kommt mir die Galle hoch. Der Schloßvogt kommt mit seinen Soldaten daher und nimmt sich für ein paar lumpige Münzen zwei Milchkühe, vier junge Säue und drei Hühner, er nimmt sie sich einfach!«
Die anderen Freien stampften mit den Füßen auf den Boden.
Bruder Dafydd sah zum Sheriff Depute hinüber. Es war eine alte Beschwerde, schon oft vorgebracht. Der Depute war sich bewußt, daß dies die bisher ernsteste Angelegenheit war, und suchte deshalb verzweifelt nach einer beschwichtigenden Floskel. Er war erleichtert, als er sah, daß die Kerze bereits flackerte.
So erhob er sich nun zum erstenmal und räusperte sich.
»Das ist eine sehr wichtige Angelegenheit.« Er hielt inne, fuhr sich mit der Zunge über die Zähne und schluckte nervös.
Rhys ap Madyn ap Espyn und die anderen sahen ihn erwartungsvoll an, hofften sie doch auf sein Wohlwollen.
»Der Vogt selbst hat mir in Caernarfon berichtet, wie schwierig es in diesem Landstrich ist, Leib und Seele zusammenzuhalten. Aber –«
Wieder hielt er inne und vergrößerte so die Spannung.
»– da Ihr, die Freien der Lehnsgüter, die treuen Lehnsmänner des Schwarzen Prinzen, es vorzieht, den Märkten und Messen des Burgfleckens fernzubleiben, um statt dessen, in Mißachtung und zum Nachteil des Prinzen und des Fleckens, Eure

eigenen Märkte und Messen abzuhalten, dürft Ihr Euch nicht wundern, daß die Dinge so sind, wie sie sind. Sogar im tiefsten Winter muß der Vogt über Land ziehen, um die wenigen Lebensmittel zu besorgen, die nötig sind für den Unterhalt der Burg und der Stadt.«
Zitternd vor Zorn sprang Rhys ap Madyn ap Espyn auf.
»Das ist nicht wahr. Ich selbst war am Fest des heiligen Philippus auf dem Markt des Burgfleckens, und die Preise, die dort geboten wurden, standen in keinem Verhältnis –«
»Wenn Ihr mich nur –«
»– zum wahren Marktpreis. Und die Maße und Gewichte machten auch nicht gerade den besten Eindruck auf mich.«
Die Freien lachten und klatschten.
»Das Königliche Zollsiegel«, formte Bruder Dafydd mit den Lippen.
Der Sheriff Depute nickte und formte als Antwort den Satz: *»Auxiben pour profit le roi comme pour commun profit du peuple celes parties.«*
Beide lächelten.
»Ich will nicht leugnen, daß wir Verpflichtungen und Schuldigkeiten haben. Wir hier halten uns noch an die Tradition der *gwestfa*. Zweimal im Jahr, im Sommer und im Winter, liefern wir Mehl und Hafer, eine Kuh oder einen Ochsen, eine dreijährige Sau, eine Schüssel Butter, Speckseiten, Met, Bier, Honig –«
»Wir haben vollstes Verständnis –« Bruder Dafydd warf einen Blick auf die Kerze, die sich rasch verzehrte.
»– und mir ist auch bewußt, daß die Leibeigenen verpflichtet sind, dem Prinzen eine zweijährige Sau, Butter, ein Faß Bier und Hafer abzutreten, und daß an Allerheiligen nicht weniger als fünfundzwanzig Laib Brot an das Schloß geliefert werden sollten. Habe ich recht, Ieuan Ddu?«
Der Steward nickte.
»Sie haben also keinen Grund zur Klage, und es will mir um alles

in der Welt nicht in den Kopf, warum sie sich einfach nehmen, was sie wollen, ohne dafür die Erlaubnis zu besitzen oder zu bezahlen.« Der Schweiß lief Rhys über die Stirn.

Der Sheriff Depute sah Bruder Dafydd an. Doch das war ein Streitpunkt, über den nur er ein Urteil fällen durfte.

»Es tut mir leid, aber ich muß Euch sagen –«

Ein Hustenanfall zwang ihn zu einer Unterbrechung.

»– daß der Vogt von Cricieth Castle rechtmäßig gehandelt hat. Etwas anderes würde er nicht wagen. Ihr wißt doch, wenn der König oder der Prinz eine Rundreise durch einen Bezirk unternehmen, haben ihre Statthalter das Recht und die Pflicht, für einen angemessenen Preis alles zu kaufen, was sie bekommen können –«

»Wann waren denn der König oder der Prinz zuletzt bei uns?«

»Einen angemessenen Preis? Habt Ihr das wirklich gesagt?« fragte Rhys ap Madyn ap Espyn.

»Einen angemessenen Preis, ja.«

»Und was nennt Ihr einen angemessenen Preis? Drei Shilling für einen Ochsen? Einen Shilling und zwei Pence für die beste Milchkuh, die ich habe? Nennt Ihr das einen angemessenen Preis?«

»Es tut mir leid, aber die Kerze ist beinahe niedergebrannt.« Der Sheriff Depute atmete bei Bruder Dafydds Einmischung erleichtert auf. »Hat sonst noch jemand etwas vorzubringen?«

Die beiden Männer aus Caernarfon entspannten sich, als Iorwerth Foel, ein Freier mit einem leichten Hinken, sich erhob.

»Der König weiß alles über mich. Ich bin sein treuer und ergebener Diener, und vor zehn Jahren habe ich mich freiwillig für seinen Krieg in Frankreich gemeldet. Aber jetzt bin ich in Schwierigkeiten, ich habe eine Schuld. Eine ziemlich große. Genauer gesagt, zweiunddreißig Pfund.«

Den Anwesenden verschlug es den Atem. Die Freien sahen einander bestürzt an.

»Ich flehe deshalb den König um Stundung an und um die Erlaubnis, diese Schuld in Raten zurückzuzahlen. Vierzig Shilling an Weihnachten, und vielleicht noch einmal vierzig an Mariä Verkündigung. Sonst bin ich ruiniert. Ich schwöre bei allen Heiligen Gottes, daß nur noch mein Vieh mich vom Bettelstab trennt. Es würde helfen, wenn ich Hafer anbauen könnte, aber mein Land ist zu schlecht. Und die Hälfte meiner Herde ist im Frühjahr an einer Seuche krepiert ...«

Die Bitte wurde in vollkommenem Schweigen aufgenommen. Nur das Kratzen der Feder des Mönchs war zu hören. Die Kerze war beinahe niedergebrannt.

Bruder Dafydd flüsterte dem Steward ins Ohr. Ieuan Ddu erhob sich sofort, verließ den Saal und kam kurz darauf mit einem Leibeigenen zurück.

»Chwilen Bwm«, verkündete er.

Chwilen stand zwischen den Bankreihen, und alle Anwesenden starrten ihn an. Die Blüte seiner Jahre war vorüber, doch sein genaues Alter war schwer zu schätzen. Er war vom Wetter gegerbt und ging leicht gebeugt. Während er so dastand zwischen den Reihen, wünschte er sich, die Erde würde sich öffnen und ihn verschlingen.

»Ein Leibeigener von den Frongütern von Dolbenmaen?«

»Ja.« Es war der Steward, der antwortete.

»Fasse dich kurz und sprich deutlich. Du hast jetzt Gelegenheit, dem König und diesem Rat zu sagen, was du auf dem Herzen hast. Das ist ein großes Privileg.«

Chwilen Bwm hob den Kopf und hielt die Hand an die Wange. Seit Tagen überlegte er schon, was er sagen sollte, wenn der große Augenblick käme, aber er hatte so lange draußen herumgestanden, daß er nun ganz verwirrt war. Es war heiß, er war früh aufgestanden und hatte bereits die Arbeit eines ganzen Tages hinter sich. Jetzt war ihm, als hätte sein Verstand ihn verlassen, als wären all die Einwände und Beschwerden, die er

sich im Namen der Leibeigenen zurechtgelegt hatte, in einem klaffenden Loch verschwunden.
»Wir warten, äh –«
»Chwilen Bwm.«
»– Chwilen Bwm.«
Der Leibeigene zögerte, er versuchte verzweifelt, seine Gedanken zu ordnen. Wenn er jetzt versagte, würde er bis zum Gerichtstag an Ostern warten müssen, würde sich der endlose Winter zwischen ihn und den König schieben. Es war ein großes Privileg, wie der Mönch gesagt hatte. Er öffnete eben den Mund, um zu sprechen, als alle aufstanden und sich zu unterhalten begannen, sich streckten und umhergingen.
Später erfuhr er, daß irgendeine Kerze niedergebrannt war.
Sie traten hinaus in das weiche Licht des späten Nachmittags. Tegwared ap Rhys ging zu seinem Pony, das er in der Obhut seines Sohnes, Hywel Lipa ap Rhys, zurückgelassen hatte. Zusammen mit einigen Leibeigenenkindern hatte Hywel dem Spielmann Guirault de Bornelh zugeschaut, der erstaunliche Zauberstücke vorführte, wie sie sie noch nie gesehen hatten. Er hielt ein Ei zwischen Daumen und Zeigefinger, winkte ein Kind zu sich heran und bedeutete ihm, in seinen weit geöffneten Mund zu sehen. Nachdem der kleine Junge in den Mund gestarrt und außer Spucke nichts entdeckt hatte, kehrte er kichernd und Grimassen schneidend zu den anderen Kindern zurück. Der Spielmann hielt sich nun das Ei an den Hinterkopf und begann zu glucksen wie eine legende Henne. Seine Wangen blähten sich, und eins, zwei, drei, vier, nein fünf Eier quollen aus seinem Mund.
»Was ist denn los mit dir?« fragte Tegwared ap Rhys, als er den gebannten Blick seines Sohnes bemerkte.
»Schau dir den da an.«
»Was ist mit ihm?«
»Schau doch.«

De Bornelh zeigte den Kindern einen schwarzen Sack. Er war leer. Er schüttelte ihn, stülpte ihn um und forderte dann ein sehr kleines Mädchen auf, das Sackinnere abzutasten. Er legte den Sack in eine leere Holzkiste und setzte sich darauf, den Ellbogen aufs Knie gestützt, die Augen geschlossen ... Dann erhob er sich, ging ein halbes Dutzend Mal um die Kiste herum und ließ nun eins der Kinder den Deckel abnehmen. Mit schwungvoller Geste hob der Spielmann den Sack aus der Truhe und hielt ihn in die Höhe. Etwas bewegte sich im Sack. Die Kinder wichen zurück, der Spielmann aber zog lachend einen Hasen an den Ohren heraus und setzte ihn auf die Erde. Das Tier hoppelte sofort davon, und die Kinder jagten ihm staubaufwirbelnd nach.
»Scharlatan!«
Aber Tegwareds Sohn war verzaubert von den Kunststücken des Spielmanns.
»Ich hatte noch keine Gelegenheit, mit Bruder Dafydd zu sprechen«, sagte Tegwared, »aber lang wird's nicht mehr dauern. He, hörst du überhaupt zu?«
»Es wird doch alles gutgehen, oder?«
»Ja. Wird schon gutgehen.«

Lady Angharad, Tochter von Madog, stand in der Schmiede, und ihr rabenschwarzes Haar funkelte in den Strahlen der Sonne. Ieuan Ddu stand neben ihr und untersuchte den Leibeigenen, den der Sheriff Depute aus Caernarfon mitgebracht hatte.
»Aus welcher Gemeinde?« fragte Ieuan Ddu, während er dem Leibeigenen den Mund aufdrückte und die schwarzen Zähne untersuchte.
»Von irgendwo aus Anglesey. Er will nicht sagen, von wo.«
»Hm.«
»Er ist ausgerissen. Aber auf dem Weg hierher haben wir den Spitzbuben eingefangen. Ein ziemlich armseliger Bursche.«
»Wo habt Ihr ihn gefunden?«

»Am Fluß. Einer der Soldaten hat ihn sich geschnappt, als wir die Furt durchquerten. Er hat ohne Zögern zugegeben, daß er ein Ausreißer ist, wollte aber nicht sagen, woher er kommt. Von irgendwo in Anglesey. Soviel haben wir aus ihm herausgebracht.«
»Aber wie ist er nur so weit gekommen?«
»Das weiß kein Mensch. Die Leibeigenen können ziemlich geschickt sein, wenn sie wollen. Sie suchen in Höhlen und Wäldchen Unterschlupf und vergessen alles über Moral und die Kirche und die göttliche Ordnung.«
Das Brandeisen war inzwischen weißglühend, und Iocyn Fach, der Schmied, hob es aus dem Feuer.
»Aber dieser da wird es sich zweimal überlegen, bevor er wieder davonläuft.«
Obwohl der Leibeigene sich wand und flehte, trat und biß, gelang es Iocyn Fach, Ieuan Ddu, zwei Soldaten und dem Sheriff Depute mit vereinten Kräften, ihn festzuhalten und ihm ein V auf Stirn und Wangen zu brennen. Der Geruch verbrannten Fleisches drang Angharad, Tochter von Madog, in die Nase.

Chwilen Bwm schlenderte über den Dorfplatz auf den Pfad zu den Hütten der Leibeigenen, die die Frongüter von Dolbenmaen bearbeiteten. Ein Großteil der Freien war im Aufbruch begriffen, einige Pferd, andere, die in der Nähe wohnten, zu Fuß.
Chwilen Bwm beobachtete sie. Am anderen Ende des Platzes, unter der Eiche neben dem Kuhstall, sah er Iorwerth Gam im Gespräch mit Iorwerth Foel. Sein Blick fiel auf Iorwerth Gams Tochter Nest, die zwischen den Pferden stand und die Zügel hielt. Chwilen Bwm starrte sie an, und sie starrte zurück. Langsam steckte sie den Finger in die Nase, und Chwilen Bwm, der das sah, machte es ihr nach. Irgendwie wußte er, daß nun eine Verbindung zwischen ihnen hergestellt war, obwohl sie noch nie auch nur ein Wort gewechselt hatten.

Tegwared ap Rhys gelang es, Bruder Dafydd allein zu treffen, als der gerade seine Schreibarbeit beendete. Mit einiger Verlegenheit trug er dem Mann mit der Feder seine Bitte vor.
»Dann will er also die heiligen Weihen empfangen?«
»Ja, Sir. Er will eine Ausbildung.«
»Und Ihr wollt, daß ich ihn im Oriel College in Oxford unterbringe, das zur Ehre Unserer Lieben Frau erbaut wurde?«
»Wenn Ihr so freundlich wärt.«
»Es ist mir eine Ehre.«
Die beiden Männer gaben sich die Hand, und ein gewisser Betrag wechselte unauffällig den Besitzer. Diese wenigen Worte genügten, und bald nach Michaeli im Jahr des Herrn 1347 konnte Hywel Lipa ap Rhys die sumpfigen Lehnsgüter von Eifionydd verlassen, um am Oriel College in Oxford zu studieren.

8

Auf dem blauen Mittelmeer starrte Salah Ibn al Khatib das Wasser und den Himmel an und grübelte über den Zweck seiner Reise nach. Erst eine Woche war vorüber, doch schon war der erste Passagier von ihnen gegangen. Es war ein alter Kaufmann aus einer Stadt namens Neapel, wie Salah aus einer Unterhaltung zwischen zwei segelflickenden Seeleuten wußte, geboren und aufgewachsen war er allerdings am Fuß eines Gebirgszuges, den man die Apenninen nannte.
So wurde, während die aufgehende Sonne schräge Strahlen über das ruhige Meer ausbreitete, auf Deck eine kurze Messe abgehalten und der Leichnam, in ein Stück Leinwand gewickelt,

den Fluten übergeben. Dieser Vorfall, so vermutete Salah, hatte einen der anderen Ungläubigen dazu gebracht, ihn noch am Abend anzusprechen. Salah war auf Deck und sah zum Himmel, wo Myriaden von Sternen funkelten und hin und wieder Wolkenfetzen den Mond verhüllten.
»Das war traurig, unseren alten Freund so zu verlieren. Möge er ruhen in Frieden, jetzt und in alle Ewigkeit.«
Salah drehte sich schnell um. Vor ihm stand eine Vogelscheuche von einem Mann, lang und dürr, mit kaum einer Unze Fleisch auf den Knochen. Im Mondlicht erkannte Salah den einsamen Reisenden, der die meiste Zeit damit zubrachte, auf einem quadratischen Brett ein ihm unbekanntes Spiel zu spielen. Es schien ein stilles Spiel zu sein, ein ernstes und beschauliches, das gut zu dieser hageren, hoch aufgeschossenen Gestalt paßte.
»Mein Name ist Francesco Datini –«
Salah nickte und errötete leicht.
»– aus Genua.«
Salah schluckte und stellte sich dann ebenfalls vor.
»Reist Ihr weit, Salah Ibn al Khatib aus der Stadt Kairo?«
Salah war die Frage unangenehm, er antwortete deshalb nur ausweichend und fragte den Mann, wohin er unterwegs sei.
»Nach Sluis. In Geschäften, obwohl ich weiß, daß das ein schmutziges Wort ist. Aber auf der ganzen Welt treibt ein jeder Geschäfte mit jedem anderen. Und ich bin nicht wählerisch. Ihr werdet feststellen, daß einige Kaufleute die Nase rümpfen über Geschäfte mit den Ungläubigen. Aber ich treibe mit jedem Handel. Sogar mit den Affen auf den Bäumen, wenn sie nur die nötigen Mittel haben. Der arme alte Kerl, der gestern nacht vor seinen Schöpfer getreten ist«, er bekreuzigte sich, »hatte von vier Päpsten nacheinander die Erlaubnis erhalten, in Syrien und Ägypten, in ganz Spanien und bis hinauf nach Sluis und Gent Handel zu treiben. Habt Ihr das gewußt? Ohne die

Erlaubnis des Heiligen Vaters können wir überhaupt nichts tun.«
Salah schüttelte verständnislos den Kopf.
»O ja. Wir brauchen Genehmigungen für unsere Geschäfte. Was aber nicht heißt, daß der Klerus sie auch gutheißt. Keineswegs. Sie widersprechen den Lehren der Kirchenväter. Der heilige Augustinus hat gesagt, daß jeder, der Geldgeschäfte treibt, ein Übeltäter der schlimmsten Sorte ist. Na ja, beinahe der schlimmsten. Wir sind verlorene Seelen, wir Händler. Verdammt. Und trotzdem ...«
Er befeuchtete sich die Lippen. Salah starrte ihn verblüfft an. Er hatte keine Ahnung, wovon der Mann sprach, aber offensichtlich war es ein Thema, das ihm sehr am Herzen lag.
»Es tut mir leid. Bitte verzeiht mir. Ihr werdet Euch fragen, worüber ich mich eigentlich aufrege. Aber es macht mich wirklich wütend. Ich erinnere mich an ein Erlebnis mit meinem Vater, als ich noch ein Dreikäsehoch war. Auch er war Kaufmann wie sein Vater vor ihm. Also, er hat mich auf einen hohen Schrank gesetzt und mir gesagt, ich soll springen. Er würde mich auffangen. Da saß ich nun und spähte über die Knie hinunter zu ihm. Ich weiß es noch, als wäre es gestern gewesen. Wenn er mich nicht finge, würde ich ziemlich tief fallen. Verdammt tief. Aber er hat mich immer weiter angestachelt. ›Komm doch! Spring!‹ Also bin ich am Ende gesprungen. Und wißt Ihr, was passiert ist?«
Salah schüttelte den Kopf.
»Er hat mich nicht aufgefangen. Hat es gar nicht versucht. Er stand einfach nur da und sah mir zu. Ich hatte mir weh getan und weinte, aber er tat nichts, um mir zu helfen. Stand einfach nur da und sah zu, wie ich fiel wie ein Stein und weinte wie ein Säugling. Und dann, wißt Ihr, was er dann gesagt hat?«
Salah schüttelte stumm und verwundert den Kopf.

»›Laß dir das als zukünftiger Kaufmann eine Lehre sein. Traue nie einem Menschen, nie und nimmer. Gleichgültig, wer er ist.‹«
Salah wurde die Unterhaltung immer unangenehmer.
Die Stimme des dünnen Mannes war laut und dröhnend, und einige der Seeleute sahen neugierig zu ihnen herüber. Salah versuchte, sich so unauffällig wie möglich zu entfernen, doch der magere Kaufmann ließ nicht von ihm ab.
»So ist das, seht Ihr. Kaufleute können nie gewinnen. Als Ausweg bleibt uns nur, das Geschäft an den Nagel zu hängen oder in einen Orden einzutreten. *Homo mercant vix aut numqam potest Deo placere.* Der heilige Hieronymus. Versteht Ihr?«
Salah starrte ihn an. Verstehen? Er verstand kein Wort. Aber die laute Klagelitanei ging weiter.
»Gott zu gefallen ist unmöglich, wenn man ein Kaufmann ist. Aber die Welt braucht Geld. Der König von England braucht Geld vom Bankier Bardi, um gegen den König von Frankreich Krieg zu führen.« Salah horchte auf. »Jeder braucht Kapital und Kredite. Das Geld hält die Welt in Schwung. Zinsen! Wo wären wir ohne sie? Sie sind der Dreh- und Angelpunkt der Gesellschaft. Der schnöde Mammon, aber wirklich! Was? Zehn Prozent, fünfzehn, zwanzig? Was sagt Ihr dazu, junger Herr? Geld! Das ist es, was alle brauchen, das ist das Wichtigste auf der ganzen weiten Welt. Wenn man es sich überlegt, das Geld spricht eine Sprache, die tausendmal mächtiger ist als –«
Er hielt inne, trat schnell von einem Fuß auf den anderen und schlug sich dann unvermittelt schallend auf die eigene Wange, ein eigentümliches Geräusch in der samtigen Stille der Nacht. Der Kaufmann legte Salah schwer die Hand auf die Schulter und sah ihm tief in die Augen. Salah nahm einen merkwürdigen Geruch im Atem des Mannes wahr, süßlich und stark, und er wich zurück, bis er gegen die Reling stieß. Francesco Datini folgte ihm, er drückte sich gegen den fliehenden Salah und flüsterte heiser:

»Aber sie lehnen es nie ab, o nein! Aus meinem Privatvermögen unterhalte ich in Genua ein Hospital und ein Waisenhaus. Die Gilde der Wollhändler gießt Geld wie Wasser in die Schatztruhen der Kirche, sie baut Kapellen und Straßen, Kanäle und Armenhäuser ... Was wollen sie noch mehr? O ja. Sünde. Sünde. Nur einer von tausend geht ein ins ewige Leben, und die anderen ... Wenige sind gerettet ... Viele aber sind verdammt ...«
In seinen Augen funkelten Tränen.
»Und was glaubt Ihr, wo ich enden werde? Hm? Wo?«
Plötzlich lag er flach auf dem Rücken. Er war schwer gestürzt, drehte sich jetzt ächzend um und erhob sich auf alle viere. So blieb er eine Weile, während Salah abwartend und unschlüssig dabeistand. Francesco Datini fing an zu knurren, zuerst nur leise, dann immer lauter. Und dann begann er zu bellen und zu keuchen, mit heraushängender Zunge wie ein Hund in der Sonne.
»Wuff! Wuffwuff! Wuff!«
Auf allen vieren krabbelte er über das Deck, jagte den Seeleuten nach und schnappte nach ihren Waden.
»Wauwau! Wauwauwau!«
Mit großen Sprüngen rannten sie vor Datini davon, der schnupperte und knurrte und versuchte, sie in die Fersen zu beißen.
»Grrr! Wauwauwau! Grrrufff!«
Salah beobachtete es mit Entsetzen. So etwas hatte er noch nie gesehen. Eben hatte dieser Mann noch geredet wie ein vernünftiges menschliches Wesen – wenigstens einigermaßen vernünftig, denn verstanden hatte Salah kaum etwas –, und plötzlich jagte er bellend über das Deck wie ein besessener Hund. Bei Allah, man hatte ihn oft genug gewarnt vor den befremdlichen Sitten der Ungläubigen, die barbarisch wirken mochten auf einen jungen Gelehrten, der in den stillen Höfen der Madrasa aufgewachsen war. Aber das hier war einfach unfaßbar.
»Wauwauwau! Wuff! Wuffwuffwuff!«

9

Kein Mensch wußte, wo Iolyn der Priester sich in der Nacht, als die Kirche von Dolbenmaen Feuer fing, aufgehalten hatte. Seine Abwesenheit sorgte für Beunruhigung. Die Beunruhigung wurde zur Angst. Und die Angst zur Hysterie.

Ein Leibeigener hatte die Flammen als erster bemerkt. Chwilen Bwm hatte versucht, mit einer Lanze Fische zu fangen, Lachse, wenn möglich, doch er hatte keinen Erfolg gehabt und war bereits wieder auf dem Rückweg, als er sich auf einen Stein setzte, um sich einen Splitter aus dem Fuß zu ziehen. Das Kinn auf ein Knie gestützt, sang er leise vor sich hin:

Eine Welt des Kummers,
Eine Welt der Sünde,
Eine grausam rauhe Welt
Ist uns're Bürde.

Da hörte er in der Dunkelheit etwas knistern.

Bald war die Gemeinde in Aufruhr. Alle wurden von ihrem Strohlager geholt. Eimer gingen von Mann zu Mann, von Mann zu Frau, von Frau zu Kind.

Dann öffnete sich der Himmel.

Am nächsten Morgen dankten sie Gott für den Wolkenbruch, der die Kirche vor dem Niederbrennen bewahrt hatte. Ieuan Ddu stand im grauen Nieselschleier der Morgendämmerung, als Lady Angharad, Tochter von Madog, einen Wollschal eng um die Schultern gezogen, zu ihm trat. Seite an Seite starrten sie auf die schwelende Kirche. Die Lady fiel auf die Knie, bekreuzigte sich hastig und sprach: »*In nomine Patris, et Filii, et Spiritus*

Sancti.« Der Rest des Gebets war nur noch ein unverständliches Murmeln. Sie hörte nicht, wie hinter ihr zwanzig Menschen gleichzeitig im Schlamm niederknieten. Der Steward sah über die Schulter auf die gebeugten Köpfe hinab. Wieder einmal hatte die Heilige Jungfrau mit ihrem Sohn sie vor der Niedertracht des Teufels bewahrt.

»Wo ist er?« Die Lady sah Ieuan Ddu nicht an.

»Ich weiß es nicht.«

»Wo ist er?«

»Niemand weiß es. Seit zwei Tagen hat ihn keiner mehr gesehen.«

Die Herrin der Gemeinde stand abrupt auf und ging an den Leibeigenen vorbei durch den Schlamm und den grauen Nieselregen. Sie hatte das Herrenhaus fast erreicht, als der Steward sie einholte. Er atmete schwer beim Sprechen.

»Da ist einer, mit dem Ihr reden solltet.«

»Was?«

»Ein Leibeigener … Letzte Nacht …«

»Welcher?«

»Chwilen Bwm.«

»Chwilen Bwm?«

»Er hat das Feuer entdeckt.«

Die Lady zögerte. Dann schnappte sie mit den Fingern und ging schnellen Schrittes davon.

Chwilen Bwm stand da wie ein Trottel, als die Lady ihn befragte.

»Antworte der Lady«, sagte der Steward gereizt und stieß Chwilen Bwm in die Rippen.

»Flammen im Wald«, plapperte der Leibeigene.

»Flammen im Wald?«

»Flammen auf den Baumwipfeln …«

»Hast du jemand gesehen?« fragte die Lady.

»Hast du jemand gesehen?« fragte Ieuan Ddu.

»Jemand gesehen?« wiederholte Chwilen Bwm langsam.

Die Lady seufzte, und der Steward blaffte ihn verärgert an. Chwilen Bwm schüttelte langsam den Kopf. Die Lady und Ieuan Ddu seufzten wieder. Chwilen Bwm rümpfte die Nase und kratzte sich heftig am Kopf. Dann fing er schweigend an, in der Nase zu bohren.
Später wandte sich die Lady an den Steward.
»Was haltet Ihr davon?«
Ieuan Ddu blies die Wangen auf und biß dann in einen Apfel. Er kaute geräuschvoll und wischte sich mit dem Handrücken über den Mund.
»Es könnte jemand aus der Gemeinde gewesen sein. Von den Frongütern oder den Lehnsgütern. Aus den Bergen. Es könnte auch ein Dämon gewesen sein.«
Bei diesen Worten begann die Lady zu schreien.
»Wo ist er?« Sie kreischte vor Wut und vor Angst. »Wo ist der Priester? Warum ist er nie da, wenn man ihn braucht? Wahrscheinlich hat er sich in das Priorat von Beddgelert geschlichen. Oder er ist in Chwilog und bettelt die Zisterzienser um Honig an. Diese elende Naschkatze. Für einen Klumpen Honig würde der bis nach Hereford gehen. Er würde sogar bis nach Clynnog gehen, nur um sich bei denen den Bauch vollzuschlagen.«
Die Lady war außer Atem, sie zitterte, und an ihrer Kehle pulsierte eine Ader. Als sie bemerkte, daß der Steward sie anstarrte, legte sie errötend die Hand an den Hals und ging ein paar Schritte, um ihre Fassung wiederzugewinnen.
»Was sollen wir jetzt tun?«
»Wir müssen nach dem Bischof schicken.« Der Steward warf ein Scheit ins Feuer.
»Ja.« Die Lady nagte an ihrem Daumennagel. »Das ist schon wieder ein Zeichen.«
»Da mögt Ihr recht haben.«
»Es gibt da eine Geschichte ... ein Karmelitermönch hat sie meinem Vater erzählt. Er war vor vielen Jahren auf einer Pilger-

reise nach Rom, um die Jahrhundertwende, als noch der heilige Bonifaz auf dem Stuhl des heiligen Petrus saß –«

Beide bekreuzigten sich.

»– und der hatte sich mit dem König von Frankreich über Geld gestritten. Philipp hatte vom Klerus Geld verlangt, ohne vom Papst dazu ermächtigt zu sein. Der Heilige Vater verkündete daraufhin unverzüglich seine *Clericis Laicos*, in der er seinen Leuten befahl, dem König keinen roten Heller zu zahlen. Aber weil der König noch immer keine Ruhe gab, schrieb er gleich noch eine zweite Bulle, die *Unam Sanctam*, mit der er der Welt zeigen wollte, daß er ihr oberster Herrscher ist.«

»Und dann?«

»Und dann rief Philipp ein Konzil zusammen, vor dem er den Heiligen Vater der Häresie, der Blasphemie, des Mordes, der Simonie, der Hexerei und der Verletzung der kirchlichen Fastengebote beschuldigte. Der Papst exkommunizierte ihn natürlich sofort. Aber der König schickte einfach ein paar Männer aus und ließ den Papst, der damals schon über achtzig war, in Anagni bei Rom gefangennehmen und vor das Konzil schleppen. Es kam zu einem schrecklichen Aufruhr, und nach drei Tagen wurde der Papst wieder befreit. Aber die ganze Sache war zuviel für ihn gewesen. Nach nicht einmal einem Monat war er mausetot. Und das ist der Grund, warum der Papstsitz von Rom nach Avignon verlegt und Clemens V. gewählt wurde. O Gott, wie töricht und ungehorsam die Menschen doch sind. Kein Wunder, daß Satan uns auflauert und sich immer neue Opfer sucht.«

»Aber dafür waren wir doch nicht verantwortlich.« Ein schwaches Flehen lag in der Stimme des Stewards.

»Ein jeder von uns ist verantwortlich für das Böse in der Welt, und ein jeder muß Buße tun.«

Chwilen Bwm kaute Moos von einem alten Grab neben dem Brunnen, als er plötzlich spürte, daß jemand hinter ihm stand.
»Verstopfung?«
Chwilen Bwm kaute weiter, denn an der Stimme erkannte er Hwch Ddu, ein Leibeigenenmädchen von den Frongütern.
»Iß doch nicht die weichen Stücke. Das alte Zeug wirkt viel besser. Das hat wenigstens meine Mutter immer gesagt.«
Chwilen Bwm hielt inne und dachte über ihren Rat nach.
»Alle sind zusammengekommen«, fuhr das Mädchen fort und kauerte sich hin. »Es heißt, der Satan hat sich den Priester geholt und ihn in die hintersten Wälder von Aurudwy verschleppt, oder er hat ihm bei lebendigem Leib die Haut abgezogen und ihn gepfählt und ihn dann den Dämonen der Hölle zum Fraß vorgeworfen.«
Schweigend suchte Chwilen Bwm sich seine Moosstücke aus und kaute weiter.
»Bald, so heißt es, wird der Satan mit einem Haufen Dämonen aus den Wäldern kommen, und dann«, sie klatschte in die Hände, »was können wir dann tun? Was kann überhaupt jemand tun? Unser Lord ist in Frankreich und tötet die Feinde des Königs. Was kann er da tun, um uns zu beschützen? Was nützen uns all diese Engländer in Cricieth Castle? Wir sind nicht mehr als Fliegen auf dem Arsch eines Ochsen, die der Teufel mit seinem Schwanz wegwischt. Das sagen wenigstens die Alten.«

10

Eines Spätnachmittags, Salah hatte eben eine seiner täglichen Andachten beendet und rollte seinen kostbaren Gebetsteppich zusammen, kam der Kapitän des Schiffes auf ihn zu. Salah spürte, wie die Röte in ihm aufstieg, und wandte sein Gesicht zum Meer.

»Habt Ihr Verwandte in Spanien?«

Warum mußten sie die ganze Zeit Fragen stellen? Wo er hinfahre, was der Zweck seiner Reise sei. Als ob die das etwas anginge. Sein Ziel, sein Vorhaben waren ganz allein seine Sache. Doch Salah hatte Glück, denn der Kapitän schien seinen Unwillen zu spüren und wechselte das Thema.

»So eine lange Schönwetterperiode zu dieser Jahreszeit habe ich schon seit Jahren nicht mehr erlebt. Der heilige Nikolaus scheint uns wohlgesinnt zu sein.«

Salah verstand nicht, was er meinte.

»Der Schutzheilige der Seeleute. Er beschützt uns bei schlechtem Wetter. Einmal hat er drei Jungen davor bewahrt, in Lake gepökelt zu werden. Und ein paar armen Mädchen hat er ihre Mitgift geschenkt. Aber für Euch ist der heilige Christophorus zuständig. Der Schutzheilige der Reisenden und der Pilger. Hat das Christkind auf seinen Schultern getragen. Aber davon habt Ihr ja wohl nichts. Wenn Ihr ein Arzt wärt, würdet Ihr Euch an den heiligen Pantaleon wenden, und die Soldaten beten zum heiligen Michael, der gerade erst sein Fest hatte. Und falls Ihr auf der Suche nach einer Gattin sein solltet, was Ihr natürlich nicht seid, betet Ihr zu der Lieblichsten von allen. Der heiligen Katharina. Hier, seht Euch das mal an«, er zog eine dünne Kette aus seinem Wams, an der etwas Kleines und Schuppiges und

Verhorntes hing, »Wißt Ihr, was das ist? Nein? Das ist ein Zehennagel von einem der Mönche, die mit dem heiligen Franz von Assisi ins Heilige Land gepilgert sind. Mein Großvater hat ihn mir geschenkt, als ich noch ein Knirps war. Traut Euch nur, nehmt ihn in die Hand ...«

Als Salah die Kette mit ihrem schauerlichen Anhänger zurückgab, sah er aus den Augenwinkeln Francesco Datini, der splitternackt auf Deck stand und sich mit Wasser aus einem Faß wusch. Salah beobachtete, wie er den Kopf in das Faß tauchte, ihn für eine Ewigkeit, wie es schien, unten behielt und ihn dann, in weitem Bogen Tropfen verspritzend, wieder hochriß. Er trocknete sich mit einem Hemd ab, während er auf Salah zukam.

»Seid mir gegrüßt«, rief er mit breitem Lächeln. »Francesco Datini ist mein Name.«

Salah nickte mit hochrotem Kopf.

»Aus Genua.«

»Das habt Ihr gestern abend schon gesagt.«

»Was! Ach ja, gestern abend ... gestern abend ... Haben wir uns gestern abend unterhalten?«

Salah nickte. Der andere biß sich auf die Unterlippe und lachte nervös auf.

»Habe ich etwas von einer Blondine namens ...«

Salahs verständnislose Miene schien ihn zu beruhigen, und er brach ab.

»Um ehrlich zu sein, ich hatte mehr als genug. Mir ist alles ein bißchen über den Kopf gewachsen, und deshalb habe ich beschlossen, mir einen anzududeln. Nicht zuletzt weil unser armer alter Freund aus Neapel das Zeitliche gesegnet hat. Und wenn ich erst einmal anfange, kann ich nicht mehr aufhören. Kann einfach nicht nein sagen. Ich werde wohl kräftig Buße tun müssen, wenn wir in Sluis sind. Wie, sagtet Ihr, war doch Euer Name?«

»Salah Ibn al Khatib aus der Stadt Kairo.«

»Nun, Salah Ibn al Khatib aus der Stadt Kairo, wie wär's mit einer Runde Schach?«
Die Dämmerung senkte sich herab, als sie das Deck überquerten, und nahm dem Himmel das helle, klare Licht. Der Horizont war eine tiefe, dunkle Linie, Seemöwen umkreisten mit schrillen Schreien das Schiff. Mit geblähten Nüstern sog Francesco Datini die kühle Luft ein und machte sich daran, das Schachbrett aufzubauen.
»Habt Ihr schon einmal Schach gespielt?«
Salah schüttelte den Kopf.
»Dann erkläre ich es Euch wohl besser. Also, das Ziel des Spiels ist es, den Gegner zu besiegen und seinen König gefangenzunehmen – das ist der da in der hinteren Reihe –, aber der wird gut beschützt von der da, seiner Dame, der Königin. Und das da ist der Springer, sein Ritter, und hier der Läufer, sein Bischof, der heilige Mann. Und hier haben wir noch den Turm, seine feste Burg. Verstanden?«
»Und was sind diese?«
»Die«, sagte Datini und strich mit dem Finger über die vordere Reihe mit kleineren Figuren, die alle gleich aussahen, »die sind wir anderen alle in unserem von Gott bestimmten Rang. Nennt sie, wie Ihr wollt – Freie, Schreiber, Schmiede, Kaufleute, Apotheker, Schankwirte, Soldaten, Dichter, Bettler, Aussätzige, Diebe … Laßt sie uns alle Leibeigene nennen. Verstanden?«
Salah glaubte, verstanden zu haben.
»Dieses Spiel ist ein Mikrokosmos der Schöpfungsordnung. *Bellator, Orator* und *Laborator*. Oder die Heilige Dreifaltigkeit, wenn Ihr so wollt. Ohne diese«, er deutete auf die hintere Reihe, »gäbe es keine Ordnung und keine Moral. Sie beschützen die einfachen Leute. Der König sorgt für Gerechtigkeit und Ordnung. Er ist der Vater. Die Ritter und die Burgen beschützen uns vor unseren Feinden, wie der Sohn. Und unsere Seelen werden von den Bischöfen behütet, den Vertretern des Heiligen Geistes.

Für einen armen, umnachteten Ungläubigen, wie Ihr einer seid, ist dieses Spiel sehr lehrreich. Was könnt Ihr denn wissen von der unendlichen Güte Gottes, wie sie sich zeigt in der von ihm bestimmten Ordnung, die die christliche Gesellschaft von oben nach unten durchzieht? Ein Aufbegehren gegen den weltlichen Herrn ist eine Lästerung des Allmächtigen …«

»Dann sind das also die wichtigen Figuren?« fragte Salah und berührte die in der hinteren Reihe.

»Natürlich, natürlich. Die Leibeigenen, die Bauern, sind unwichtig. Die sind nur da, um geopfert zu werden.«

Der magere Kaufmann zog mit einem Bauern, und Salah tat es ihm gleich. Nachdem jeder etwa sechs Züge gemacht und Salah begriffen hatte, daß ein Springer sich viel freier und auf verschlungeneren Pfaden bewegen konnte als ein Läufer, nahm er seinen Mut zusammen und sagte: »Aber gestern abend habt Ihr mir etwas anderes erzählt. Ihr habt gesagt, daß es die Kaufleute sehr schwer hätten …«

Datini zog mit einem Läufer und schlug einen Bauern – tötete einen Leibeigenen, dachte Salah.

»Betrunkenes Gefasel …«

Doch Salah schien einen Nerv getroffen zu haben. Der Kaufmann wurde sehr still.

Es dauerte nicht lange, und Salah hatte zwei Leibeigene seines Gegners getötet und ihm einen Läufer genommen.

Später am Abend zerrissen lange Blitze den Himmel, Donner dröhnte über das Wasser. Der Kapitän kniete in seiner Kajüte und murmelte, über den schmutzigen Nagel an seiner Halskette gebeugt, Gebete.

Der Sturm war schrecklich. Riesige Wellen krachten über das Deck und rissen alles mit sich, was nicht sicher vertäut war. Drei Seeleute ertranken. Salah kauerte neben seinen wenigen Habseligkeiten und betete zu Allah, daß Er den Sturm besänftigen möge.

Der Kapitän sah aus wie ein Geist, als er am nächsten Morgen den Schaden begutachtete. Das Schiff war ein Fünfhunderttonner, dessen Fracht vorwiegend aus Wolle und Wein bestand. Zu den Passagieren gehörten Bankiers aus den Häusern der Peruzzi und Bardi und Acciaioli in Florenz und Genua, Gent und Flandern, aber auch Weinhändler aus der Gascogne. Sie alle waren mit dem Schiff weit aufs Meer hinausgetrieben worden, und Gott allein wußte, wo sie sich befanden.
Gegen Mittag zeigte sich Salah, aschfahl im Gesicht. Francesco Datini, der es geschafft hatte, während des ganzen Sturms zu schlafen, kam gutgelaunt auf ihn zu und begrüßte ihn mit einem Lächeln auf seinem taufrischen Gesicht.
»Gut geschlafen, mein Junge?«
»Nein«, antwortete Salah, der sich immer noch schrecklich schwach auf den Beinen fühlte.
»Ein gutgemeinter Rat. Sprecht heute lieber nicht zuviel mit dem Kapitän. Er ist nicht gerade in bester Stimmung.«
Angesichts des Schadens, den der Sturm angerichtet hatte, wunderte Salah das nicht.
»... eine Geschichte von einem verschluckten Zehennagel.«
Mit einem herzhaften Lachen entfernte sich Datini und überließ Salah seinem Elend.

11

Es hatte aufgehört zu regnen. Die Wolkendecke hob sich und gab den Blick auf die Berge wieder frei. Schluchten und Gräben waren von den Wassermassen ausgehöhlt worden, der Fluß war beträchtlich gestiegen. Doch die Leibeigenen der Frongüter, die der Kirchenbrand in Verwirrung gestürzt hatte, saßen aneinandergedrängt in ihren Hütten, murmelten unzusammenhängende Gebete und weigerten sich zu arbeiten.

Auch Lady Angharad war nicht ganz auf der Höhe. So lange war sie schon auf den Beinen, daß ihr Beten nur noch ein kaum verständliches Ächzen und Stöhnen war. Den Rosenkranz in fiebrig zitternden Händen, flehte sie die Heilige Jungfrau um Schutz und Trost an und gelobte, fünf Tage zu fasten und Buße zu tun, wenn sie, die gnädige Mutter, den Teufel und seine Gesellen nur davon abhalte, die Gemeinde zu zerstören, und sie alle in höllische Regionen unterhalb des Sumpflandes zu zerren. Die Lady erinnerte sich, daß eines Nachts, als sie noch ein kleines Mädchen war, eine ganze Leibeigenenfamilie aus ihrer Hütte verschwunden war. Einige Leute hatten gedacht, sie könnten nach Clynnog oder auf die Ländereien des Abtes Aberconwy in Nantcyll geflohen sein. Aber sie hatten alles zurückgelassen – den Hund, das Geschirr, einige Fallen und die erbärmlichen Fetzen, die ihnen als Kleidung dienten. Eine oder zwei Wochen später wurde auf dem Pfad durch den Wald ein Tuchfetzen gefunden ... Vielleicht hatte ein raubgieriges Untier sie verschlungen. Vielleicht hatten die Sümpfe sie verschluckt. Oder aber der Satan hatte sie geholt ...

Naß bis auf die Haut, betrat Ieuan Ddu das Herrenhaus. Er sah seine Herrin verzweifelt an.

»Ich war überall, habe jeden gefragt ...«
»Habt Ihr ihn gefunden?«
»Niemand hat auch nur die geringste Ahnung, wo er sein könnte. Seit mindestens drei Tagen hat keiner mehr Iolyn den Priester gesehen.«
Beide schwiegen, und dann begann die Lady zu weinen, in langen, herzzerreißenden Schluchzern. Es war ein schwarzer Tag für Eifionydd, vielleicht der schwärzeste in der Geschichte des Bezirks.
»Ich werde morgen nach Beddgelert gehen, um herauszufinden, ob die etwas wissen. Der Bischof. Vielleicht weiß der etwas. Es wird sich alles zum Besten wenden. Denkt an meine Worte.«
Draußen brach die Nacht herein.

12

Unvermittelt lag der Hafen vor ihnen.
Seit Anfang November war die Küste von Sizilien ein grauweißer Streifen am Horizont gewesen, mit dem bloßen Auge deutlich zu erkennen. Der Kapitän hatte bereits verkündet, er wolle Catania anlaufen, um Wasser und Proviant aufzunehmen und einen Teil seiner Fracht abzuladen. Die Weiterfahrt nach Cádiz würde nur geringfügig verzögert, hatte er versprochen.
Es war ein wunderbarer Tag, und Datini vergnügte sich damit, einem jungen Sklaven aus der Mannschaft Münzen zuzuwerfen, die der mit dem Mund auffangen mußte. Die Hände des Sklaven waren auf dem Rücken gefesselt, und er sprang hoch oder hechtete zur Seite, während Datini die Münzen in die Luft warf. Wenn der Sklave es schaffte, eine Münze zu fangen – sie waren

von sehr geringem Wert –, durfte er sie behalten. Wenn er sie verfehlte, erhielt er einen Tritt. Aus einiger Entfernung sah Salah zu, wie der dunkelhäutige Sklave sprang und stürzte und dabei merkwürdige Laute von sich gab.
»Hopp, du Affe! Hopp!« Datini warf noch eine Münze in die Luft. Der Sklave sprang und verfehlte sie. Der Kaufmann trat ihn so fest, daß der Junge über das halbe Deck schlitterte.
»Noch mal!« rief Datini und warf eine andere Münze. Der Sklave machte einen Satz und landete unglücklich auf der Schulter. Sein Körper war bereits übersät von Prellungen und Abschürfungen, und jetzt, da auch noch seine Lippe aufgesprungen war, sah man deutlich, daß er starke Schmerzen hatte. Aber Datini hatte kein Erbarmen.
»Los, du Affe. Steh auf!«
Aber der Sklave lag am Boden und krümmte sich vor Schmerz und Angst. Während der Kaufmann aus Genua die sich windende Gestalt mit einem Hagel von Tritten traktierte, sah Salah ein Ruderboot auf das Schiff zukommen. Einige Seeleute, die es ebenfalls bemerkt hatten, lehnten sich über die Reling und sahen zu dem langsam sich nähernden Kahn hinunter.
Der Kapitän verließ das Ruder und trat über den blutenden Sklaven, der keuchend zu Datinis Füßen lag. Datini bemerkte einen besorgten Ausdruck auf dem Gesicht des Kapitäns.
»Stimmt etwas nicht?«
Der Kapitän ging weiter, ohne zu antworten. Datini drückte dem Sklaven den Mund auf und schob ihm eine Handvoll Münzen hinein. Der Sklave würgte und spuckte, ab er hatte bereits einige Münzen verschluckt, bevor der Händler ihn losließ. Dann lag er da, die Hände auf den Rücken gefesselt, und erbrach Münzen.
»In Venedig wärt Ihr ein Heiliger, mein Freund. Über Nacht berühmt. Was für ein Wunder, ein Sklave, der Geld spuckt.«
Als Datini sich zu den anderen stellte, erkannte er in dem Boot, das immer noch ein Stück entfernt war, einen rundlichen klei-

nen Amtsträger, der die Hände an den Mund gelegt hatte und etwas herüberrief.
»Was zum Teufel will der denn?« Der Kapitän wandte sich an einen Soldaten, der neben ihm stand.
»Keine Ahnung.«
»Warum kommt der Hundesohn denn nicht näher?«
Der dickliche Mann fuchtelte hektisch mit den Armen und schrie aus Leibeskräften, sein Gesicht war rot vor Anstrengung.
»Dreht um ... Ihr könnt in Catania nicht landen ... und auch hier nicht vor Anker gehen ... Befehl der Stadtväter ...«
»Was glaubt der kleine Scheißer denn, wer er ist?«
»Ist wahrscheinlich der Hafenmeister, und der da neben ihm sieht aus wie Michael von Tarnera.«
»Was ist der, wenn er zu Hause ist?«
»Ein Franziskanermönch. Bereist die ganze Welt. Ein sehr berühmter Mann.«
Die Mannschaft beobachtete, wie der Hafenmeister und Michael von Tarnera sich sehr angeregt unterhielten und dabei immer heftiger gestikulierten. Der Kapitän kratzte sich nachdenklich am Kopf, und Datini stellte sich neben Salah. Keiner hatte auch nur die geringste Ahnung, was eigentlich los war. Die beiden im Boot hatten ihren Wortwechsel offenbar beendet und ruderten nun langsam näher, wirkten aber ängstlich und musterten besorgt die Gesichter an der Reling des Schiffes, als suchten sie etwas.
»Was ist denn da los?« fragte Salah.
»Irgendwas stimmt nicht«, erwiderte Datini. »Ich vermute, daß dieser Gauner von Kapitän versucht hat, sie zu betrügen, als er das letztemal hier war, vielleicht bei den Steuern oder den Hafengebühren oder was ähnlichem. Seht ihn Euch an. Er schwitzt wie ein Schwein. Wetten, daß die ihn ins Gefängnis werfen und wir dann hier festsitzen wie ein Stall brütender

Hennen. So ein Mist. Zeit ist nämlich Geld für mich, müßt Ihr wissen.«
Das Ruderboot war nur noch einen Steinwurf entfernt.
»Ihr dürft unter keinen Umständen in den Hafen von Catania einlaufen.« Von Höflichkeit schien der Hafenmeister nicht viel zu halten. Ohne jede Begrüßung hatte er ihnen dieses nackte Verbot entgegengeschleudert. Die Männer an Bord des Schiffes sahen sich ungläubig an.
»Was zum Teufel soll denn das?«
»Ihr habt gehört, was ich gesagt habe. Wendet und stecht wieder in See.«
»Jetzt hör mir mal zu, du hirnloser kleiner Scheißer.« Der Kapitän, der seine Pläne von dem stämmigen kleinen Hafenmeister durchkreuzt sah, brüllte vor Wut. »Ich muß Fracht abladen und Wasser und Proviant an Bord nehmen. Wie soll ich denn sonst wieder losfahren, häh? Aus dem Weg!«
»Das dürft Ihr nicht. Niemand darf es. Kein Schiff darf bei uns festmachen, vor allem keine aus Genua und dem Schwarzen Meer.«
»Hör mir gut zu, Kleiner. Von Stümpern wie dir habe ich die Nase voll. Hol mir deinen Herrn.«
»Einen Augenblick bitte –« Der Hafenmeister wandte sich an den Mönch. Michael von Tarnera hatte eindringlich auf ihn eingeflüstert, während der Kapitän seinem Zorn Luft machte. Als nun der Kapitän ins Meer spuckte und nach seiner Kette tastete, wandte Michael sich dem Schiff zu und sprach mit einer Stimme, die trotz ihrer scheinbaren Sanftheit von allen an Bord verstanden wurde.
»Herr Kapitän, meine Herren, verzeiht diesen ungewöhnlichen Mangel an Höflichkeit, aber das Einlaufen in den Hafen von Catania ist leider unmöglich –« Die Mannschaft fluchte und schrie, aber Michael brachte sie mit einer Handbewegung zum Schweigen und sprach weiter. »Wenn Ihr mir gestattet fortzu-

fahren, meine Herren, wir haben Grund für die Befürchtung, daß Schiffe aus Genua eine Infektion einschleppen. Der oberste Hafenmeister ist eben daran gestorben ... Es scheint etwas ... Es ist etwas ...«

Er gestikulierte in hilfloser Verlegenheit, doch der Hafenmeister kam ihm zu Hilfe.

»Wenn Ihr es wagt, auch nur Euren Bug in unseren Hafen zu schieben, könnt Ihr Euch auf etwas gefaßt machen. Das Schiff und alles, was sich darauf befindet, wird beschlagnahmt und verbrannt, und Ihr werdet auf eine Insel verbannt, bis es unter Euch sechs Wochen lang keinen Todesfall gegeben hat. Unser Wohlergehen, unsere Sicherheit stehen auf dem Spiel ...«

»Jeder ist sich selbst der Nächste«, murmelte Datini.

Bleich vor Wut wandte der Kapitän sich an die Mannschaft und brüllte einige Befehle. Dann schob er sich fluchend zwischen Datini und Salah hindurch und stürmte zum Ruder. Das Schiff wendete und nahm Kurs auf einen anderen Hafen, fünfundfünfzig Meilen weiter nordöstlich auf der Insel. Datini sagte Salah, die Stadt heiße Messina.

13

Der Pfad, den unzählige Generationen von Schafen und wilden Tieren, aber nur wenige Menschen ausgetreten hatten, schlängelte sich am Flußufer entlang. Obwohl gewunden und überschattet vom dicht angrenzenden Wald, war er doch der kürzeste Weg nach Beddgelert.

Im Morgengrauen war Ieuan Ddu aufgebrochen, und jetzt blinzelte die Sonne durch die obersten Äste der Bäume und erhellte das dämmrige Unterholz. Niemand wagte sich je weit weg vom Pfad. Man konnte ja nicht wissen, was da zwischen den Bäumen lauerte.

Für die Gemeinde war der Wald ein Segen, denn er lieferte Holz zum Bauen, für Gerätschaften und zum Feuermachen. Und während der Jagdsaison auch das Wild, das sich dort tummelte – Otter, Wölfe, Füchse, Rehe, dazu alle Arten von Wildvögeln. Die Freien von den Lehnsgütern hielten von Februar bis Johanni Treibjagden ab. Aber der Höhepunkt war die Wintersaison, wenn alle sich auf die Jagd nach Wildschweinen machten.

Ieuan Ddu vermutete, daß der größte Teil des Landes von dichtem Wald bedeckt war, und die Gemeinde verwandte viel Arbeit und Mühen darauf, ihn zu zähmen, ihm Acker- und Weideland abzuringen, das das Leben erhielt, und die in den Tiefen des Waldes lauernden Gefahren zurückzudrängen, die das Leben bedrohten.

Der Steward versuchte, nicht an diese Gefahren zu denken, während er, den Wanderstab fest in der Hand, den Pfad entlangeilte. Er hätte einen Begleiter mitnehmen sollen, aber die Leibeigenen wurden alle zur Arbeit auf den Frongütern benötigt. Er fing an zu laufen, wollte er doch den Tunnel der Bäume und

Büsche hinter sich bringen und endlich die Lichtung am Ende des Tales erreichen, und er hoffte, noch vor Einbruch der Nacht im Priorat von Beddgelert einzutreffen. Der Schweiß brach ihm aus, und er betete zur Heiligen Jungfrau, daß Iolyn der Priester im Priorat sein möge. Nur Gott wußte, was er tun sollte, wenn er ihn dort nicht fand.

14

Der Kapitän weigerte sich zu glauben, was er mit eigenen Ohren hörte. Sie hatten die Einfahrt des Hafens von Messina erreicht, und dort unten stand ein junger Amtsträger und rief durch den Trichter seiner Hände zu ihnen herauf.

»Zurück. Ihr dürft nicht in den Hafen einlaufen. Niemand darf das.«

Es war der letzte Strohhalm. Der Kapitän verlor nun vollkommen die Beherrschung und brüllte wie ein wütender Stier.

»Aaaarrrgh! Häng dich doch wieder an die Zitzen deiner Mutter, du halbe Portion. Weißt du überhaupt, mit wem du sprichst? Giovanni di Marco Villani, ein Mann von Vermögen und Erfahrung. Ich habe Länder bereist und Dinge gesehen, die sich ein schleimiger kleiner Rotzlöffel wie du nicht einmal im Traum vorstellen kann. Hör zu, Freundchen, wir kommen jetzt rein. Wir werden anlegen, und wir werden ausladen und Proviant an Bord nehmen, und morgen früh werden wir zahlen, was wir zu zahlen haben, und weitersegeln nach Cádiz! Verstanden? Hier bei uns ist doch nichts passiert, außer daß einer an Altersschwäche abgekratzt ist und drei von der Mannschaft über Bord gespült wurden. Sonst nichts. Und deshalb kommen wir jetzt rein!«

»Wenn Ihr das tut, Giovanni di Marco Villani«, rief der junge Mann, »wenn Ihr das tut, werden wir Euch Eure Hände und Füße und Eure Hoden abschneiden und sie Euch in den Mund stopfen, bevor Ihr spucken könnt.«

Irgendwie wußte jeder an Bord, daß das ernst gemeint war.

Tage später war es eher der Durst als der Hunger, der sie an Land trieb.

Das ungastliche Sizilien hatten sie bereits weit hinter sich gelassen. Der Kapitän hatte beschlossen, an der Westküste Italiens entlang direkt nach Genua zu segeln. »Dort bin ich wenigstens willkommen.« Nach drei oder vier Tagen mußte das Wasser streng rationiert werden, die Mannschaft wurde unruhig und mürrisch. Als schließlich an Land zwischen den Bäumen ein Kirchturm gesichtet wurde, ließ der Kapitän ein Stück vom Ufer entfernt den Anker werfen. Drei Ruderboote wurden zu Wasser gelassen und mit leeren Fässern beladen. Einige aus der Mannschaft sprangen hinein, und der Kapitän lud Salah ein, sie zu begleiten. Nach so vielen Wochen auf dem engen und immer strenger riechenden Schiff war Salah dankbar für das Angebot.

»Wo sind wir?« fragte er, als sie sich dem Festland näherten.

»Toskana«, erwiderte ein Seemann. Und fügte dann hinzu: »Glaube ich wenigstens.«

Salah war nicht klüger als zuvor.

Sie erreichten den Strand, und nachdem sie die Boote an Land gezogen hatten, machten sie sich an die mühselige Arbeit, die Fässer durch den Wald zu schaffen. Das Dorf, das nach einer Weile in Sicht kam, machte einen sehr unscheinbaren Eindruck, nur ein paar Hütten, die sich um die Kirche drängten. Am Waldrand blieben sie stehen und spähten vorsichtig durch die Zweige, doch keine Menschenseele war zu sehen. Zögernd setzten sie ihren Weg ins Dorf fort, ohne einem Menschen zu begegnen, und erreichten schließlich den Brunnen. Er war trocken.

Giovanni di Marco Villani wußte nicht mehr weiter. Eine Pechsträhne wie in den letzten Tagen hatte er in seinem ganzen Leben noch nicht gehabt. Er war nicht dumm. Von Politik verstand er soviel wie jeder andere. Er wußte, daß Genua beständig versuchte, über Venedig, die große Rivalin im Handelskrieg, der zwischen den beiden Städten tobte, die Oberhand zu gewinnen. Er wußte auch, daß Venedig oft Druck auf seine Verbündeten ausübte, damit die den Genuesern das Leben schwermachten; und das, so nahm, er an, war auch der Grund, warum Sizilien sich als so ungastlich erwiesen hatte. Aber das hier war kein Spaß mehr. Hatten die Hexen sich mit Venedig verbündet und alle Quellen versiegen lassen? Wohl zum hundertstenmal verfluchte er sich, weil er diesen Zehennagel verschluckt hatte. Denn das war bestimmt der Grund für seine augenblicklichen Mißerfolge. Wie hatte er es nur geschafft, dieses Ding zu verschlucken?

»Also, was ist, Leute? Hat denn keiner einen Wassergraben gesehen? Einen Bach? Eine Viehtränke? Um Himmels willen, wenigstens eine Pfütze?«

Sie schüttelten nur trübsinnig den Kopf.

Villani kniete sich auf die trockene Erde und lehnte die Stirn gegen den Brunnenrand. So blieb er lange Zeit. Die Seeleute, die sich in fremder Umgebung nie sonderlich wohl fühlten, liefen ruhelos hin und her. Einige von ihnen begannen sogar, die Fässer zum Strand zurückzurollen. Der Kapitän rührte sich nicht.

Salah sah sich um. Waren alle Dörfer der Ungläubigen tagsüber verlassen? Es sah ja wirklich sehr armselig aus, nur Bäume gab es mehr als in den Siedlungen bei ihm zu Hause. Aber wo waren die Bewohner? Zumindest ein paar Alte und Kinder hätten im Dorf sein müssen. Überall in der Umgebung gab es terrassierte kleine Felder, zwischen denen sich schmale Pfade schlängelten, aber nirgends war ein menschliches Wesen zu sehen. Und nun

brach auch noch die Nacht herein. Kein Wunder, daß die Mannschaft es allmählich mit der Angst bekam. Endlich erhob sich der Kapitän. Er hatte inbrünstig gebetet, und seine Augen waren rot.
»Also los!« bellte er. »Zurück zum Schiff.«
Verzweifelt, durstig und schweigend machten sie sich auf den beschwerlichen Rückweg durch den Wald. Sie entdeckten einen Pfad, der etwas breiter war als der, auf dem sie hochgestiegen waren, und da es nun bergab ging, ließen die Fässer sich leichter rollen. Aber als sie den Strand erreichten, waren ihre Boote nirgends zu sehen.
Schweigend standen sie am Ufer. Wie feines Gespinst senkte sich grau die Dämmerung herab. Salah starrte aufs Meer hinaus, doch vom Schiff war keine Spur zu entdecken. Niemand wagte es, den Kapitän anzusehen.
»Wir sind in der falschen Bucht«, sagte er, und seine Stimme strotzte vor Zuversicht.
Also rollten sie die Fässer den breiteren Pfad wieder hinauf. Arme und Beine schmerzten, und der Durst war beinahe unerträglich. Aber der Kapitän ging mit federndem Schritt, als hätte das Abenteuer ihn erfrischt. Salah starrte in den Wald und fragte sich, ob man sie beobachtete. Er hätte alles gegeben, nur um jetzt sicher an Deck sitzen und auf Datinis Schachbrett Leibeigene töten zu können.
Als sie erneut das Dorf mit seinen weißgetünchten Hütten erreichten, war es schon dunkel geworden, und die Seeleute keuchten wie Lasttiere. Es war totenstill wie zuvor. Nirgends ein Licht oder ein Geräusch. Nicht einmal Hunde oder Katzen waren zu sehen und auch keine Hühner, die zwischen den Hütten pickten.
Aber wenigstens fand die Mannschaft gleich den richtigen Pfad, und am Strand lagen auch ihre Boote. Ganz sicher konnten sie sich nicht sein, ob sie wirklich das Ankerlicht des Schiffes

gesehen hatten, aber einige schworen, sie hätten es in der Dunkelheit erkannt.
Sie ruderten in diese Richtung.
Bald wurde nur zu klar, daß dort, wo sie das Licht gesehen hatten, kein Schiff war.
Der Kapitän rief nach seinem Schiff, so laut er konnte, und die Mannschaft unterstützte ihn dabei, aber es kam keine Antwort. Nur das Klatschen ihrer eigenen Ruder war zu hören und das Glucksen des Wassers an den Bootsflanken. Und dann das wütende Brüllen des Kapitäns.
»An Land! Rudert ans Ufer zurück.«
Die Nacht am Strand war alles andere als gemütlich. Sie waren halb verdurstet und verhungert, erschöpft und verängstigt. Einige Seeleute behaupteten, das Schiff sei nur noch einen Steinwurf entfernt gewesen. Aber nirgends hatte man ein Licht gesehen, und auf ihr Rufen hatten sie keine Antwort erhalten. Der Kapitän hockte am Wasser und schwieg.
Sie hätten nur die Entfernung unterschätzt, sonst nichts. Das Schiff sei da. Es liege eben weiter draußen vor Anker, als sie angenommen hatten. Wenn nur der Mond sich zeigen würde …
Der Kapitän rief Salah zu sich, der sofort zu ihm eilte.
»Wir sitzen ganz schön in der Patsche.«
Salah musterte den Kapitän mit wachsamen Augen.
»Ihr kennt doch diesen Kerl, mit dem Ihr Euch auf dem Schiff unterhalten habt, diesen Kaufmann aus Genua.«
»Datini?«
»Genau den, ja. Er hat sich doch mit Euch unterhalten, oder?«
»Ein wenig, ja.«
»Ich wette, er hat Euch seine Geschichte erzählt.«
Salah sah den Kapitän verständnislos an.
»Diese Geschichte, als er noch ein Dreikäsehoch war und sein Vater ihn auf den Schrank setzte und ihm sagte, er soll springen. Da bleibt einem doch fast die Spucke weg, was? Spring, und ich

fang dich. Traue niemandem. Und die andere, was für ein armer, sündiger Kaufmann er ist –« Der Kapitän hielt inne und starrte aufs Meer hinaus. »Mir hat er sie erzählt, als wir uns ein Gläschen genehmigten. Überzeugend, nicht? Aber er ist kein Kaufmann, müßt Ihr wissen –«

Salah starrte ihn mit aufgerissenem Mund an.

»– er ist ein Spion. Ein Spion aus Venedig, unterwegs nach Sluis. Weiß Gott, was er dort vorhat. Aber er ist ein gerissener Gauner, also nehmt Euch in acht, wenn wir wieder auf dem Schiff sind.«

Während er sprach, glitt der Mond hinter den Wolken hervor und tauchte die Bucht in ein schwaches Licht. Alle standen auf und traten ans Wasser.

Salah ahnte plötzlich, daß Datini das Schiff an sich gerissen hatte. Jeder wußte, daß er es eilig hatte, und mit kleinerer Mannschaft würde das Wasser einige Tage länger reichen. Der Kapitän hätte sich wohl besser selbst an das halten sollen, was er Salah eben geraten hatte.

Die Morgendämmerung brachte die unumstößliche Gewißheit, daß das Schiff verschwunden war. Wenig später wurde allerdings Datinis Leiche an Land gespült. Seine Kleider waren blutig, und seine Kehle war von einem Ohr zum anderen aufgeschlitzt.

15

Des Menschen Herz ist der Schoß alles Bösen. Das Herz eines jeden Menschen beherbergt die schwarze Quelle, aus der alles Böse aufsteigt. Hier wird die Verderbtheit geboren, hier wird sie genährt wie eine Brut Maden, die sich an einem verfaulenden Kadaver mästet. Wo die Menschen zusammenkommen, wird Sünde geboren. Jedes Dorf, jeder Marktflecken und, das Schlimmste von allem, jede Stadt ist Ursprung und Urheber von Sünde, eine Brutstätte der Ketzerei.«

Ieuan Ddu wußte nicht recht, was das mit dem Feuer in der Kirche von Dolbenmaen zu tun hatte. Seine Augen brannten vor Erschöpfung, und seine müden Beine zitterten.

Der Prior von Beddgelert hielt inne. Er kratzte sich heftig die Achselhöhle, rümpfte die Nase und spuckte aus. Mit seinem gelehrten Vortrag über den Ursprung des Bösen und über die Art, wie Gott seinen Willen für die Schöpfung kundtat, versuchte er, das Entsetzen zu verbergen, das ihn befallen hatte, als er die Geschichte des Stewards hörte. Er war sehr zufrieden mit der Geschliffenheit seiner Rede und der Gelehrsamkeit, mit der er seine theologischen Beobachtungen schmückte.

Aber gleichzeitig hatte er Angst. Mit geschlossenen Augen und verschränkten Armen stand er da. Eine Ader pulsierte an seiner linken Schläfe, und der Steward bemerkte einen schwarzen Schmalzpfropf in seinem linken Ohr. Das erklärte, warum er den Kopf nicht gehoben hatte, als der Steward ihn vom Waldrand aus gerufen hatte.

Die beiden Mönche, die zusammen mit ihrem Prior bei den Bienenstöcken beschäftigt waren, hatten ihren Vorgesetzten am Ärmel gezupft, als Ieuan Ddu aus dem Wald trat, und der

Prior hatte ihm zur Begrüßung mit einem langen Netz zugewinkt.
Jetzt öffnete der Prior die Augen und wandte sich dem Gast zu.
»Wollt Ihr so nett sein und mir einen Gefallen tun?«
»Natürlich.«
»Genau hier.« Der Prior zeigte auf eine Stelle an seinem Kopf, wo die Tonsur wieder zuwuchs. Der Steward suchte nach Läusen und dachte dabei über die Unmenge von Wissen in diesem Kopf nach, den er da unter den Händen hatte. Der Prior war gebildeter als alle, die der Steward kannte, obwohl es Gerüchte gab, er habe Oxford nach nur zwei Semestern wieder verlassen müssen. Und das sei es, behaupteten eifersüchtige Mönche, was ihn zu einem so erbitterten Kritiker der Städte gemacht hatte, daß er bei jeder Gelegenheit über sie herzog.
»Schon was gefunden?«
»Ja, hier«, erwiderte der Steward und zerdrückte ein paar Läuse zwischen den Fingerspitzen.
Als sie auf das Priorat zugingen, senkte sich die Nacht über Beddgelert.

16

Salah Ibn al Khatib fand sich in einer Stadt wieder, die Florenz hieß, wie er erfuhr. Das wenige Geld, das er besaß, bewahrte er in einem schmalen Lederbeutel auf, der beruhigend gegen seine Hoden schlug, während er sich einen Weg bahnte durch die Menge der Schaulustigen und die Reihen angebundener Pferde. Denn er war zum Pferdemarkt gekommen und befand sich nun mitten in einem mehr oder weniger geordneten Chaos, in einem Gewirr von Menschen und Tieren, rundum nichts als Rufen und Wiehern und Bellen, Handeln und Schachern, Klatsch und Streit, und über allem der überwältigende Gestank von Pferdemist.

Einige Pferdebesitzer warfen Salah argwöhnische Blicke zu, und er wagte kaum noch, die Pferde eingehender zu prüfen. Vielleicht hätte er doch besser den Gaul gekauft, den ihm am Abend zuvor der Besitzer seines Gasthofs, ein aufdringlicher rothaariger Zwerg, angeboten hatte.

Es war noch früh am Vormittag, aber der Platz, auf dem Markt abgehalten wurde, und die angrenzenden Straßen wimmelten von Menschen. Salah schwitzte stark, und sein Gewand war unter den Achseln tropfnaß. Manchmal stieg ihm ein besonders unangenehmer Gestank in die Nase, und dann würgte er angeekelt.

Er hatte das Gefühl, verfolgt zu werden, und sah sich nervös um, aber es war schwer, in dieser brodelnden Menge etwas zu erkennen. Ein schmutziges und zerlumptes kleines Kind faßte ihn am Handgelenk und sah flehend zu ihm auf.

Salah seufzte. Die Bettlerhorden in dieser stolzen und wohlhabenden Stadt erstaunten ihn immer wieder. Das Kind plapperte etwas von Krankheit und einer Familie am Fluß. Wenn aber Salah je die Türme und Zinnen von Paris sehen wollte, mußte er solche Zudringlichkeiten ignorieren. Er schob das Kind so grob beiseite, daß es auch den hartnäckigsten Bettler abgeschreckt hätte, und besänftigte sein schlechtes Gewissen mit dem Gedanken an die zahlreichen religiösen Stiftungen in Florenz, deren Aufgabe es war, sich um die Armen zu kümmern. Und in der Tat, wenn Salah Ibn al Khatib, der im Lichte der Einzigen Wahrheit Erzogene, nicht bald besser auf sich achtete, konnte es geschehen, daß auch er an die Tür einer dieser Ungläubigenstiftungen klopfen mußte.

»Wie wär's mit dem?« Der Pferdehändler war ein behaarter Riese, so hoch aufragend in seinem zerlumpten Hemd, daß Salah einen Schritt zurücktreten mußte, um ihm in die Augen sehen zu können. Er schlug auf ein Pferd irgendwo hinter seinem Rücken.

»Ein Prachtexemplar von einem Zweijährigen. Seht Euch nur den Hintern an. So breit wie der des fettesten Priesters in Florenz. Ein besseres Stück Fleisch auf vier Beinen findet Ihr nirgends, laßt Euch das gesagt sein.«

Er packte Salahs Hand mit einem betäubenden Griff und zog ihn näher.

»Dreißig Florin! Mehr verlange ich nicht für diesen treuen Diener, der Euch Euer ganzes Leben lang begleiten wird. Das könnt Ihr mir glauben. Aber ich will Euch ein Angebot machen. Nur mal angenommen, es stößt ihm bis Luziä etwas zu, könnt Ihr mich dafür haben. Ich trage Euch auf meinem Rücken, wohin Ihr wollt.«

Der Riese ließ los, und während kribbelnd das Blut in Salahs Finger zurückkehrte, trat er beiseite, um seinem Kunden das Pferd zu zeigen. Schüchtern strich Salah über Mähne und Rücken und versuchte so auszusehen, als verstünde er etwas. Er nahm seinen ganzen Mut zusammen, öffnete dem Tier das

Maul, um sich die Zähne anzusehen, und hob alle vier Beine an, um die Hufe zu untersuchen. An einem Hinterlauf hatte es einen häßlichen Spat, aber Salah traute sich nicht, den Riesen darauf hinzuweisen.
»Und, was ist damit?« fragte der Riese, als Salah sich aufrichtete. »Es ist doch ein ganzes Stück besser als die kränklichen Klepper, die man sonst sieht, oder?«
»Nein – ähm – also, einen verläßlichen Eindruck macht es ja –«
So als wüßte der gnädige Allah von Salahs Notlage, ertönten in diesem Augenblick Kirchenglocken, und eine weitere Unterhaltung war nicht möglich. Eine Prozession verließ die große Kirche auf dem Platz. Als erstes sah man ein goldenes Kreuz, das in der Sonne funkelte. Dahinter kamen eine Schar Priester in bestickten Gewändern und Knaben mit Kerzen in den Händen. Dann folgten weitere Knaben, die ein großes, scharlachrotes Banner mit dem Bildnis der heiligen Anna bei der Unterweisung der kindlichen Maria in der Heiligen Schrift trugen. Als nächstes kam ein goldbesticktes Banner der heiligen Luzia und schließlich ein ganz neues: das der Gilde der Florentiner Wollhändler mit dem Abbild Johannes' des Täufers in einem Schaffellumhang und mit einem flauschigen Lämmchen auf dem Arm. Die kleinen Glöckchen, die am Rand angenäht waren, bimmelten fröhlich.
Es folgten Heiligenfiguren, von Trägern in die Höhe gehalten, die heilige Anna, die Heilige Jungfrau, Christus, der heilige Joseph sowie eine Reihe von Reliquienschreinen, kostbare Truhen auf goldenen Tragen. Den Abschluß bildete ein Festwagen, auf dem, halb begraben unter Blumen, ein schwarzer Sarg ruhte. Salah wandte sich dem Riesen zu, der sich bekreuzigte und Gebete murmelte.
Eine große Menschenmenge folgte der Prozession, viele hielten Kerzen in den Händen. Nachdem sie in langsamem Zug den Platz überquert hatten, in eine Straße eingebogen und schließ-

lich um eine Ecke verschwunden waren, ging auf dem Markt das rege Treiben weiter.

»Was habt Ihr gesagt?« fragte der Riese scharf.

»Ähm, ja – recht interessant«, stotterte Salah. »Das heißt –«

»Das heißt, was? Wollt Ihr es oder wollt Ihr es nicht? Gebt mir eine klare Antwort. Ich bin ein vielbeschäftigter Mann, müßt Ihr wissen.«

Er beugte sich mit drohender Miene zu Salah. Sein Atem stank. Salah wich zurück und trat dabei mit der Ferse in einen warmen Haufen frischen Pferdekots. Bevor er etwas erwidern konnte, prallte eine Frau mittleren Alters gegen ihn. Irgendwie lagen plötzlich ihre Arme um seinen Hals, und ihr Knie drückte die Börse fest gegen seine Hoden. Salah jaulte auf.

»Oh, das tut mir leid.« Ihre Entschuldigung klang sehr anmutig.

»Aber nicht doch. Es war meine Schuld.« Salah verbeugte sich tief und versuchte dabei verstohlen, sich die Ferse an einem Bein des Pferdes abzuwischen.

»Seid Ihr länger in der Stadt? Oder wollt Ihr zum *palio*?«

»Zum *palio*?« Salah wußte nicht, was sie meinte.

»Das Pferderennen in Siena. Es überrascht mich, daß Ihr noch nichts davon gehört habt. Viele Reisende machen auf dem Weg dorthin in Florenz Station.«

»Nein, ich bin auf dem Weg nach Paris. Deshalb suche ich ein Pferd.«

»Ginge es übers Meer denn nicht schneller?«

»Nun ja ...« Salah schämte sich zuzugeben, daß für eine Schiffsreise seine Mittel nicht reichten.

»Also, unter uns gesagt«, sie senkte die Stimme und warf dem Riesen, der bereits mit einem anderen Interessenten verhandelte, einen schiefen Blick zu, »von dem würde ich nicht mal einen Knopf kaufen.«

Salah runzelte die Stirn. Der Lärm betäubte seine Sinne.

»Vielen Dank für den guten Rat.«

»Warum kommt Ihr nicht mit zu mir nach Hause?«
»Nach Hause –«
»Mein Schwiegersohn ist Pferdehändler. Er wird Euch bestimmt weiterhelfen können. Wo wohnt Ihr denn?«
Wie sich zeigte, kannte sie den Gasthof gut. Ihre Tochter sei den ganzen Tag bei einem kranken Verwandten, den sie pflegen müsse, sagte sie, versprach aber, eine Dienstmagd zu schicken, die ihn an diesem Abend zu ihrem Haus fahren werde. Erfreut nahm Salah das Angebot an und starrte ihr nach, bis sie in der Menge verschwunden war.
Im Zickzack eilte er durch das Gewühl zu den Stufen der Kirche auf der anderen Seite des Platzes. Er blieb einen Augenblick stehen, um wieder zu Atem zu kommen. Dann hielt er plötzlich erschrocken die Luft an und griff sich mit beiden Händen an die Leiste. Zwei Mädchen, die in der Nähe standen, kicherten. Salah kauerte sich hin wie eine Frau bei der Geburt und griff tastend unter sein Gewand. Zu seiner großen Erleichterung war die Börse noch da, wohlverborgen und sicher hing sie an der Innenseite seines Schenkels. Im Weggehen hörte er, wie die beiden Mädchen für die Seele des Mannes beteten, dessen prächtigen Trauerzug Salah zuvor gesehen hatte.
»In deine Hände, o Herr, befehle ich meinen Geist. Herr Jesus, nimm meine Seele auf. Heilige Maria, bitte für mich.«

Salah lag dösend auf seinem Bett. Irgendwo in der Ferne klopfte es. Im Aufwachen merkte er, daß jemand an seine Tür pochte.
»Wer ist da?«
»Ich.«
»Wer?«
Der rothaarige Zwerg streckte den Kopf zur Tür herein.
»Was wollt Ihr?« Salah sank auf sein Kissen zurück.
»Da ist jemand für Euch.« Der Gastwirt warf ihm einen ekelerregend anzüglichen Blick zu und öffnete die Tür. Ein sehr junges

Mädchen trat ins Zimmer. Der Zwerg zögerte einen Augenblick und sah Salah mit Verschwörermiene an.
»Ruft einfach, wenn Ihr etwas braucht.« Der Wirt schloß die Tür. Salah legte sich die Hand an die Stirn. Von der Hitze und dem Lärm des Vormittags hatte er entsetzliche Kopfschmerzen. Er stand auf und öffnete die Fensterläden, um das Mädchen besser sehen zu können. Es hatte sich nicht gerührt.
»Wie heißt du?«
Das Mädchen sah ihn ausdruckslos an.
»Hat deine Herrin dich geschickt?«
Es nickte.
»Und du willst, daß ich mit dir komme?«
Es nickte noch einmal.
»Würdest du einen Augenblick vor der Tür warten –«
Das Mädchen starrte ihn an und rührte sich nicht.
»Wenn es dir nichts ausmacht –«
Noch immer dieses teilnahmslose Starren.
»Ich muß nur noch –«
Mit einem resignierten Achselzucken ging Salah in das Kabinett hinter der niedrigen Tür am anderen Ende des Zimmers und erleichterte sich. Als er zurückkehrte, stand das Mädchen noch so da wie zuvor, mit demselben teilnahmslosen Blick. Doch plötzlich und ehe er es sich recht versah, hatte sie sich umgedreht und wartete vor der Tür auf ihn. Salah holte seine Lederbörse aus ihrem Versteck unter dem Kopfkissen und nahm seinen Dolch. Dann gingen sie zusammen die Treppe hinunter und traten auf die Straße. Der rothaarige Zwerg sah ihnen nach. Es dämmerte bereits, und Salahs Kopfschmerzen wurden schlimmer.
Die Frau mittleren Alters vom Markt stand an einem Fenster im Obergeschoß und sah, wie Salah und die Dienstmagd den Ponte Vecchio überquerten. Sie hoffte, daß der Sarazene sich in diesem Viertel mit seinem Gewirr aus winzigen Gassen nicht aus-

kannte. Sie wußte alles über die Lust der Sarazenen, über ihren rückhaltlosen Genuß der Freuden des Fleisches.
Neben ihr stand eine bezaubernde junge Frau, deren Reiz noch erhöht wurde durch die Tatsache, daß sie den Nachmittag mit Duftwässern, Ölen und anderen Essenzen der Körperpflege verbracht hatte.
»Hier ist er«, sagte die Frau mittleren Alters, ohne die Augen von Salah und der Magd zu wenden.
»Wollen wir nur hoffen, daß wir nicht noch einmal eine Enttäuschung erleben müssen.«
»Ach, bei dem ist nichts zu befürchten. Der hat mehr zwischen den Beinen als die meisten anderen. Ich hab' es heute vormittag gespürt. Reines Gold, da bin ich mir sicher.«
»Wie kannst du so sicher sein?«
»Er hat diesen gewissen Geruch an sich.«
»Das hast du über diesen Bankier aus Turin auch gesagt.«
»Woher sollte ich denn wissen, daß der Knaben bevorzugt?«
Die Haustür öffnete sich, und sie hörten Schritte auf dem Holzboden. Die ältere Frau entfernte sich, und die junge ging zur Treppe, ein einladendes Lächeln auf dem Gesicht.
Als die Dienstmagd Salah bedeutete, er solle die Treppe hinaufsteigen, hob er den Kopf und, erblickte eine Vision des Liebreizes, die das Herz eines jeden Mannes gerührt hätte. Sie sah zu ihm hinunter und streckte ihm die Hand entgegen. Ihr ebenholzschwarzes Haar war aus dem Gesicht gekämmt. (Salah gewöhnte sich allmählich daran, daß die ungläubigen Frauen ihre Augenbrauen und den Haaransatz auszupften, um die Stirn höher wirken zu lassen.) Ihre Augen, so dachte er, waren Teiche dunkler Geheimnisse, ihre Haut dagegen von der Reinheit des Alabasters. Salahs Kopfschmerzen verschwanden.
»Salah Ibn al Khatib.«
»Berta Emilia Caracciolo. Ihr habt meine Mutter heute vormittag auf dem Pferdemarkt kennengelernt.«

»Ja, Allah sei Dank. Sie hat, mich davor bewahrt, betrogen zu werden.«
»Diese Pferdehändler sind berüchtigt. Und ich fürchte, vor allem bei Fremden werden sie ihrem schlechten Ruf gerecht.«
Sie drehte sich um, und Salah folgte ihr, selig ihr Parfum einatmend. Sie führte ihn in eine große Kammer, die Salah sehr beeindruckte. Überall standen Blumen, vor allem Rosen, in Töpfen und Vasen und schenkten dem Raum einen verführerischen Duft. Salah lief das Wasser im Mund zusammen, als er auf dem Tisch zwei Schalen voll der unterschiedlichsten Früchte sah. Die bezaubernde junge Frau zeigte ihm einen Elefanten aus Elfenbein. Dies sei das neueste Spielzeug aus Paris, erklärte sie, ebenso wie diese hübschen seidenen Puppen. Salah bemerkte ein riesiges, reich mit Damast behängtes Bett in einem Winkel des Zimmers. Alles war so luxuriös, daß Salah überzeugt war, er besuche das Haus eines sehr reichen Kaufmanns. Endlich hatte sein Glück sich gewendet.
»Meine Mutter bittet Euch, ihr zu verzeihen, daß sie uns heute abend keine Gesellschaft leisten kann«, säuselte Berta, goß Wein ein und bot ihn Salah an.
»Geht es Eurem Verwandten schon besser?«
»Ach, hat sie Euch das erzählt?«
»Nur beiläufig.« Er nahm den Kelch mit Wein. »Vielen Dank.«
Sie saß ihm gegenüber, schälte mit einem silbernen Messer einen Pfirsich und leckte sich den Saft von den langen Fingern.
»Hat sie Euch auch erzählt, daß mein Gatte unterwegs ist?«
»Äh – nein.«
Draußen ertönten die Glocken der Stadt. Salah sah sich im Zimmer um und merkte, daß es kleiner war, als er anfangs gedacht hatte; verzierte Spiegel, die die hohen Fenster wiedergaben, vermittelten den Eindruck von Größe.
»Euer Gatte –«, sagte Salah, als die Glocken verklungen waren, »in welchen Geschäften ist er tätig?«

»Er handelt mit Waffen. Er ist heute nach Genua aufgebrochen, um sich sein Schiff anzusehen. Er trifft dort jemanden aus Avignon, der im Namen des Königs von Frankreich Waffen sucht für den Krieg gegen die Engländer.«
Salah erinnerte sich plötzlich wieder an seine Mission. Und wünschte sich, er könnte hierbleiben.
»Es sieht aus, als tue der Krieg Euch beiden recht gut«, sagte er und ließ den Blick über das kostbar ausgestattete Zimmer schweifen.
»Nicht übel«, erwiderte sie und beugte sich vor, um ihm nachzugießen. »Er hofft, daß der Krieg hundert Jahre dauert.«
Sie lachten.
»Und hat er auch Pferde zu verkaufen?«
»O ja. Aber zuerst müssen wir essen. Ich habe großartiges Rindfleisch, das beste, das man bekommen kann, von Tieren, die auf den Flußweiden hier in der Nähe grasen.«
Als sie hinausging, um das Essen zu bestellen, erinnerte Salah sich an sein zwiespältiges Gefühl vom Abend zuvor, da der rothaarige Zwerg ihm Wein angeboten hatte. Im Geiste hatte er das Heilige Buch um Rat gefragt, doch die Antworten waren nicht sehr erhellend. In Sure 16:68 hieß es: »Und von der Frucht der Palmbäume und der Weintrauben erhaltet ihr berauschende Getränke und auch gute Nahrung …« Aber in Sure 2:219 hieß es: »Auch über Wein und Spiel werden sie dich befragen. Sag ihnen: ›In beiden liegt Gefahr der Versündigung – doch auch Nutzen für die Menschen; der Nachteil überwiegt jedoch den Nutzen!‹«
Die stumme Dienerin kam mit einem frischen Krug Wein ins Zimmer.
»Nun erzählt, wie lautet Eure Geschichte?« fragte Berta, als das Mädchen sie wieder verlassen hatte.
»Ich bin auf einer Reise nach Paris.«
»In Geschäften?«

»Ja.«
»Und welche Art von Geschäften?«
»Es tut mir leid. Das ist geheim.« Doch da er das Gefühl hatte, mit dieser Antwort unhöflich zu sein, fügte er ausweichend hinzu: »Es geht um medizinische Angelegenheiten.«
Die Dunkelheit brach herein, und Berta zündete weitere Kerzen an. Noch einmal läuteten die Glocken, eine nach der anderen, und die harten, runden Klänge hallten mißtönend durch die Nacht.
»Wir wollen ins Nebenzimmer gehen und essen«, sagte Berta, stand auf und führte Salah in eine angrenzende Kammer, in der ein Festmahl angerichtet war, wie Salah noch keines gesehen hatte. Er aß und trank mit unerwartetem Appetit. Immer wieder füllte Berta ihm Kelch und Teller. Salah erzählte von Kairo und seiner Familie, von seinen Jahren des Studiums in der Madrasa, von seinen Mißgeschicken auf der Reise. Berta ermutigte ihn unauffällig mit einer gelegentlichen Frage, einem aufmunternden Nicken oder leisen Lauten der Bewunderung. Es dauerte eine Weile, bis Salah erkannte, daß nur er redete.
Nach dem Essen kehrten sie in das Spiegelzimmer zurück. Salah war nicht mehr ganz sicher auf den Beinen. Er redete sich ein, daß es ein langer und anstrengender Tag gewesen sei. Es sei wohl besser, sagte er seiner bezaubernden Gastgeberin, wenn er in seinen Gasthof zurückkehre und wegen des Pferdes am Morgen wiederkomme. Mehr Wein floß, und sie redete ihm zu, über Nacht zu bleiben. Salah war inzwischen nicht mehr in der Verfassung, das Angebot abzulehnen. Und außerdem, gab Berta zu bedenken, wäre es sehr unvorsichtig, nachts durch eine fremde Stadt zu wandern.
Die Magd wurde gerufen, damit sie Salah in seine Schlafkammer führte. Das Mädchen sah schrecklich müde aus, mit tiefen Ringen unter den Augen. Salah dankte seiner Gastgeberin überschwenglich für ihre Freundlichkeit. Die Einladung habe all sein

Mißgeschick mehr als wettgemacht. Berta lachte anmutig und wünschte ihm eine gute Nacht.
Salah folgte der Magd, deren Kerze ihre Schatten über die Wände des Ganges hüpfen ließ, und stierte betrunken ein rotes Muttermal auf ihrem Nacken an. Er drückte seine Erektion fest gegen den Bauch, um sie zu verbergen. Er fühlte sich leicht und warm, sein Körper glühte, und sein Kopf tanzte Ringelreihen.
Das stille Mädchen öffnete eine Tür und stellte die Kerze auf den niederen Tisch neben dem Bett. Das Zimmer war nicht besonders groß, aber behaglich, mit gewebten Wandbehängen und einer niederen Tür in der gegenüberliegenden Wand wie die zu dem Kabinett im Gasthof. Das Mädchen starrte ihn an, und einen Augenblick lang sah es so aus, als wollte sie etwas sagen. Aber dann schlug sie die Augen nieder, bekreuzigte sich und verließ wortlos das Zimmer.
Salah zog sich aus und warf die Kleider auf das Bett. Die warme Lederbörse hielt er sich an die Wange und blieb einen Augenblick leicht schwankend und mit geschlossenen Augen so stehen. Dann warf er sie in die Luft und versteckte sie schließlich unter dem Kissen. Niemand würde sie unbemerkt unter seinem Kopf herausziehen können. Und sein Granatring steckte sicher an seinem Finger.
Aber zuerst mußte er sich erleichtern. Er ging zu der niedrigen Tür, öffnete sie –
– und stürzte Hals über Kopf ins Dunkel.
Platsch.
Kurze Zeit lag er frohgemut da und sah zu den Sternen empor, die über ihm tanzten. Er lächelte. Was für ein lustiger Traum. jeden Augenblick würde er aufwachen, in Berta Emilia Caracciolos Ställe gehen und sich eines der Pferde ihres Gatten ansehen. Salah versuchte sich aufzusetzen, merkte aber, daß seine Finger in Schlamm einsanken. Und erkannte, daß er im Schlamm lag. Er war damit bedeckt. Über und über. Plötzlich

dämmerte es ihm. Er war in die Latrine gefallen. Da saß er also, ein erwachsener Mann, im Vollbesitz seiner Kräfte, in einem Haufen –

Er richtete sich auf und rief vorsichtig nach oben, denn er wollte nicht die ganze Nachbarschaft aufwecken.

»He, hallo! Psss! Psss!«

Das Haus blieb still.

Was sollte er der eleganten, kultivierten Berta sagen?

»He, Mädchen! He! Psss!«

Stille. Das Mädchen war offensichtlich nicht nur stumm, sondern auch taub. Gegen die tropfnasse Wand gestützt, richtete er sich auf. Er erkannte, daß er nicht in eine Grube gefallen war, sondern in eine sehr schmale Gasse oder in einen Kanal. Er meinte, am Ende den Fluß plätschern zu hören. Er mußte versuchen, zur Vorderfront des Hauses zu gelangen und das Mädchen durch Klopfen zu wecken. Mit zugehaltener Nase stapfte er durch den stinkenden Graben und bog vorsichtig um die Ecke. Allah hatte Mitleid mit ihm, denn es war sehr dunkel und kein Mensch unterwegs.

Zaghaft klopfte er, bemerkte gleichzeitig, daß er zum Himmel stank. Außerdem zitterte er, die Kälte drang ihm bis in die Knochen. Seine Zähne klapperten.

Er klopfte noch einmal, nachdem er vergeblich versucht hatte, sich einige Kotklumpen aus den Haaren zu streifen.

Ein Hund bellte. Das Haus blieb dunkel und still. Salah klopfte lauter. Er glaubte, jemand die Brücke überqueren und auf sich zukommen zu sehen. Er fing an, gegen die Tür zu hämmern und mit den nackten Füßen dagegenzutreten, wobei er sich schmerzhaft den großen Zeh anschlug. Inzwischen war es ihm egal, wer ihn jetzt sah, ob es nun das Dienstmädchen war, Berta oder sogar ihre Mutter. Etwas weiter unten an der Straße wurde ein Fenster geöffnet.

»He! Du da! Was soll denn der Lärm?«

Salah hämmerte und trat noch lauter als zuvor. Seine Zehen bluteten.

»He, du da! Laß das!«

Über ihm öffnete sich ein Fenster, das stumme Mädchen beugte sich heraus.

»Wer ist da?« fragte sie.

»Ich bin's, Salah.«

»Wer?«

Salah blieb die Spucke weg. »Ich hab' ja gar nicht gewußt, daß du sprechen kannst – der Gast deiner Herrin.«

»Wir haben hier keinen Gast.«

»Halt 's Maul und laß anständige Leute schlafen!« brüllte der Nachbar.

»Ich hatte einen kleinen Unfall«, stammelte Salah. »Sag doch bitte Berta, daß ich –«

»Wem?«

»Deiner Herrin. Berta Emilia Caracciolo.«

»Es gibt hier niemanden mit diesem Namen«, erwiderte das Mädchen und griff nach den Fensterflügeln.

»Mach das Fenster nicht zu!« schrie Salah verzweifelt.

»Halt die Schnauze, du Suffkopf!« Es war der wütende Nachbar.

»Du mußt mich einlassen!«

Der andere Mann verlor völlig die Geduld.

»Hau doch endlich ab, du verfluchter Schreihals, und laß uns verdammt noch mal schlafen!«

»Aber Ihr versteht nicht! Meine Kleider und all mein –«

Die Nacht senkte sich über Salah. Mit Entsetzen ahnte er, was dies zu bedeuten hatte. Rasend vor Wut und Hilflosigkeit begann er schrill auf arabisch zu fluchen.

»Verdammte Scheiße! Na schön. Jetzt reicht's. Paß auf, gleich komm' ich runter und verpass' dir höchstpersönlich einen Tritt in den Arsch.«

Die »stumme« Dienstmagd zog die Läden vor und schloß das

Fenster. Salah packte einen Stein und warf ihn gegen die Läden. Jeder Hund in der Nachbarschaft fing an zu bellen. Läden öffneten sich quietschend, Kerzenlicht flackerte in dunklen Fenstern. Ein Stimmengewirr erhob sich, man schrie, zischte, buhte und spuckte auf Salah herab. Er hörte, wie ganz in der Nähe die Riegel einer Tür zurückgeschoben wurden, und fing an zu laufen. Splitternackt und stinkend wie ein Misthaufen floh er aus diesem Pandämonium.

17

Erschöpft von der Arbeit des Tages kehrte Chwilen Bwm in seine Hütte zurück. Wenigstens wurde es jetzt früher dunkel, die Tage wurden kürzer. Als Leibeigener der Gemeinde von Dolbenmaen war er an das Land gefesselt, das er bearbeitete. Ihm stand es nicht frei zu wählen, wo oder für wen er arbeitete. Sein Leibeigenenblut kettete ihn an diesen Ort, und sein einziger Lohn war die Verpflichtung der Gemeinde, ihn in Kriegszeiten zu verteidigen.

Er lebte mit seiner Mutter und einer kleinen Tochter in der üblichen, nur aus einem einzigen Raum bestehenden Hütte aus lehmbeworfenem Flechtwerk, im Dach ein Loch als Rauchabzug für das Torffeuer, das in der Mitte brannte. Seine Frau war vor einigen Jahren an Matthäi gestorben, und der Säugling war über dem Sarg getauft worden. Das wäre beinahe verhängnisvoll geworden: Iolyn der Priester, der zu früh mit dem Feiern begonnen hatte, war sehr betrunken gewesen und wäre fast in das offene Grab gestürzt. Glücklicherweise war er aber dann rückwärts in den Schlamm gefallen. Danach hatte Chwilen Bwm

mit seinen Leibeigenenkumpanen drei Tage lang gezecht. Sie hatten sich bis zur Besinnungslosigkeit betrunken.
Chwilen Bwms Mutter war blind, aber trotzdem schaffte sie es, auf das Kind aufzupassen. Sie wußte, wo sich jeder Gegenstand in der Hütte befand, und konnte kochen und sogar einigermaßen nähen. Chwilen sah, daß sie auf dem Boden herumkroch und etwas suchte.
»Was hast du denn verloren?«
»Eine Nadel.«
»Ach, laß es sein. Die finden wir nie. Die hast du längst in den Lehm getreten, oder eine Ratte hat sie für einen Hühnerknochen gehalten.«
Sie aßen schweigend, während draußen der Wind heulte.
Dann kuschelten sich alle drei Wärme suchend in das Stroh. Chwilen Bwms Tochter bat ihn um eine Geschichte. Er überlegte eine Weile und begann dann zu erzählen.
»Es war einmal vor sehr, sehr langer Zeit, da lebte in einer sumpfigen Gemeinde nicht weit von hier ein junger Leibeigener. Sein Haus war beinahe so wie unseres, aber er war sehr unglücklich, weil er eine Frau wollte. Tag und Nacht träumte er von einer wunderschönen jungen Frau ganz für sich allein. Er schaute sich die Mädchen der Gemeinde eines nach dem anderen an, aber keines fand er gut genug für sich. Er beobachtete sie in der Kirche, und während der Arbeit folgte er ihnen mit den Augen, wenn sie vorbeigingen. Aber keines von ihnen konnte sich mit der Frau seiner Träume messen. Doch eines Morgens, die Sonne war eben aufgegangen, und er war unterwegs, die Kühe zu melken, da sah er das wunderhübscheste Mädchen, das man sich vorstellen kann, barfuß im Tau und mit einem Bündel auf der Schulter. Sie war schöner als alle seine Träume, und er mußte seinen ganzen Mut zusammennehmen, um ihr einen guten Morgen zu wünschen. Sie antwortete höflich auf seinen Gruß, doch als er sie fragte, wohin sie an diesem wunderbaren

Morgen ginge, wurde sie sehr zornig. ›Warum soll ich dir sagen, wohin ich gehe oder was ich vorhabe?‹ fragte sie boshaft. Doch sie hatte Tränen in den Augen, und der Junge nahm sie bei der Hand. ›Vielleicht kann ich dir helfen‹, sagt er so freundlich wie nur möglich. Da sieht sie ihm in die Augen, überlegt eine Weile und erzählt ihm dann, daß sie von den Lehnsgütern des Nachbartals kommt und daß ihr Vater sie zwingt, einen der anderen Freien zu heiraten, nur weil er reich ist und ein gutes Brautgeld bietet. ›Aber das ist doch nur recht und billig‹, sagt der Junge. ›Ein Mädchen muß tun, was sein Vater verlangt, vor allem wenn es um gutes Geld geht.‹ Aber das wunderschöne Mädchen fängt wieder an zu weinen und sagt, daß der Mann alt und häßlich ist, mit einem Gesicht wie ein Kuhhintern und dem Körper eines Ziegenbocks, und außerdem noch grausam. Also fragt der Junge, was sie vorhat, und sie fängt noch lauter an zu weinen und sagt, daß sie schon seit Tagen alleine und verlassen herumirrt. Da faßt der Junge sich ein Herz und sagt zu dem Mädchen: ›Du kannst in meine Hütte gehen, wenn du willst. Gleich da drüben ist sie, zwischen den Bäumen, und ich komme zu dir, sobald ich die Kühe gemolken habe ...‹ Und das Mädchen sieht zu ihm auf und lächelt durch die Tränen, und er glaubt, daß endlich sein Traum in Erfüllung gegangen ist. Das Mädchen läuft also zu seiner Hütte, und er geht zum Melken. Und er pfeift, während er melkt, und singt, während er die vollen Kannen in die Gemeinde trägt. Unterwegs begegnet er einem weißen Mönch. ›Na‹, sagt der Mönch, ›was ist denn mit dir los? Es ist lange her, seit ich in dieser Gemeinde ein fröhliches Gesicht gesehen habe.‹ Und dann bittet er um einen Schluck Milch, den der Junge ihm gibt. Der Mönch trinkt kräftig und fragt dann den Jungen, ob er in der letzten Zeit irgendwelche Fremden gesehen hat. Aber der Junge schüttelt den Kopf und sagt, daß er keine Menschenseele gesehen hat. Da sieht der Mönch ihn an und sagt: ›Das ist aber komisch. Ich könnte schwören, daß bei dir etwas eingeschlagen hat wie ein Blitz.‹ Damit geht er seines Wegs, und der Junge fragt sich plötzlich, ob er vielleicht das junge Mädchen meint. Na, aber er wird doch einem lüsternen alten Mönch nicht von dem Traum erzählen, der in seiner Hütte wartet. Und als er bei seiner Hütte ankommt, ist alles still, und er fragt sich, ob das Mädchen vielleicht davongelaufen ist. Er will die Tür öffnen, doch sie ist verschlossen. Also schleicht er um die Hütte herum bis zu einer Stelle, wo die Wand, wie er weiß, einen Riß hat. Und er bückt sich. Und späht durch das Loch. Und traut seinen Augen nicht. Sein Herz macht pitetipat wie das eines Sperlings. Denn – was glaubst du, was er sieht?

Einen Dämon. Dort auf demselben Stroh, auf dem der Junge sich eine Frau erträumt hat, steht ein abscheuliches, grüngesichtiges Ungeheuer mit einem Kopf so kahl wie eine Schweinsblase, mit zwei langen Fangzähnen in seinem aufgerissenen Maul, einem riesigen Schmerbauch und scheußlichen, scheußlichen Haaren am ganzen Körper. Und wie der Junge so durch das Loch starrt, sieht er, daß der Dämon etwas auf dem Boden bemalt. Er sieht genauer hin und erkennt, daß es die Haut des wunderschönen Mädchens ist. Sorgfältig malt der Dämon die Lippen rot, und als er fertig ist, hebt er die Haut auf und zieht sie sich über. Und vor den Augen des Leibeigenen verwandelt sich der Dämon in das wunderschöne junge Mädchen.

Der Junge läuft, so schnell ihn die Beine tragen, dem Mönch nach, der eben den letzten Tropfen Milch aus einer seiner Kannen trinkt. Schwer atmend erzählt er ihm seine Geschichte, und der Mönch hört ihm aufmerksam und nur hin und wieder rülpsend zu. ›Sorg dich nicht‹, sagt er, als der Junge mit seiner Geschichte zu Ende ist. ›Alles, was du brauchst, ist die Hilfe Unserer Lieben Frau und der Heiligen. Und dieser geheiligten Reliquie.‹ Und er drückt dem Jungen einen Harzklumpen in die Hand. ›Das ist ein Stück von der Myrrhe, die die drei Weisen nach Bethlehem gebracht haben. Ich habe sie vor ein paar

Jahren in der Kirche in Ludlow bekommen. Trag sie in deine Hütte und zeig sie dem Dämon, und er wird so schnell verschwunden sein, wie kein Schaf furzen kann.‹
Der Junge dankt dem Mönch und läuft sofort nach Hause. Diesmal ist die Tür offen, und er tritt furchtsam ein. Und da weht ihm aus dem kleinen Alkoven, in dem er jede Nacht schläft, ein himmlischer Duft entgegen wie von Heidekraut und Rosen. Er nimmt seinen Mut zusammen und wagt sich hinein, und da liegt das junge Mädchen ausgestreckt auf dem Stroh, das Kleid sehr weit über die Beine hochgeschoben und ebenso weit über die Brüste heruntergezogen. Der Junge fühlt sich schwach. Und das Mädchen wacht auf, beklagt sich, daß er so lange weggeblieben ist, und leckt sich dabei langsam über die Lippen, und dann sieht sie den Myrrheklumpen und fragt ihn, was das ist. Er stottert ein bißchen und sagt dann, daß sie daran lecken soll. Da sieht sie den Klumpen mit einem schelmischen Grinsen an und schiebt ihn sich sehr langsam zwischen die Lippen und auf die Zunge. Eine große weiße Rauchwolke quillt ihr aus dem Mund und steigt bis unter das niedere Dach. Das Mädchen hat ihm den Rücken zugewandt, doch jetzt dreht es sich um, und plötzlich hat es ein grünes Gesicht und einen kahlen Schädel wie eine Schweinsblase, und es ist ein schmerbäuchiger, haariger, abscheulicher Dämon mit zwei gelben Fangzähnen. Der Junge sinkt auf die Knie und fängt an zu beten, und das Ungeheuer springt ihn an. Da rappelt der Junge sich hoch, stürzt aus der Hütte und rennt zurück zum Dorf, so schnell die Füße ihn tragen. Beim weißen Mönch angekommen, erzählt er ihm atemlos, was er erlebt hat, und meint, daß man den weißen Mönch wohl betrogen hat. ›Wegen dir wäre ich beinahe umgekommen, ist dir das klar?‹ Aber der Mönch sagt ihm, daß er sich beruhigen soll und daß die Myrrhe nur das bewirkt hat, was sie bewirken sollte. Und wirklich, als der Junge in seine Hütte zurückkehrt, ist da zwar ein furchtbarer Gestank und eine Menge Rauch, aber

weder von dem Mädchen noch von dem Dämon auch nur die geringste Spur. Doch in dieser Nacht kam ein Kätzchen zu der Hütte und machte es sich dort bequem, als wäre es ihr Zuhause. Viele Monate später, am Fest des heiligen Philippus und des heiligen Jakobus, nahm sich der junge Leibeigene schließlich doch noch eine Frau. Alle waren ein bißchen verwundert, weil sie furchtbar häßlich und träge war. Beim Hochzeitsfest wurde sehr viel getrunken, und das Feuer brannte die ganze Nacht. Aber auch als die Glut verlöscht war, hing noch tagelang Rauch in der Hütte, und das Kätzchen war verschwunden. Auch der weiße Mönch wurde nie wieder gesehen, in der Gemeinde allerdings ging von da an eine weiße Katze um, die immer Milch stahl.«

Chwilen Bwms Mutter und seine Tochter waren fest eingeschlagen. Er masturbierte leise ins Stroh, schlief bald darauf ein und träumte von Nest, der Tochter von Iorwerth Gam von den Lehnsgütern.

18

Salah rannte und rannte, stundenlang, wie es ihm schien. Seine Lunge brannte, und sein Atem kam in abgehackten Stößen, als er endlich stehenzubleiben wagte. Er verfluchte sich, weil er versäumt hatte, sich im Arno zu waschen. Er verfluchte sich noch viel heftiger, weil er so ein Trottel gewesen war. Wie hatte er nur auf diese Finte hereinfallen können? Wie hatte er nur so blind sein können? Er verfluchte sich und merkte erst jetzt, daß seine Kopfschmerzen viel, viel schlimmer geworden waren. Seine Zähne klapperten vor Kälte. Und er hatte nicht die geringste Ahnung, wo er war. Als er schließlich zitternd und mit gesenktem Kopf weitereilte, spürte er, daß jemand ihm entgegenkam. Angestrengt in die Dunkelheit spähend, erkannte er zwei Männer, der eine mit einer Laterne in der Hand, die schwankende Schatten warf. Salah überlegte schnell. Vielleicht waren es die Stadtwächter. Vielleicht waren es aber auch Räuber. Doch wer sie auch waren, es würde ihm nicht leichtfallen, den Zustand zu erklären, in dem er sich befand. Ganz in der Nähe stand ein hölzerner Schuppen, und Salah schlüpfte hinein. Er tastete sich durch die Dunkelheit und stieß schließlich auf einen Stapel Bretter. Dahinter konnte er sich verstecken, bis die Gefahr vorüber war. Während er sich duckte und angestrengt lauschte, kamen die beiden Männer in die Hütte und stellten die Laterne auf den Boden.

Von seinem Versteck aus konnte Salah kaum etwas erkennen. Er hörte, wie sie schwere metallene Gegenstände verschoben, und sah, daß einer der Männer mit Werkzeugen hantierte und dann plötzlich den Kopf hob.

»Verdammt. Furzt du vielleicht, du Saukerl?«

»Aber bestimmt nicht. Wer's riecht, der war's.«

»Der Furzer riecht's als letzter, meinst du wohl.«

»Puh! Jetzt reicht's aber. Pack dich weg, du Stinkstiefel.«

»Selber. Mein Gott, mir kommt's gleich hoch.«

»Ich glaub', ich muß kotzen.«

Salah betete inbrünstig und sagte sich Verse aus dem Buch der Buße vor: »Als die Ungläubigen Mohammed vertrieben und er nur noch mit einem zweiten in der Höhle war, sagte er zu seinem Gefährten: ›Sei nicht traurig, denn Allah ist mit uns.‹ Da sandte Allah seine allgegenwärtige Vorsehung über ihn und stärkte ihn mit Scharen, die ihr nicht sehen konntet. Und so erniedrigte er das Wort der Ungläubigen und erhöhte das Wort Allahs, denn Allah ist allmächtig und allweise.«

»Vielleicht ist's eine Ratte, die sich hier rein verirrt hat ...«

»Eine Ratte und so stinken? Du bist doch nicht ganz bei Trost!« Der größere der Männer hob die Laterne und fing an, die Hütte zu durchsuchen. Der kleinere sah das Licht in Salahs Augen funkeln und stieß einen Entsetzensschrei aus. Der andere sprang blindlings auf Salah zu, der erschrocken begann, Verse des arabischen Poeten Ibn al Qahir al Juriani herunterzuleiern. Ein Griff an die Kehle brachte ihn zum Verstummen. Der größere Mann machte sich daran, das Leben aus ihm herauszudrücken.

Etwas später, nachdem Salah seine Geschichte viermal erzählt und sich dabei in seinem Bemühen, alles ganz genau zu erklären, immer wieder verrannt und in Widersprüche verwickelt hatte, beliebte es dem Großen endlich, von Salahs Brust aufzustehen. Vorsichtig und ächzend vor Schmerz erhob sich Salah.

»Bedank dich bei der heiligen Luzia, mein Freund, daß du nicht mehr in dieses Haus hineingekommen bist. Das wäre dein Ende gewesen.«

»Soll das heißen –«

»Aber natürlich.« Der Große fuhr sich mit dem Finger über die Kehle.

»O Allah, Herrscher des Himmels und der Erde. Allmächtiger Schöpfer!«

»Gleich im Bett. Die Kehle durchgeschnitten. Und im Morgengrauen wärst du zum Frühstück für die Fische geworden.«

»Dann bekomme ich mein Gold also nicht mehr zurück?«

Ihr Schweigen bestätigte seine schlimmsten Befürchtungen. Salah setzte sich und stützte den Kopf in die Hände. Der Große nickte seinem Begleiter zu, und die beiden verließen die Hütte. Salah hörte sie murmeln und sah ängstlich hoch, als sie zurückkehrten, denn er wußte, daß sein Schicksal in ihren Händen lag.

»Hör zu«, sagte der Größere. »Tut uns leid, was diese Huren mit dir angestellt haben – und gerade mit dir als Fremdem, der noch so einen weiten Weg vor sich hat –«

Während er sprach, sammelte der Kleine Werkzeuge zusammen, Hämmer, Schlegel, ein Brecheisen, und wickelte sie sorgfältig in Sackleinwand.

»– und wir beide, ich und mein Kumpel hier, na, wir haben uns ein bißchen unterhalten, aber du mußt dir das gut überlegen, weißt du, wir wollen dich ja nicht unter Druck setzen, aber wenn du mitmachen willst, wird gerecht geteilt, jeder ein Drittel, so haben wir das immer gehalten, und bei dir würden wir da keine Ausnahme machen, also wenn du mit uns kommen willst, aber nicht, daß du denkst, wir wollen dich drängeln, und wenn du nicht willst, sind wir auch nicht beleidigt ...«

Schließlich begann der Größere, der Ricardo hieß, zu erklären, worum es ging. Salah zögerte. Doch am Ende stimmte er zu. Es widerstrebte ihm zwar, aber so, wie die Dinge lagen, mußte er etwas unternehmen. Marco, der Kleinere, lächelte. Ricardo hob die Laterne auf und wandte sich zur Tür.

»Nur noch eins, Salah, mein Junge. Wir werden dir Kleider besorgen, wenn du uns eines versprichst.«

»Was?«

»Daß du dir bei der ersten Gelegenheit die Scheiße abwäschst.«

Sie eilten durch die dunklen Straßen von Florenz, Salah nackt bis auf einen Sack um die Lenden und ein Stemmeisen auf der Schulter, und Ricardo erzählte ihm alles von Erzbischof Egano Anichino Ariguccio, der vor kurzem gestorben war. Erst gestern habe man ihn in einer großartigen Feier zu Grabe getragen. Salah behielt für sich, daß er die Prozession gesehen hatte. Ricardo sagte, daß man dem Prälaten, gewandet in kostbare Roben, einen sehr würdigen Abschied bereitet habe. Ricardos Mutter habe in der heutigen Nacht eine Kerze angezündet und bete für den Erzbischof. Er sei sehr fromm erzogen worden, sagte Ricardo, und darüber sei er froh. Es gebe einem Menschen einen Grundstock fürs Leben. Das behaupteten zumindest die anderen immer. Aber eigentlich sei es ja der Rubinring, der es

ihnen angetan habe. Mindestens sechshundert Florin sei der wert. Oder sogar neunhundert, wenn sie nur den richtigen Käufer fänden.
Salah zitterte noch immer wie Espenlaub, als sie den Platz erreichten. Schwer und schwarz ragte die Kirche in den nächtlichen Himmel. Die anderen hatten darauf bestanden, daß Salah drei Schritte hinter ihnen ging und dann, als der Wind sich drehte, drei Schritte vor ihnen. Der Kot war unterdessen auf seiner Haut zu einer harten Kruste zusammengebacken. Ricardo erzählte, daß sein Vater beim Bau dieser Kirche mitgearbeitet habe, und zwar von Anfang an, seit man beschlossen hatte, sie zu errichten, weil die alte zu klein für die blühende Stadt geworden war. Salah fand, daß noch ziemlich viele Gerüste herumstanden und daß das Gebäude alles andere als fertig aussah. Er entdeckte einen Brunnen und wusch sich mit Unmengen von Wasser.
»Wir sollten uns besser beeilen«, sagte Ricardo. »Jeden Augenblick kann eine Messe beginnen.«
Auf Zehenspitzen schlichen sie durch eine Seitentür hinein. Der riesige, hallende, dunkle Raum jagte Salah einen Schauer über den Rücken. Ricardo führte sie zu einem großen Marmorsarkophag und steckte drei Meißel in den Schlitz zwischen Deckel und Seitenwänden. Zu dritt versuchten sie dann, das Brecheisen in die Öffnung zu treiben. Nach vielem Ächzen, Fluchen und Stöhnen gelang es ihnen, und nun hoben Ricardo und Marco den Deckel an, während Salah Holzkeile in den vergrößerten Spalt klemmte. Das dauerte noch länger, und die Zeit rann dahin. Marco klemmte sich bei dieser Plackerei die Finger ein. Er fluchte ausführlich, bis Ricardo ihn zum Schweigen brachte. Salah spürte eine eigenartige Erregung, und er sagte sich, daß die Störung der Grabesruhe eines Ungläubigen etwas ganz anderes war als die Schändung des Grabes eines Menschen, der im wahren Glauben erzogen wurde. Nach einer Weile hatten sie

den Deckel so weit hochgestemmt, daß einer von ihnen hineinschlüpfen konnte. Schwer atmend standen sie vor dem Sarg, und Ricardo sagte: »Na, wer ist der Glückliche?«
Die drei Männer starrten in die schwarze Dunkelheit im Innern des Sarkophags. Salah wischte sich den Schweiß von der Stirn, während Marco an seinen gequetschten Fingern saugte. Salah kannte den Plan, aber er hatte sich dazu eine interessante Variante ausgedacht. Er nahm den Sack von seinen Hüften.
»Ich mach's.«
»Na gut, aber mach dich dünn.« Ricardo half ihm, sich zwischen die Holzklötze zu zwängen, die den Deckel offenhielten. Beim Hineingleiten merkte Salah, daß der Gestank nicht so schlimm war, wie er befürchtet hatte. Bestimmt überdeckten die Unmengen verwelkender Blumen – die ihn kurz an Bertas Zimmer erinnerten – den Verwesungsgeruch. Während er sich über die Leiche des Erzbischofs tastete, stieß er aus Versehen mit dem Ellbogen in den aufgeblähten Bauch. Aus irgendeiner Körperöffnung trat mit leisem, aber unverkennbarem Geräusch Gas aus. Salah erstarrte, aber seine Kumpane sagten nichts. Er fand die linke Hand des Erzbischofs. Sie war fleischig und kalt.
»Hast ihn schon?« Marcos drängendes Flüstern hallte laut durch die leere Kirche.
»Psch!«
Salah versuchte, den Ring vom Finger zu ziehen, aber er saß sehr fest. Die Gelenke knackten unangenehm, als er an dem Ring zerrte, aber er rührte sich nicht. Er hielt einen Augenblick inne und rief sich die Verse 30:13 aus dem Buch der Griechen ins Gedächtnis: »An jenem Tage, wenn die Stunde des Gerichts schlägt, dann werden die Frevler verzweifelnd verstummen.« Genauso fühlte er sich jetzt. Aber was blieb ihm denn übrig? Er senkte den Kopf über die Hand und begann, an dem Finger zu saugen. Unter der Behandlung seiner Lippen und seiner Zunge erwärmte der Finger sich sehr schnell.

»Alles in Ordnung da drin?«
Aber Salah hatte den Mund zu voll, um antworten zu können. Er saugte und zog, aber der Ring rührte sich nicht. Er räusperte sich, spuckte sauer schmeckenden Speichel aus und machte sich wieder an die Arbeit. Doch dabei beschlich ihn ein Gefühl, als wollte ein Geist ihre Freveltat vereiteln …
»Wie wär's mit einer kleinen Säge?« Ricardo packte Salah am Knöchel.
»Er bewegt sich nicht«, sagte Salah, einen komischen Geschmack im Mund.
Die beiden anderen waren rasend vor Ungeduld, sie wollten so schnell wie möglich wieder hinaus. Und endlich schaffte es Salah, den Ring vom Finger des toten Prälaten zu ziehen. Nun war es Zeit für seine Variante des Plans. Gewiß würden diese ungebildeten Ungläubigen einen Granat nicht von einem Rubin unterscheiden können, er zog deshalb seinen Ring vom Finger und zischte den anderen zu: »Ich hab' ihn.«
»Wirklich?«
»Ja!«
»Na. dann komm!«
»Komm schon.«
Salah kroch in dem engen Sarg herum, bis seine Füße am Hals des Erzbischofs lagen und sein Gesicht zwischen den Holzklötzen hervorlugte wie das eines Kindes, das eben den Mutterschoß verläßt.
»Und wo ist er?«
Salah zwängte sich heraus und stellte sich vor Ricardo.
»Zeig her!«
Salah gab ihnen den Granatring. Ricardo packte ihn und untersuchte ihn eingehend. Seine Augen blitzten. Er befühlte den Ring mit den Fingerspitzen, wog ihn in der Hand, roch daran und hielt ihn sich ans Ohr. Marco hüpfte ungeduldig auf und ab.
»Zeig doch mal her. Zeig doch mal. Komm schon!«

»Schnauze!«
Ohne Vorwarnung schmetterte Ricardo Salah die Faust ins Gesicht ...
... und er stürzte. Segelte. Wirbelte. Meilenweit. Flach auf dem Rücken. Schwebend. Fliegend. Taumelnd. Und ließ alles weit, weit hinter sich zurück.

19

Eine Glocke. Schwärze. Ieuan Ddu erwachte in der lastenden Dunkelheit einer niedrigen Zelle im Herzen des Priorats von Beddgelert und hörte das beharrliche Bimmeln der kleinen Glocke, die die Mönche zum ersten Gottesdienst des Tages rief. Er rieb sich die schweren Lider und stemmte sich aus dem schmalen Bett hoch. Nur langsam gewöhnten sich seine Augen an die Dunkelheit. Er streckte die Arme aus, stieß aber trotzdem gegen die Wand, bevor er die Tür fand und auf den Gang im Obergeschoß des Klosters hinaustrat. Geführt nur von winzigen, flackernden Lichtpunkten, ging er den Kreuzgang entlang und über die Stufen neben dem Stiftshaus nach unten. Er hörte die Mönche die Treppe hinunterschlurfen, die vom Dormitorium in den anderen Teil des Klosters führte. In der Kirche herrschte noch tiefere Dunkelheit, die die vereinzelten schwachen Lichtpunkte der wenigen Kerzen kaum zu durchbrechen vermochten.
Der Steward konnte die schwarzen Gestalten, die raschelnd zu ihren angestammten Plätzen im Chor huschten, gerade noch erkennen. Der Sitz des Priors bildete den Abschluß des Gestühls.

Die kleine Glocke verstummte.
Einen Augenblick lang herrschte Schweigen. Dann setzte der Gesang ein.

Prior: Mater Salutaris
Mönche: Vere nuncuparis
Potente
Repente
Prior: Luto gratulante
Mönche: Illaque favente
Fervore
Dolore

Jemand hustete, stoßweise und beharrlich. Ieuan Ddu beschlich das verwirrende Gefühl, daß die Stimme des Priors durch den Chorraum wanderte.

Prior: Omnia fecisti
Sicut voluisti
Constanter
Fraudantur
Mönche: Digno tu scandente
Victor triumphante
Nec dare
Tam gnare

Der Steward bemerkte, daß jemand –

Vere consolatrix
Cunctis repatrix

– durch die Reihen ging, von einem Mönch zum anderen –

Tutrix orphanorum
Solamen miscorum

– und jedem eine Kerze knapp vors Gesicht hielt –

Velut maris stella
Parens et puella
Tam pia
Maria!

– und er erkannte plötzlich –

Felix fecundata
Mater honorata
In cruce
In luce

– daß es tatsächlich kein anderer war –

Rosa sine spina
Gratia divina
Electa
Effecta

– als der Prior persönlich, der nachsah, ob auch niemand eingeschlafen war.

Ein krummbeiniger Mönch eilte heftig hustend an Ieuan Ddu vorbei nach draußen. Nach dem Ende des Gesangs herrschte wieder Schweigen, das nur durchbrochen wurde vom Wind, der über das Dach pfiff. Doch dann erhob sich ganz in der Nähe ein entsetzliches Heulen. Noch nie in seinem Leben hatte der Steward ein solches Geräusch gehört. Das Blut erstarrte ihm in den Adern, und seine Nackenhaare stellten sich auf. Was konnte das sein? Ein Hund? Ein Wolf? Dieser heilige Ort konnte doch unmöglich etwas Schlimmeres beherbergen. Die Mönche, die mit gesenkten Köpfen an ihm vorbeizogen, schienen vollkommen unbekümmert. Als letzter verließ der Prior die Kirche. Am Portal, wo der Steward wartete, nickte er ihm bedächtig zu, und sie gingen schweigend gemeinsam hinaus. Bis zum nächsten Gottesdienst bei Tagesanbruch lag noch eine lange Nacht vor ihnen.

Sie wärmten sich am Feuer im Sprechzimmer des Priors. Die Hände des Priors tauten nur sehr langsam auf. Das Blut war noch kaum in seine Finger zurückgekehrt, als die Haut über seinen Wangenknochen bereits brannte. Der Prior sah Ieuan Ddu nachdenklich an. Er fragte sich, ob er ihm dieses Heulen erklären sollte. Der Steward hatte es bestimmt gehört; es war verwunderlich, daß er es noch nicht erwähnt hatte. Aber wenn er es ihm jetzt sagte, würde der Steward in dieser Nacht sicherlich nicht mehr schlafen können. Er beschloß, es ihm am Morgen zu sagen.

Während der Steward seine Hände ans Feuer hielt und spürte, wie langsam die Kälte aus ihnen wich, sah er den Prior aus den Augenwinkeln heraus an und nagte an seiner Unterlippe. Sollte er es wagen, ihn zu fragen, was für ein Heulen das gewesen war? Er war über sich selbst erstaunt. Warum hatte er sich nicht schon früher danach erkundigt? Schließlich war dies hier ja kein Schweigeorden, er hatte schon oft gesehen, daß die Mönche sich unterhielten. Doch er beschloß, es bis zum Morgen aufzuschieben.

20

Tage mußten vergangen sein, eine endlose Folge langer Stunden. Und nichts. Kein Knirschen. Nicht den Bruchteil eines Zolls. All seine Kräfte hatte er aufgeboten, hatte gedrückt und gestemmt. Oft hatte er geweint vor Angst und Entsetzen angesichts dieses schauerlichen, vergeblichen Kampfes. Außerdem war es kalt, unerträglich kalt war es gewesen, bis er sich unter Mühen die Kleider des Erzbischofs angeeignet und sich hineingewickelt hatte. Danach hatte er sich deutlich besser gefühlt, und seine Nase hatte aufgehört zu bluten. Aber sein Schicksal war besiegelt. Daran war nicht zu rütteln. Sein Schicksal war besiegelt.

Zwischendurch immer wieder lange Perioden des Schlafs. Später dann, als er schon halb wahnsinnig war vor Hunger und Durst, hatte er ein langes Gespräch mit dem Erzbischof begonnen, wobei es ihn leicht verwunderte, daß der ihm auch antwortete. Der Erzbischof hatte ihm seine Lebensgeschichte erzählt, und Salah hatte sich revanchiert mit dem Bericht über seine Reisen, über seinen Vater und den König von Frankreich und das Schiff und Francesco Datini und seine Ankunft in Florenz …

Und als alle Hoffnung schon geschwunden war, ein Wunder …

Also hatte Allah der Allmächtige doch ein Auge auf ihn.

Er hatte gegen den weißen Marmor gehämmert, bis seine Knöchel bluteten, hatte sich heiser geschrien und geschwitzt, bis er glaubte, er müsse verdursten – und dann plötzlich hörte er ein sehr schwaches Klopfen.

Salah erstarrte.

Er träumte wohl schon wieder.

Aber da waren sie erneut, diese leisen Klopfgeräusche.

Es konnten nur Ricardo und Marco sein, die auch noch den letzten Tropfen ihrer Rache auskosten wollten. Aber Salah war vorbereitet. Er war sicher, ihnen entkommen zu können, und er hoffte nur, daß er noch nicht zu schwach war, um sie vorher in die Ewigkeit zu schicken.
Die Klopfgeräusche wurden lauter.
Und plötzlich war er da, der dünne Lichtstreifen in der Dunkelheit seines Gefängnisses. Der Deckel hob sich um eine Haaresbreite. Salah hörte Stimmengemurmel. Dann wurde etwas in den Spalt geklemmt, der Deckel öffnete sich weiter. Alle Muskeln angespannt und geduckt wie eine Katze, lauerte Salah, zum Sprung bereit. Es konnten nur Ricardo und Marco sein, die sich den Rubinring holen wollten und zweifellos annahmen, daß ihr Komplize bereits tot sei.
Der Deckel war inzwischen so weit geöffnet, daß Salah hinausspringen konnte. Aber es herrschte eine vollkommene Stille in der Kirche, eine Art feierliches Schweigen.
Und plötzlich fuhr Salah, prächtig gewandet in die kostbare Robe des Erzbischofs Egano Anichino Ariguccio, auf den Lippen klassische arabische Dichtung (eine etwas ungenaue und ziemlich lautstarke Wiedergabe von Versen des Heldendichters Ibn al Rumi), aus dem Grab und fiel der Länge nach hin. Klassisches Arabisch hallte aus allen Winkeln der Kirche wider, als Salah sich, noch immer laut schreiend, aufrappelte. Geblendet nach so langer Zeit in der Dunkelheit, drehte er sich im Kreis und hörte etwas zu Boden fallen. Nachdem seine Augen sich an das Licht gewöhnt hatten, sah er, daß er umringt war von einer kleinen Gruppe von Dominikanermönchen mit den unterschiedlichsten Werkzeugen in ihren schlaff herunterhängenden Händen. Sie starrten ihn entgeistert an. Zwei von ihnen stöhnten auf und fielen in Ohnmacht. Ein dritter rannte, nachdem er die Gewalt über seine Beine wiedergewonnen hatte, direkt gegen eine Säule und stieß sich mit lautem Krachen den Kopf. Andere

liefen auf das Westportal zu, und aus ihren heiseren Kehlen drang der Schrei: *»Simulabit se Antichristus mortum …«*
Salah war noch immer unsicher auf den Beinen. Einer der Mönche faßte nach seiner Hand, um sie zu küssen, und bückte sich dann tiefer, um abwechselnd seine Füße zu küssen und *»silicent Antichristum, tanquam occisum in mortem, et plaga mortis«* zu murmeln. Salah schwankte auf das Nordtor zu, doch der Mönch klammerte sich an Salahs Bein. Salah packte den Mann bei den schütteren Haaren, riß ihm den Kopf zurück und bedachte ihn mit einem wirren Blick. Der Mönch kreischte auf, und Salah spürte etwas Warmes und Feuchtes in der Nähe seiner Knie.
Salah starrte böse auf den Mönch hinab, ging zum Tor und drehte sich dann, aus einer boshaften Eingebung heraus, noch einmal um. Mit ehrfurchtgebietender Bedächtigkeit hob er die Hand, zeigte auf die Gruppe von Mönchen und sprach unheilschwangere Worte in lautem Arabisch. Wieder fielen zwei in Ohnmacht.
Die frische Luft umfing Salah wie das Paradies. Nach seiner Einkerkerung mit dem verfaulenden Erzbischof und seinem eigenen ziemlich deftigen Gestank atmete Salah dankbar auf. Es schien früher Morgen zu sein. Er hörte, wie ein Wasserstrahl den Boden traf. In der Dämmerung pißte jemand hinter einen Ziegelstapel.
»Hallo dort!«
»Hallo dort!«
Salah ging vorsichtig näher. Ein junger Mann trat aus dem Schatten. Kaum hatte er Salah erblickt, kniete er nieder und küßte seinen Ring, wobei er nur sehr wenig zurückschauderte.
»Verzeiht mir, Hochwürden«, sagte er mit gesenktem Kopf. »Aber ich war in Begleitung schöner Damen und fürchtete, sie zu beleidigen. Wir fliehen aus der Stadt, wie alle anderen auch.«
»Aus der Stadt fliehen. Aber warum denn das?«

»Ach, Hochwürden, es ist leider nicht die Zeit für Euren berühmten Witz.«
»Nein, ich meine es ernst. Warum flieht Ihr?«
»Wart Ihr abwesend?«
»Nun ja, in gewisser Weise.«
»Die Stadt ist vollkommen verrückt geworden.«
»Warum?«
»Die Seuche. Die Pest. Sie ist überall.«
Der junge Mann versuchte, den Kopf zu heben, doch Salah legte gebieterisch die Hand darauf. »Ihr meint hier in Florenz?«
»Wo wart Ihr denn in den letzten Tagen?«
»Dann steht es also schlecht?«
»Entsetzlich.«
Salah erschauerte.
»Dann flieht Ihr mit Euren Damen?«
»Natürlich. Würdet Ihr uns die Ehre erweisen, uns zu begleiten?«
Salah überdachte seine Lage. Er mußte Florenz sofort verlassen. Die Stimmen näherkommender junger Frauen drangen an sein Ohr. Er wandte sich an den jungen Mann.
»Nennt mir Euren Namen.«
»Giovanni Boccaccio.«
»Kommt mir bekannt vor«, erwiderte Salah aufs Geratewohl, denn eine Demaskierung wollte er nicht riskieren.
»Vielleicht habt Ihr meinen Vater gekannt, Hochwürden. Er arbeitete von 1327 an für die Familie Bardi und ihre Bank und ist hier in Florenz ein hochangesehener Mann. Ich selbst bin Schriftsteller, obwohl das bei Gott eine undankbare Berufung ist. Aber einer muß schließlich schreiben, und wenn es nur für unsere Nachkommen ist, damit sie sehen, was für ein Haufen Narren wir waren.«
»Und was schreibt Ihr?«
»Ach, nur leichte, humoristische Sachen, mit einer Prise Satire.

Meiner Meinung nach muß man den Leser erfreuen. Es ist nicht nötig, ihn grundlos mit überflüssigen Verderbtheiten und Schweinereien zu beleidigen.«
»Vollkommen richtig«, pflichtete Salah ihm bei. Er brauchte Zeit zum Nachdenken. »Man muß den Lesern geben, wonach sie verlangen. Es hat keinen Zweck, Unmengen von hochgestochenem, vergeistigtem Zeug zu schreiben, das nur einige Angeber zu verstehen vorgeben. Man sollte Literatur nicht mit Politik verwechseln.«
»Ich hätte es selbst nicht besser sagen können, Hochwürden.« Boccaccio war voll der Begeisterung. »Ich finde es wunderbar, jemandem zu begegnen, der mit mir so außerordentlich übereinstimmt. Es ist vollkommen sinnlos, hochgestochene und aufgeblasene Dinge zu schreiben, die kein Mensch versteht. Nette, leichte Geschichten über alltägliche Menschen, Menschen wie den eigenen Nachbarn, das ist es, was die Leute wollen. Jemand sollte ein Buch darüber schreiben, als Hilfestellung für junge Schriftsteller, die ihren Weg suchen.«
»Mein Sohn, ich bin sicher, daß Ihr eines Tages ein berühmter Schriftsteller sein werdet.«
»Vielen Dank, Hochwürden.«
Der Dichter verbeugte sich und verließ seinen Gesprächspartner. Salah sah die Sonne aufgehen und fragte sich, ob der Dichter wohl die Ironie in seiner kleinen Rede bemerkt hatte. Boccaccio unterdessen leckte sich langsam über die Oberlippe und lächelte, während er sich der Gruppe schöner junger Frauen näherte.

21

Iolyn der Priester blieb weiterhin spurlos verschwunden. Aber die Neubedachung der Kirche machte gute Fortschritte. Die Leibeigenen hatten viele ihrer winterlichen Arbeiten aufgeschoben, damit die Kirche rechtzeitig vor Advent und Weihnachten fertig wurde. Auch die Verpflichtungen der Gemeinde gegenüber der Obrigkeit in Caernarfon waren vorübergehend aufgehoben. Normalerweise mußte die Gemeinde ein Pferd mit Wagen für den Transport von Nahrung oder Brennstoffen bereithalten, und die Garnison in Cricieth Castle machte beständig Gebrauch davon. Da aber die Gemeinde Werkzeuge und Baumaterial benötigte, um die Kirche vor dem Ruin zu bewahren, war ihr gestattet, Pferd und Wagen bis nach dem Dreikönigstag und dem Beginn der Pflugzeit für eigene Zwecke zu nutzen.

Die Arbeit war schwer und mühselig. Der Schwarze Monat war für die Leibeigenen immer besonders elend – kalt, feucht und so arm an Nahrung, daß ihre Hütten noch trostloser wirkten als sonst. Die Farbenpracht des Landes war verblaßt zu tristen Grau-, Braun- und Weißtönen. Dabei hatte der Winter noch kaum begonnen.

Die Gemeinde Dolbenmaen hatte keinen richtigen Schreiner, und so wurde Iocyn Fach der Schmied häufig zu Tischler- oder Schnitzarbeiten gerufen. Er war schnell von Begriff. Obwohl sein Vater noch Leibeigener gewesen war, verdammt zum Leben in Zwangsarbeit, hatte Iocyn Fach sich mit seiner Handwerkslehre die Freiheit erkauft. Jetzt wollte Iocyn – auf Bitten eines sehr gläubigen Freien, der sogar eine Pilgerreise zum heiligen Jakobus von Compostela unternommen hatte – versuchen, eine neue und schönere Kanzel für die Kirche zu schnit-

zen. Und tatsächlich erwies sich, was jetzt schon davon zu sehen war, als sehr hübsch, eigentlich viel zu hübsch für Iolyn den Priester, falls der je zurückkehrte. Iolyn war nicht gerade eine Leuchte, im Grunde genommen war er ziemlich dumm. Sein beschränktes Wissen war kaum größer als das seiner Herde.
Und so machte sich der Gemeindeschmied an die ehrgeizigste Aufgabe seines Lebens: die Fertigstellung von Kanzel und Lettner, rechtzeitig zum Besuch des Bischofs von Bangor, der die wiederhergestellte Kirche segnen wollte. Der Schuster Meurig, der fromme Pilger, schlug die Stationen des Kreuzwegs als Motive für das Schnitzwerk vor.
»Und die wären?«
»Die verschiedenen Stationen des Verrats, des Leidenswegs und der Kreuzigung unseres Herrn, sehr lebensecht, damit die Christen täglich an ihre Erlösung erinnert werden.«
»Davon weiß ich nichts«, erwiderte Iocyn. »Es klingt furchtbar traurig, und außerdem kommt's mir ziemlich schwierig vor. Vielleicht versuche ich das irgendwann einmal, aber im Augenblick ...«
Er beschloß, statt dessen die wichtigsten Szenen aus dem Leben Christi darzustellen. Seinen ersten, zaghaften Versuch machte er mit der Verkündigung, der Erscheinung des Erzengels Gabriel bei der Jungfrau Maria. Als nächstes kam die Heimsuchung Mariä, der Besuch Unserer Lieben Frau bei ihrer Base Elisabeth, der sie das Magnifikat vorsang. Wenn er zügig arbeitete, konnte er an Weihnachten mit der Geburt Christi beginnen und bis zum Dreikönigsfest schon einiges geschafft haben. Dann würde er die Arbeit für einige Zeit unterbrechen und den anderen beim Pflügen helfen müssen.
Aber in jedem freien Augenblick würde er daran weiterarbeiten. Es gab noch so viele Szenen: das Jesuskind im Tempel mit den Schriftgelehrten, die Hochzeit zu Kana. Es würde Jahre dauern, bis er zur Auferstehung käme ...

»Und das ist dann alles, glaube ich.«
»Vergiß das Jüngste Gericht nicht«, mahnte Meurig der Schuster nachdrücklich. »Wenn du das Jüngste Gericht nicht zeigst, ist das christliche Leben nicht vollständig.«
Iocyn Fach sah sich in der Kirche um.
»Ist überhaupt genug Platz da?«
»Du mußt eben Platz schaffen.«
»Vielleicht hinter dem Altar?«
»Einen besseren Platz gibt es nicht.«
»Also hinter den Altar. Ja, du hast recht.«
»Es wird jedem, ob Leibeigener oder Freier, zeigen, wie unbedeutend das irdische Leben ist und wie Gott uns in Seiner Hand zerdrücken kann.«
Iocyn Fach zitterte. Er wünschte sich, er hätte mehr angezogen. Die Kälte in der Kirche ging durch Mark und Bein.
»Also gut. Ich muß weiter.« Und Meurig der Schuster ging davon, einen Spaten auf der Schulter, um einen Graben auszuheben, damit das Regenwasser sein Land nicht überschwemmte.

22

Salah Ibn al Khatib trieb sich schon geraume Zeit an den Mauern einer Stadt herum, die, wie er erfahren hatte, Lucca hieß. Er versuchte, seine Fassung zurückzugewinnen. Lange und inbrünstig hatte er gebetet, denn er wurde das Gefühl nicht los, daß seine eigene Lust und Habgier ihm einen Streich gespielt hatten.
Und ein Pferd.

Nach seiner Begegnung mit dem Dichter hatte Salah Zuflucht in einem Pferdestall gefunden. Kein Mensch hatte ihn entdeckt, und bei Anbruch des nächsten Tages hatte er Sattel und Zaumzeug gestohlen und eines der Pferde auf die Straße hinausgeführt. Das Pferd wollte ihn beißen, als er es sattelte, und nur mit größten Schwierigkeiten hatte er den Gurt festzurren und aufspringen können. Bevor er noch richtig im Sattel saß, ging das Pferd durch ...

Klappernd galoppierten sie durch die düsteren, schmalen Straßen der erwachenden Stadt, ließen Schweine, Hühner, Hunde und Menschen erschrocken auseinanderstieben, sprangen über Dunghaufen und Gräben, scheuchten eine Meute auseinander, die ein Kleidergeschäft plünderte, und schossen durch die Stadttore, kaum daß sie geöffnet waren. Draußen in der erwachenden Landschaft stürmte das Pferd weiter, als hätte es die Höllenhunde auf den Fersen. Salah mühte sich vergebens, das tobende Tier zu bändigen. Vielleicht war die Seele des Erzbischofs, erzürnt über den Diebstahl seiner Kleider, in das Tier gefahren ... Auch die hügelige, mit Löchern übersäte Straße konnte dem rasenden Ritt nicht Einhalt gebieten. Salah riß an den Zügeln, schwitzte, schrie, wurde im Sattel auf und nieder geworfen und klammerte sich fest; das Pferd preschte weiter, und Schaum spritzte ihm von Maul und Flanken, während die Sonne höher stieg und die toskanische Landschaft sich ringsum ausbreitete.

Schließlich schien das Pferd zu ermüden. Salah zog die Zügel an und dankte schwer atmend Allah dem Allmächtigen, daß er ihn bis zu diesem Augenblick beschützt hatte. Doch da wurden sie von einem Rudel Hunde angefallen, die sie schnappend, knurrend und hechelnd als zuckendes Knäuel aus Schwänzen, Beinen, Zungen und Zähnen umringten. Das wild gewordene Pferd sprang wieder vorwärts und brach dabei so unvermittelt zur Seite aus, daß Salah beinahe den Halt verloren hätte. Wie eine Klette sich mit beiden Händen in der Mähne des Tieres festklammernd, sauste Salah an zwei Nonnen vorbei, die einen Kranken trugen. Ein flüchtiger Blick über die Schulter zeigte ihm zu seinem Entsetzen, daß er eine der Nonnen zu Fall gebracht hatte; der Kranke lag ausgestreckt auf der Erde, während die zweite Nonne sich über ihre gestürzte Mitschwester beugte. Meile um Meile jagte das Pferd dahin, die bellenden und schnappenden Hunde an seinen Fersen. Die Sonne hatte den Zenit längst überschritten. Salah sah besorgt, wohin sie ritten: Sie näherten sich einer Stadt. Immer und immer näher kam sie. Mit geblähten Nüstern galoppierte das Pferd auf das Haupttor zu, das zwischen vorspringenden Mauern geschlossen vor ihnen aufragte. Näher kamen sie und näher … Immer größer und undurchdringlicher wurde das Tor … Der Aufprall würde schrecklich sein … Und Salah segelte kopfüber durch die Luft …

Er kam wieder zu sich, als er etwas Feuchtes auf seinem Gesicht fühlte. Er öffnete die Augen und hatte einen schwarzen Knubbel, zwei Löcher und stinkenden Atem über sich. Fluchend scheuchte er den Hund weg. Der sprang davon und wischte ihm mit seinem schmutzigen Schwanz über das Gesicht. Salah wurde von einem behelmten Soldaten mit einem Speer in der Hand beobachtet. Er versuchte aufzustehen, aber seine von dem Alptraumritt geschundenen und tauben Beine gaben unter ihm nach. Ein paar Soldaten faßten ihn unter den Achseln und hoben ihn hoch.

»Was ist passiert?«

Einer der Soldaten zeigte auf das Pferd. Es lag etwas abseits auf der Erde, fünf Pfeile ragten aus seiner Flanke. Die Hundemeute hatte bereits begonnen, es zu zerfleischen, überall Blut und Gedärm. Salah starrte es an. Soviel überschäumendes Leben und soviel Kraft hatten in ihm gesteckt, daß es stundenlang hatte galoppieren können. Und jetzt lag es bewegungslos und mit

heraushängender Zunge da. Salah war plötzlich überwältigt von Dankbarkeit. Es hatte ihn sicher aus Florenz heraus und hierher gebracht. Es war ein gutes Pferd gewesen, vielleicht ein bißchen zu temperamentvoll, aber dennoch ein gutes Pferd.
Salah humpelte durch das Tor, das jetzt offenstand. Und während er sich unter Schmerzen vorwärtsbewegte, fragte er sich, warum alles, aber auch wirklich alles schiefgehen mußte. Von dem Augenblick an, da er seinen Fuß auf diesen Kontinent gesetzt hatte, haftete Pech an jedem seiner Schritte. Wie es aussah, konnte er nichts anderes tun, als von einem Unglück ins nächste zu tappen, und das brachte ihn nirgendwohin.
Und so kam es, daß Salah Ibn al Khatib, dereinst Student in den kühlen Höfen der Madrasa, sich an den Mauern der Stadt Lucca herumtrieb und versuchte, seine Fassung wiederzuerlangen. Er bückte sich und belastete die Schnitte und Abschürfungen an seinen Schienbeinen, ohne zu merken, daß ein heimlicher Beobachter hinter ihm lauerte.
»Hu!«
Salah erschrak, sprang auf und griff nach dem Dolch des Erzbischofs. Vor ihm stand eine uralte Vogelscheuche von einem Mann, weißhaarig, einäugig, mit einem Knüppel in der Hand. Die beiden starrten sich an.
»Orvieto?« fragte der Einäugige.
»Ich – äh – ich glaube, ich weiß nicht, was Ihr meint.«
»Orvieto! Piazza del Popolo!«
»Ah – Salah Ibn al Khatib aus –«
»Ach, komm! Die Piazza del Popolo in Orvieto, vor fünf Tagen!«
Salah spürte, daß das Pech schon wieder über ihn gekommen war, diesmal in Gestalt eines Verrückten, mit dem er möglichst vernünftig reden mußte.
»Ich glaube, da liegt eine Verwechslung vor –
Zitternd vor Wut sprang der Einäugige ihn an und zielte mit dem Knüppel nach seinem Kopf. Salah wich aus, er wollte seinen

Schädel retten. Der Mann folgte ihm, halb blind vor Tränen, die er mit dem Handrücken wegwischte. Salah hielt den Dolch ausgestreckt, während der andere ihn wachsam umkreiste.

»Die große Furcht! Darum drehte sich dort unten doch alles. Oder?«

»Orvieto?« Salahs Stimme war nur noch ein nervöses Krächzen. »Das ist im Süden, nicht?«

»Du weißt doch genau, wo das ist. Achtzig Meilen bin ich in vier Tagen gegangen! Achtzig! Und auf dem ganzen Weg nur verwüstetes Land, leere Häuser und frei herumlaufende Tiere.«

»Bestimmt können wir –

Der Mann sprang wieder vor, und der Knüppel sauste an Salahs Schulter vorbei.

»Die große Furcht! Alle sind in die Kirchen geflohen. Der Großrat von Orvieto hat verfügt, daß sofort mit dem Bau der schönsten aller Kathedralen begonnen wird, als Gelöbnis an den Allmächtigen. Und glaube bloß nicht, daß ich dich dort nicht gesehen habe, dich und diese anderen Judenkerle, die ihr das über uns gebracht habt.«

Salah hatte die Unterstellungen dieses Mannes allmählich satt.

»Ich glaube wirklich, daß da eine Verwechslung vorliegt –«

Der Schlag traf ihn voll in den Magen. Als er sich aufstöhnend krümmte, bearbeitete der Knüppel seinen Rücken.

»Lüg mich nicht an. Du warst dort! Du und diese dreckigen Juden, ihr wart es doch, die den Brunnen auf der Piazza del Popolo vergiftet haben. Ohne euch wäre ich jetzt in Viterbo, fast schon in Rom.«

»Es tut mir wirklich schrecklich leid.« Salah rang nach Atem. Nun taten ihm nicht nur die Beine, sondern auch noch Bauch und Rücken weh. Wovon sprach dieser Verrückte eigentlich?

»Verstehst du denn nicht?« Der Einäugige schrie und bespritzte Salah mit Spucke. »Seit über eineinhalb Jahren bin ich auf Pilgerfahrt. Ich bin bis ans Ende der Welt gegangen und wieder zurück. Das ist keine Kleinigkeit. Für einen alten Mann wie mich ist die Welt ein sehr gefährlicher Ort. O ja. Ich habe die Sonne Blasen werfen sehen, ich habe Stürme erlebt, als wäre das Ende der Welt nahe, mit Hagelkörnern, so groß wie Stierhoden. Und ich bin ja nicht irgendwer. Zu Hause bekomme ich mein eigenes Wappenschild. Ja, mein Zuhause, das ist ein ordentlicher kleiner Flecken namens Eifionydd. Hast vielleicht schon mal davon gehört. Ich bin ein Freier, wohlgemerkt, mit einem guten Stückchen Land.«

Er hatte sich wieder ein wenig beruhigt und fing nun an zu weinen.

»Und gerade als ich nur noch einen Steinwurf von Rom entfernt bin, ein oder zwei Tage vor dem Ziel meiner Reise, da muß ich umkehren wegen irgend so einer Seuche, und niemand weiß, was es ist, aber es heißt, daß es deinesgleichen und diese Juden waren, die Gift ...«

Er war erschöpft, die Tränen strömten ihm aus dem einen Auge. Salah richtete sich unter Schmerzen auf und legte sanft die Hand auf die Schulter dieses Mannes aus einem weit entfernten Land, aus einem Ort, von dem er nie zuvor gehört hatte und den er, Allah sei Dank, wahrscheinlich nie sehen würde. Der Pilger schüttelte ärgerlich die Hand ab.

»Rühr mich bloß nicht an, du heidnischer Hund! Wer weiß, was du schon alles angelangt hast. Laß mich in Ruh' ... Ich habe dich gesehen ... dich und deinesgleichen ... Am Tag des Schreckens wirst du für deine Sünden geradestehen müssen ...« Der Pilger ging davon. Auf dem Rücken seiner Jacke stand aufgesteckt die Inschrift: »Ich war in Orvieto.« Salah schloß die Augen.

»Seid Ihr in Ordnung?«

Salah riß die Augen wieder auf und sah hoch. Vor ihm auf dem Rücken eines Pferdes saß ein milchgesichtiger junger Abt und starrte auf ihn herab. Der jungenhafte Prälat wurde begleitet von drei Mönchen – vom Zisterzienserorden, wie Salah vermutete –, und hinter ihnen drängte sich eine kleine Karawane aus zehn Pferden und zwei Karren, beide mit sicher verschnürter Ladung.

»Seid Ihr in Ordnung?« fragte der junge Abt noch einmal.

Salah öffnete und schloß lautlos den Mund. Einer der Mönche kniete sich hin, um seine noch immer blutenden Beine zu untersuchen. Salah sah zu dem jungen Abt auf. Eine Hitzewallung überkam ihn, die Augen fielen ihm zu, seine Beine gaben nach, und als er auf dem Boden aufschlug, spürte er schon nicht mehr, wie hart dieser war.

23

Als die Mönche das Refektorium mit seinem Lehmboden und dem undichten Dach verließen, waren sie voller Angst, denn der Prior hatte zu ihnen vom Nahen des Antichrist gesprochen. Trotz der deutlich spürbaren Unruhe im Orden hatte der Steward das Gefühl, noch einmal mit dem Prior reden zu müssen. Er ging hinter ihm her über den Hof.

»Was soll ich tun?«

Der Prior drehte sich um und sah ihn an. Gemeinsam betraten sie die Kirche. Sie zündeten jeder eine Kerze an und knieten zum Gebet nieder. Danach sprach der Prior mit gedämpfter Stimme. »Ich habe das seit Jahren kommen sehen, in Träumen und befremdlichen Offenbarungen. Die Tage dieser verruchten Welt sind gezählt, es bleibt nur noch wenig Zeit. Die Kirche von Dolbenmaen ist nur die erste, die in Flammen aufgegangen ist. Der Schwarze Engel wird aus den Wäldern kommen, der erste von Tausenden, und alles wird untergehen. Die Zeichen sind überall, wir müssen nur Augen haben, sie zu sehen! Wie viele von euren Rindern habt ihr im letzten Jahr auf unheimliche Weise verloren? Warum diese gewaltigen Regenfälle? Die Sternschnuppen? Das blaue Licht über den Sümpfen? Ganze Familien, die Hungers starben? Diese Unmenge unerklärlicher Krankheiten? Diese Zeichen und auch noch andere beweisen, daß das Ende nah ist!«

»Aber was soll ich der Lady sagen?«

»Ihr meint wohl dem Lord. Frauen verstehen von diesen Dingen nichts.«

»Der Lord ist in der Picardie und kämpft für den König.«

»Wie lange ist er schon weg?«

»Mehr als zwei Jahre. Er ging mit den Bogenschützen von Chester.«

»Ihr habt also niemanden, der euch verteidigt?«

»Niemanden.«

»Das ist furchtbar. Ich muß unverzüglich dem Bischof Nachricht geben.« Der Prior stand auf. »Und Ihr müßt sofort nach Hause zurückkehren! Noch in diesem Augenblick! Geht!«

Der Prior schwitzte, das Weiße in seinen Augen war zu sehen. Er ging schnell hinaus.

»Das hättet Ihr mir schon früher sagen sollen. Gottes Kinder in Dolbenmaen sind ungeschützt, nackt und ohne den Beistand ihres Lords, Gottes Stellvertreter auf Erden für ihre Seelen. Ihr dürft keinen Augenblick Zeit verlieren. Die Kirche muß sofort wiederaufgebaut werden, so schnell ihr könnt, und der Bischof muß sie weihen –« Der Prior fing an zu laufen. »Wer weiß, welche Frevel ein Hirn in Eurer Abwesenheit ausgebrütet hat, welche Sünden gegen den Namen Gottes –«

»Aber was ist mit Iolyn? Iolyn dem Priester?«

»Ich werde es dem Bischof sagen.« Zuckend stürzte der Prior ins Refektorium und packte eine Holzschüssel mit rohen Fleischbrocken und verbranntem Haferkuchen.

»Was soll ich den Leuten in der Gemeinde sagen?«
Sie hatten die andere Seite des Hofs erreicht, wo die Hundehütte stand. Ohne den Steward zu beachten, schob der Prior das Futter durch eine Öffnung in der Wand. Von drinnen war gieriges Schmatzen zu hören. Ieuan Ddu lehnte sich gegen die Hütte und seufzte.
»Wenn ich Euch richtig verstehe, soll ich den Mund halten, soll ihnen nicht sagen, daß der …«, er wagte es nicht, den Namen laut auszusprechen, »unterwegs ist.«
Der Prior antwortete nicht.
»Aber irgendwann werden sie es bestimmt erfahren. Es ist nur eine Frage der Zeit.«
»Es ist für uns alle nur eine Frage der Zeit.« Der Prior schwitzte noch immer. Er kratzte die Schüssel aus und warf die letzten Futterbrocken durch das Loch in der Wand. Ieuan Ddu beugte sich zu ihm und sah ihm tief in die Augen, als wollte er das innerste Wesen des Priors ergründen. Er wiederholte seine Frage mit Nachdruck.
»Was soll ich tun?«
Der Prior schluckte schwer und überlegte, was er antworten sollte. Plötzlich schossen zwei Arme aus dem Loch in der Hüttenwand und packten den Steward am Hals. Er fuhr hoch und versuchte zu schreien, aber eine dreckige schwarze Hand bedeckte seinen Mund, und er wurde zu der Öffnung gezogen. Er fiel dagegen, Zähne gruben sich in seinen Schädel und rissen Haarbüschel aus. Während ihm die Haut in Streifen vom Kopf gerissen wurde, drückten die schwarzen Finger der einen Hand seinen Mund auf, und die andere umklammerte seine Kehle. Tränen quollen dem Steward aus den Augen. Er zappelte hilflos, das Blut lief ihm über den Nacken.
Der Prior kämpfte, um Ieuan Ddu aus den schrecklichen Klauen zu befreien. Er grub seine Zähne in die dreckige Hand, die des Stewards Kehle umspannte. Seine Zähne stießen aufeinander,

ein Klumpen Fleisch löste sich. Er spuckte ihn in das feuchte Gras. Wütende Zähne verbissen sich im Schädel des Stewards. Der Prior schrie um Hilfe. Zwei Mönche erschienen, die im Laufen ihre Werkzeuge fallen ließen. Sie beteiligten sich an dem Kampf. Ein heiseres Rasseln drang aus der Kehle des Stewards. Er sollte erdrosselt werden, das war unübersehbar. Andere Mönche kamen dazu, und schließlich konnten sie den Steward aus dem Würgegriff der Kreatur in der Hütte befreien. Er fiel mit dem Gesicht nach unten auf die weiche Erde. Ganze Haarbüschel waren ihm ausgerissen worden, die Kopfhaut war von Bissen zerfetzt. Das Ding warf sich lärmend gegen die Holzwände, es versuchte freizukommen.

Der Prior atmete schnarchend, als würde er ersticken. Die Mönche halfen Ieuan Ddu auf die Beine.

24

Die Leibeigenen schlachteten auf den Frongütern Rinder, sie waren über und über mit Blut bespritzt. Wie Dämonen aus der Unterwelt huschten sie hin und her, ihre Schubkarren voller dampfender Eingeweide. Schlachten war eine Pflicht, die sogar vor der Neubedachung der Kirche Vorrang hatte. Wenn sie es jetzt nicht erledigten, würden die Vorräte kaum bis zum Dreikönigstag reichen, geschweige denn bis Lichtmeß, Mariä Verkündigung, Ostern und zum nächsten Besuch von Bruder Dafydd und dem Sheriff Depute. Die Rinder wurden getötet, dann gehäutet und ausgenommen. Ein wenig von dem Fleisch wurde für ein Festmahl am Abend beiseite gelegt, aber der Großteil wurde in handliche Stücke zerteilt und eingesalzen, damit es sich durch den Winter und bis zum Frühling hielt. Der Schmied, den man von seiner Arbeit in der Kirche geholt hatte, wetzte unaufhörlich Messer, damit die langen Klingen die Häute leicht durchstachen und sauber von den Kadavern trennten. Die Häute wurden gegerbt und zu Kleidern, Schuhen, Gürteln und Riemen verarbeitet.

Ieuan Ddu war noch nicht vom Priorat in Beddgelert zurückgekehrt. Viele der Leibeigenen machten sich Sorgen. Obwohl sie für die Gemeinde die Schwerarbeit erledigten, brauchten sie doch den klaren Verstand und die helle Stimme des Stewards, der ihnen sagte, was sie zu tun hatten, und wann. Sie waren wie seine Kinder, das wußten sie. Und auf jeden Fall waren sie Eigentum der Gemeinde von Dolbenmaen. Zum Glück hatte er ihnen vor seinem Aufbruch gesagt, sie sollten das gute Wetter zum Schlachten nützen.

Lady Angharad, Tochter von Madog, hatte das Herrenhaus seit Tagen nicht verlassen, und so machten sie sich allein ans Werk. Zwei Tage dauerte das Schlachten, eine lange und blutige Arbeit. Viele tranken das frische Blut, manche so gierig, daß sie Blähungen bekamen und ihnen übel wurde. Ein Leibeigener wurde ernstlich krank, es hieß, er habe fast eine ganze Stierleber roh gegessen.

An diesem Abend hing Blutgeruch in der klaren, frostigen Luft; er kribbelte allen in der Nase.

Am nächsten Morgen, als die Leibeigenen kaum mit dem Melken fertig waren, trat plötzlich und ohne Ankündigung Iolyn der Priester mit seinem Hund aus dem Wald. Sie standen da und starrten ihn an. Es war wirklich Iolyn. Er hatte sich kein bißchen verändert, obwohl alle glaubten, daß er wenigstens etwas anders aussehen müsse.

»Was ist denn los mit euch?« fragte Iolyn. Ohne ein Wort führten sie ihn zur Kirche. Erstaunt betrachtete er das halbfertige Dach. »Wem ist denn das eingefallen? Wahrscheinlich Ieuan Ddu. Das

alte war doch noch ganz in Ordnung. So ein Unsinn, gutes Holz und Arbeitskraft auf ein neues Dach zu verwenden.«
»Das alte Dach wurde zerstört«, wagte einer der Leibeigenen zu bemerken.
»Was?«
»Feuer. Und niemand weiß, wie es angefangen hat.«
Sie bekreuzigten sich, und Iolyn der Priester wurde blaß.

25

Er lag wieder in dem Marmorgrab, der Erzbischof war zu schauerlichem Leben erwacht und versuchte, ihn zu küssen. Eine schlaffe, violette Zunge und verwesende Finger waren überall auf seinem Körper, nestelten an seinen Kleidern. Salah konnte sich nicht rühren, die Masse faulenden Fleisches schien ihn zu erdrücken. Der Erzbischof, mit triefender Nase und verklebten, blutunterlaufenen Augen, streckte ihm seinen geschwollenen Schwanz entgegen, damit Salah ihn streichle. Salah wollte sich wegdrehen, doch er spürte die Zunge des Erzbischofs in seinem Ohr und hörte ihn Obszönitäten flüstern. Die Unterwerfung schien unausweichlich ... Salah schrie – und wachte auf. Es war dunkel, und er spürte ein Holpern. Er stellte fest, daß er in einem Karren lag. Als er den Kopf hob, sah er den Mönch, der seine Wunden versorgt hatte, nervös in einer Ecke kauern. Der Karren blieb stehen, und zwei andere Gesichter sahen auf ihn herunter, eins davon gehörte dem milchgesichtigen Abt.
»Alles in Ordnung?«
Salah nickte.

»Versteht Ihr mich?« Der junge Abt bewegte die Hand vor Salahs Augen hin und her. Salah nickte noch einmal.
»Keine Angst. Ihr seid in Sicherheit. Versucht, wieder einzuschlafen. Ich werde Euch morgen früh alles erklären.«
Es tagte, der Morgen glitt langsam aus dem Ärmel der Nacht. Als Salah zum zweitenmal aufwachte, fühlte er sich steif und zerschlagen. Und er fühlte sich nicht besser, als der Abt ihm sagte, wohin sie fuhren.
»Ihr dürft Euch nicht aufregen«, sagte der junge Abt sanft. »Ihr erleidet nur einen Rückfall, wenn Ihr Euch erregt. Ihr habt sehr wirr geredet im Schlaf.«
»Habe ich – ähm –?«
»Entsetzliche Dinge habt Ihr den Toten in ihren Gräbern angedroht. Es war nicht sehr schön anzuhören. Einige jüngere Brüder ...«
»Das tut mir leid. Ähm – warum verlassen wir Lucca?«
Der junge Abt holte tief Luft. »Wir fliehen vor –«
Salah musterte das ernsthafte junge Gesicht, bevor er seine Vermutung aussprach: »Der Pest?«
»Sie fällt über die Christenheit her, schneller als ein Wirbelsturm.«
»Wo kommt sie her?«
»Es heißt, daß es im Osten zu schrecklichen Kataklysmen gekommen ist. Zuerst gab es eine große Überschwemmung, alle Flüsse traten über die Ufer. Dann eine vernichtende Hungersnot. Berge stürzten ein, ein Erdbeben schleuderte Felsen und brennende Lava über das Land. Dann fraßen Heuschreckenschwärme die Felder kahl. Drei Tage lang regnete es Frösche, Eidechsen, Schlangen, Skorpione und andere giftige Kreaturen.«
Salah öffnete den Mund, doch der Abt fuhr fort.
»Der zweite Tag war ein Tag des Donners, des Sendboten des Blitzes, der mächtige Hagelkörner verschleuderte und Feuer-

strahlen zur Erde sandte von Persien bis Cathay, ein rasender Wald aus Feuer, der alles verbrannte und weder jung noch alt verschonte. Kein Mensch kann unter solchen Umständen mehr als einen Tag überleben.«
Er hielt inne. Salah atmete tief durch.
»Und am dritten Tag quoll stinkender Rauch aus der Erde. Er vergiftete den Himmel und das Meer und das Land. Wie eine unheilbringende Glocke hing er über der Erde, er verbarg sie vor den Strahlen der Sonne und atmete Pesthauch aus … Lange hing er so … Und dann erhob sich ein starker Südostwind und blies das Gift an unsere Küsten …«
Der Abt verstummte und starrte trübsinnig vor sich hin.

Es war schon später Nachmittag, als Salah schließlich fragte: »Wie weit ist es nach Genua?«
Der Mönch, den er angesprochen hatte, war verblüfft. Es war das erste vernünftige Wort aus Salahs Mund, seit sie ihn vor mehr als vierundzwanzig Stunden gerettet hatten. Der Mönch sprang aus dem Karren und lief zur Spitze des Zugs, wo der Abt ritt. Salah sah den Mönch wild in seine Richtung gestikulieren, der Abt drehte sich um und starrte Salah an, und Salah starrte, ein wenig verächtlich, zurück.
Einige Zeit nach Einbruch der Nacht erreichte der kleine Zug eine Zisterzienserabtei etwas außerhalb eines Dorfes. Es gab dort eine Herberge, die Pilgern, Händlern und anderen Reisenden, die von der Hitze und dem Staub der Straßen erschöpft waren, Zuflucht bot. In einiger Entfernung stand auch eine Hütte für Aussätzige, die nur eine Nacht bleiben durften und dann weitergeschickt wurden.
Die Karren wurden entladen, die Pferde trockengerieben und gefüttert. Eins von ihnen lahmte stark, und der Abt hoffte, es gegen ein gesünderes aus dem Stall des Klosters eintauschen zu können.

Das Zimmer, das man ihnen zuwies, war sehr karg, ein rechteckiger Raum mit Bündeln gelblich-braunen Strohs, die wahllos auf dem Boden verteilt waren. Drei hohe Kerzen spendeten ein schwaches Licht. Zwei Mönche der Abtei drängten sich mit randvollen Eimern an Salah vorbei und stellten sie auf den Boden. Einer der Reisenden hob seine Kutte, tauchte die Füße in die beiden Eimer und schloß glückselig lächelnd die Augen. Salah beobachtete ihn aus der Dunkelheit heraus. Der Mönch sprang hoch und stieß dabei die beiden Eimer um. Das herausfließende Wasser durchtränkte das nicht sehr einladende Stroh. Eigentlich wollte Salah nicht in einem getrennten Zimmer schlafen, aber der junge Abt bestand mit sanfter Hartnäckigkeit darauf. Er sagte etwas davon, daß feuchtes Stroh nicht gut sei für Salah, solange er sich nicht von dem Angriff des Verrückten erholt habe, aber Salah ließ sich nicht täuschen. Er hatte bemerkt, daß die Mönche ihn aus irgendeinem Grund fürchteten. Doch als er das erwähnte, schüttelte der Abt den Kopf.
»Ach du meine Güte, nein! Wie kommt Ihr denn darauf? Ich will nur, daß Ihr es bequem habt, das ist alles.«
»Sagt mir doch einfach, was dahintersteckt.«
»Ihr bildet Euch etwas ein. Es ist doch viel schöner, ein eigenes Zimmer zu haben, oder etwa nicht? Also dann, gute Nacht, und mögen die Heiligen über Euch wachen.«
Der junge Abt bekreuzigte sich, verließ das Zimmer und ließ den Ledervorhang hinter sich zufallen. Salah sank auf das Stroh, richtete sich aber gleich wieder auf, da er eine Laus auf seinem Bein spürte. Er schlug sie weg und legte sich dann aufs Ohr. Bald darauf war er eingeschlafen und schnarchte so laut, daß es die Mönche im angrenzenden Zimmer wach hielt. Nach einer Weile bekam der jüngste den Auftrag, zu Salah hineinzuschlüpfen und ihm einen Lappen in den Mund zu stopfen. Er gehorchte, wenn auch mit zitternden Gliedern, und danach herrschte Ruhe und Frieden für alle.

26

Iolyn der Priester war bei der Lady im Herrenhaus. Sie war schmal geworden und sehr blaß, denn noch immer hielt sie ihr Fastengelübde, das sie als Buße für die Sünden ihrer Untertanen auf sich genommen hatte und das ihr nur Wasser und schwarzen Haferkuchen erlaubte. Ihre Hände krampften sich um ihren Rosenkranz.

»Ich konnte es nicht glauben. Ich dachte, sie lügen.«

»Warum sollten sie?« Sie wandte mißmutig den Kopf ab.

»Wann ist Ieuan Ddu nach Beddgelert aufgebrochen?«

»Vor vier oder fünf Tagen. Ich weiß es nicht mehr genau.« Angharad zitterte vor Wut, Angst und Erschöpfung. Halb verhungert, wie sie war, schlief sie nur schlecht, und in ihren Schläfen pochte es Tag und Nacht. Iolyn hatte kein Recht, ihnen das anzutun. Noch nicht einmal entschuldigt hatte er sich für die Verwirrung und den Verdruß, die er verursacht hatte. Außerdem sorgte sie sich um den Steward. Vielleicht hatte er sich ein Bein gebrochen und lag erfrierend auf dem Pfad nach Beddgelert. Oder – fieberhaft ließ sie die Perlen ihres Rosenkranzes durch die Finger gleiten – vielleicht war er tief im Wald sogar dem Satan selbst begegnet. Das wäre dann alles die Schuld von Iolyn dem Priester. Es konnte aber auch sein, daß es an der Sündigkeit der Gemeinde, ja des ganzen Bezirks lag.

Nach langem Schweigen meldete Iolyn sich wieder.

»Ich war in Bangor.«

»In Bangor?«

»Der Bischof hat alle seine Priester dorthin befohlen.«

»Ihr habt nie ein Wort gesagt.«

Iolyn erklärte es ihr, und Angharad war überrascht von seiner

Beredsamkeit. Er war doch sonst ein so trübes Licht. Aber diese Sache klang eigentlich überzeugend.

»Ich habe einen Karmeliter gebeten, am nächsten Sonntag zu uns zu kommen und zu predigen. Er wird die Bedeutung eines keuschen und gottesfürchtigen Lebens hervorheben – Gebet, Beichte, Buße und so weiter. Wir müssen uns wieder auf das Wesentliche besinnen und mit all unserer Kraft die drei Todfeinde bekämpfen, die das Seelenheil jedes einzelnen bedrohen, nämlich die Welt, das Fleisch und« – er bekreuzigte sich – »den Teufel.«

Angharad war sicher, daß er den Bischof von Bangor zitierte. Sie legte das Gelübde ab, von diesem Tag an bis zu Michaeli des folgenden Jahres kein Wort mehr über ihre Lippen kommen zu lassen, es sei denn, die heiligen Sakramente verlangten es. Denn sie war der festen Überzeugung, daß die Seele eines jeden Menschen innerhalb der Grenzen ihres Landes, in der Gemeinde von Dolbenmaen und im Bezirk von Eifionydd, in ihrer Obhut lag und daß sie Buße tun mußte für jede Sünde, ob tödlich oder läßlich, die einer von ihnen begangen hatte.

27

Elf Pferde und zwei Karren verließen die Zisterzienserabtei auf der Straße nach Genua. Salah, immer noch schwach und zerschunden, reiste in einem der Karren. Er saß dem jungen Gefangenen gegenüber, den mitzunehmen der Abt sich widerwillig bereit erklärt hatte. Der Mann war an Händen und Füßen so stramm gefesselt, daß seine Finger weiß waren. Trotzdem nickte er häufig ein, und Salah hatte Gelegenheit, ihn genau zu betrachten. Er schien ein Mann zu sein wie jeder andere. Salah konnte kaum glauben, daß er der Untaten, von denen der Abt ihm erzählt hatte, wirklich schuldig war. Aber der junge Abt war der Ansicht, die Sünden des Gefangenen seien so entsetzlich, daß er kaum noch auf die Errettung seiner unsterblichen Seele hoffen könne. Salah dachte über die ungewöhnlichen Glaubenssätze dieser Christen nach. Vor nun schon so langer Zeit hatte Francesco Datini ihm eine sehr merkwürdige Geschichte erzählt, über einen gewissen Herzog von Perugia, der behauptete, man könne sehen, wie eine Seele einen menschlichen Körper verläßt. Er lud den gesamten Klerus seiner Gegend ein, die Bischöfe, Priester, Ablaßkrämer, Bettelmönche und Klosterbrüder und sogar einen Kardinal (Salah bekam allmählich einen gewissen Einblick in die sehr eigenartige geistliche Hierarchie, die in diesen Teilen der Welt vorherrschte), damit sie an seinem Experiment teilnehmen konnten. Als alle im großen Saal versammelt waren, wurde ein großes Faß Wein hereingetragen. Ein dicker, fetter Bischof mit einer roten Nase trat vor und segnete es. Dann wurde ein Gefangener in den Saal geschleppt und in das Faß gesteckt, so daß nur noch sein Kopf zu sehen war. Der Wein schwappte an sein Kinn. Nun drückten zwei

Zimmerer den Kopf des Gefangenen nach unten und nagelten den Deckel auf das Faß. Nach inbrünstigen Gebeten drängte sich die ganze Versammlung um das Faß, und der Herzog rief den Gefangenen an, um zu sehen, ob er noch am Leben war. Ein Keuchen kam als Antwort, und der so zufriedengestellte Herzog goß behutsam eine Gallone Wein durch ein kleines Loch im Deckel. Als das Klopfen aus dem Inneren des Fasses verstummte, trieb der Herzog einen Korken in das Loch und wartete. Der Erzählung nach kam es bald darauf zu einem Tumult. Einer der Mönche wand sich, schlug mit den Armen um sich und behauptete, die sündige Seele des Gefangenen sei in ihn gefahren. Daraufhin erhob sich ein großes Geschrei, und man verlegte sich aufs Beten. Zum Schluß wurde, um eindeutig zu beweisen, daß die Seele des Gefangenen seinen Körper verlassen hatte, der Deckel vom Faß gestemmt. Und da war der Gefangene mausetot, obwohl der Wein ihm nur bis zu den Schultern reichte. Während die beiden Schreiner den Sarg herrichteten, bemerkte einer von ihnen, es müsse wohl eine sehr große Seele gewesen sein. Der andere fragte, ob jeder Mensch eine so große Seele habe oder ob es Seelen in allen Größen und Formen gebe. Sie einigten sich schließlich darauf, daß es davon abhänge, ob man ein tugendhaftes Leben geführt habe, und überlegten, wie wohl die Seele des fetten, rotnasigen Bischofs beschaffen sei.

Wie wenig hat das doch zu tun mit den Lehren der Madrasa, dachte Salah. Obwohl er nie viel Zeit erübrigen konnte für die Naturwissenschaften und deren gelehrte Vertreter, hatte er doch Maimonides von Córdobas Auslegung der biologischen Studien des Aristoteles gelesen. Trotzdem war er froh, daß sein Schicksal nicht in den Händen der Naturwissenschaftler lag, denn sonst wüßte nur Allah, was mit ihm geschehen würde. Er wandte seine Aufmerksamkeit wieder dem elenden Gefangenen zu. Seine Hände und Füße, anfangs nur blutleer, schwollen jetzt

häßlich an. Er fluchte heftig, sooft das Holpern des Karrens ihn weckte, und als ein Rad sich löste, brüllte er wie am Spieß.
Es dauerte lange, bis der Schaden behoben war, und das Ergebnis war behelfsmäßig, denn die Achse war angebrochen. Man sah es dem Abt deutlich an, daß er langsam die Geduld verlor.
»Wenn die Straßen nicht besser werden, kommen wir nie hin.«
Der Gefangene grinste hinterhältig, doch Salah versuchte, die Aufmerksamkeit des jungen Abtes auf sich zu ziehen. Er wußte, wie unbequem die Fahrt in dem ungefederten Karren sogar mit frei beweglichen Armen und Beinen war. Für den Gefangenen war sie offenkundig eine Qual.
»Könntet Ihr nicht einfach –?« fragte er den jungen Abt.
»Seid Ihr denn von Sinnen?«
»Ich wollte doch nur –«
Der junge Abt gab seinem Pferd die Sporen und galoppierte davon. Über dieses Thema ließ er offensichtlich nicht mit sich reden. Salah fragte sich, was mit dem Gefangenen geschehen würde, wenn er erst einmal der Obrigkeit in Genua übergeben worden war. Aber trotz all seiner Befürchtungen fing Salah nun langsam an, sich auf Genua zu freuen.

28

Eines späten Nachmittags kehrte Ieuan Ddu der Steward in Begleitung von zwei Mönchen des Priorats von Beddgelert in die Gemeinde zurück. Einion Fychan der Aussätzige war der erste, der sie sah, als sie über den Dreschboden auf den Dorfplatz zukamen. Eifrig lief er zu dem Stückchen Land, wo einige Leibeigene einen Graben aushoben, während andere eine Steinmauer ausbesserten.

»Er ist zurück!« rief er im Näherkommen.

»Was ist denn mit dem heut' los? Der ist doch sonst so langsam wie Müllers Muli.«

Iocyn Fach ging gerade von der Kirche zu seiner Schmiede neben dem Kuhstall, als ihm Ieuan Ddu und die beiden Mönche über den Weg liefen. Der Steward war sehr blaß, sein Kopf bandagiert.

»Wie steht's mit der Kirche?« fragte er, noch bevor sie sich begrüßt hatten.

»Wir kommen gut voran.«

»Ich habe Iolyn nicht finden können.«

»Er ist wieder da – seit zwei Tagen. Er sagt, er war in Bangor beim Bischof.«

Ieuan Ddu öffnete den Mund und schloß ihn wieder, ohne ein Wort zu sagen. Er war noch blasser geworden, falls das überhaupt möglich war. Iocyn Fach konnte nicht aufhören, den verbundenen Kopf des Stewards anzustarren.

»Schwierigkeiten in Beddgelert, hm?«

»Ja.« Der Steward war nicht sehr mitteilsam. Er wandte sich ab und ging auf das Herrenhaus zu, die beiden Mönche folgten ihm. Iocyn Fach ging zu seiner Schmiede, doch an der Tür drehte er sich, um, da er hinter sich das Geräusch vieler Schritte hörte. Es war eine schnatternde Schar Leibeigener, angeführt von Chwilen Bwm, der einen Spaten über der Schulter trug. Vor dem Schmied machten sie halt, einer nach dem anderen, standen da wie eine Herde junger Ochsen, unruhig und wachsam.

»Ja?« Iocyn Fach war kurz angebunden. Er gab sich nicht gern mit Leibeigenen ab.

»Ieuan Ddu der Steward. Er ist wieder da!« Chwilen Bwm keuchte vor Aufregung.

»Wer hat euch das gesagt?«

»Der Aussätzige.«

Iocyn Fach zögerte, ging dann in seine Werkstatt und knallte die Tür hinter sich zu. Die Leibeigenen traten von einem Fuß auf den anderen und sahen sich an, außer sich vor Neugierde. Chwilen Bwm schlug gegen die Tür.

»Ist er wirklich wieder da? Ist er in der Gemeinde?«

Aber der Schmied hämmerte auf seinem Amboß, und der Lärm übertönte die Frage des Leibeigenen.

Angharad, Tochter von Madog, konnte den Blick nicht von den Wunden des Stewards abwenden, der bei ihr im Herrenhaus saß und von seinen Abenteuern erzählte.

»... sonst wäre ich schon früher zurückgekommen. Ein verrückter Leibeigener von den Frongütern von Nantgwynant. Keiner wußte, was sie mit ihm anstellen sollten, und deshalb wurde er den Mönchen übergeben. Sie versuchten alles, aber am Ende blieb ihnen nichts anderes übrig, als ihn einzusperren. Nach einer Weile fing er an, sich für einen Hund zu halten. Er beruhigte sich ein wenig, als sie ihn zu den anderen Hunden in die Hütte steckten und ihm Hundefutter gaben. Aber man darf ihm nicht zu nahe kommen. Das war mein Fehler. Er wurde dafür allerdings tüchtig ausgepeitscht. Wie ein Hund eben.«

»Die Wunden sind jetzt frei von Gift«, sagte einer der Mönche mit vollem Mund, »sie sollten bald vollständig verheilt sein.«

Die Lady nahm den Verband ab und untersuchte den Kopf des Stewards. Einige Haarbüschel fehlten, die Kopfhaut zeigte häßliche Risse und Abschürfungen. Die Wunden schienen jedoch gut zu heilen. Angharad erschauerte. War auch das eine Strafe für die Sünden ihrer Leute?
»Haben sie geschlachtet und eingesalzen?« Der Steward wandte seine Aufmerksamkeit nun wieder den Belangen der Gemeinde zu.
»Ja.«
»Und was ist mit der Kirche?«
»Iolyn hält wieder Gottesdienste ab.«
Dem Steward wurde plötzlich bewußt, daß die Lady seit seinem Eintreten noch kein Wort gesagt hatte. Gwythwches hatte für ihre Herrin geantwortet.

29

Salah wurde kräftiger, und man lieh ihm ein Pferd. Die Mönche schienen seinen Blicken noch immer auszuweichen, aber der junge Abt, der immer ungehaltener wurde über die Schwierigkeiten ihrer Reise, verwickelte Salah manchmal in ein Gespräch. Salah, der sich über den Zustand der Gliedmaßen des Gefangenen ernstlich Sorgen machte, versuchte immer wieder, den Begriff der Barmherzigkeit ins Gespräch zu bringen, doch der Abt reagierte nicht darauf. Er schien zu glauben, daß Araber von solchen Dingen nicht viel verstanden.
Die Ströme der Händler und Reisenden mit ihren Tieren wurden dichter, je näher sie der Hafenstadt kamen. Man sah auch Pilgerzüge darunter, wild dreinschauende, ausgemergelte Ge-

stalten. Der Abt erzählte Salah, daß Genua zwei Attraktionen besitze und daß deshalb ein so reger Verkehr herrsche. Die eine bestehe darin, daß etwas ganz Besonderes weit übers Meer in die Stadt komme. Ganz Genua sei deswegen aus dem Häuschen. Nein, er wisse nicht, was es sei, aber angeblich handle es sich um etwas ungeheuer Großartiges, um ein Wunder. Salah hatte genug von dieser Art von Mysterien und fragte nach der zweiten Attraktion.

»Im Konvent von Genua, in dessen Herberge wir Unterkunft zu finden hoffen, lebt eine Nonne, die für ihre Frömmigkeit berühmt ist. Sie nennt sich Clara Sanuto, und es heißt, daß ihr die wunderbarsten Visionen zuteil werden. Sie ist zu schwach, um ihre Zelle oder auch nur ihr Lager zu verlassen, und ihre Oberin fürchtet, daß sie nie wieder gesund wird. Man hat ihr den Kopf geschoren, und sie wirft sich Tag und Nacht schwitzend auf ihrem Strohsack hin und her, bis eine Vision sie überkommt. Dann wird sie ruhig und starrt mit weit aufgerissenen, blinden Augen etwas an, das kein anderer sehen kann. Aber danach erzählt sie den frömmsten unter den Schwestern von ihren wunderbaren Visionen und den göttlichen Ekstasen, die sie erfaßt haben. Ich bete, daß man mir gestattet, ein paar Worte mit ihr zu wechseln, aber das dürfte trotz meines Standes und meines Titels schwierig sein, da es sich um einen geschlossenen Orden handelt.«

Salah sah ihn fragend an.

»Ihr müßt doch inzwischen wissen, was das ist! In bestimmten Orden widmen die Mönche oder Nonnen ihr ganzes Leben dem Gebet, und zwar ausschließlich innerhalb der Mauern ihres Konvents oder Klosters. Sie dürfen mit niemandem außerhalb des Ordens sprechen. Manche sind sogar so streng, daß sie überhaupt nicht sprechen dürfen, ausgenommen nur die Worte der heiligen Sakramente.«

Etwas anderes verlangte die Aufmerksamkeit des Abtes, und er

ritt davon. Salah ließ sein Pferd zurückfallen, um nach dem Gefangenen zu sehen. Die Mönche, die atemlos hinter dem Karren herliefen, wichen zunächst vor ihm zurück, doch allmählich gewöhnten sie sich an Salah, der zudem höflich und rücksichtsvoll war, trotz seiner wüsten Fieberphantasien in den ersten Tagen, und schon bald näherten sie sich wieder.
Salah war entsetzt. Die Hände und Füße des Gefangenen waren schwarz verfärbt. Für jemand, der so jung und so mädchenhaft aussah, war der Abt erstaunlich grausam. Salah gab seinem Pferd die Sporen und galoppierte zu ihm.
»Bitte! Ihr müßt Euch den Gefangenen ansehen! Wenn Ihr nichts unternehmt, ist er tot, bevor wir Genua erreichen.«
Der Abt kniff die Lippen zusammen. Er hatte Befehl, den Gefangenen den allerhöchsten Stellen zu übergeben. Widerwillig wendete er sein Pferd und ritt zu dem Karren. Eine Zeitlang trabte er daneben her und musterte eingehend den offensichtlich bewußtlosen Gefangenen.
»Also gut.« Er rief die beiden kräftigsten Mönche zu sich. »Versucht, ihm die Fesseln zu lockern. Aber nur ein klein wenig.«
Der Karren kam zum Stehen. Die beiden Mönche beugten sich über die zusammengesunkene Gestalt des Gefangenen und hantierten mit den Knoten. Es schien unendlich lange zu dauern.
Und plötzlich sprang der Gefangene ...

30

Am Sonntag nach der Rückkehr des Stewards sollte ein Karmeliter, der unterwegs nach Bardsey war, die Predigt halten. Die ganze Gemeinde war versammelt. Es war undenkbar, daß jemand fehlte, ausgenommen Frauen im Kindbett und Wöchnerinnen, die noch keine Aussegnung erhalten hatten. In der ersten Reihe saßen die Freien von den Lehnsgütern mit ihren Familien; die Leibeigenen in den hinteren Reihen scharrten und flüsterten. Lady Angharad saß auf einem hochlehnigen Stuhl direkt unter der Kanzel, und auch der Steward saß abgesondert von der Menge. Der Aussätzige mußte draußen bleiben. Eigentlich sollte er in einigem Abstand von der Kirche stehen, aber manchmal, wenn es regnete oder so heiß war, daß die Leibeigenen auf den hinteren Bänken alle schliefen, schlich er sich in den Vorraum und hörte zu. Gegen Ende der Messe huschte er dann wieder hinaus und sah aus der Entfernung zu, wie die Gemeinde aus der Kirche strömte. Viele gingen dann auf den Gottesacker, um die Familiengräber zu pflegen, während die Kinder zwischen den Grabsteinen spielten. Die angeseheneren unter den Freien gingen in die Schmiede oder ins Haus des Stewards, um sich bei Met oder Bier und angeregter Unterhaltung bis zum Nachmittagsgottesdienst die Zeit zu vertreiben.

Als der Aussätzige an diesem Tag die Stufen zum Portal hochkroch, hörte er Iolyn den Priester beten: »... Unser Herr Jesus Christus mache uns auf immer zu einer Gabe, die dir, gütiger Vater, wohlgefällt, damit wir das verheißene Erbe erlangen mit deinen Auserwählten, mit der seligen Jungfrau und Gottesmutter Maria, mit deinen Aposteln und Märtyrern und mit allen

Heiligen, auf deren Fürsprache wir vertrauen, jetzt und in Ewigkeit. Amen.«

»Amen«, flüsterte die Gemeinde wie mit einer Stimme.

»Amen«, flüsterte Einion Fychan der Aussätzige.

Der Karmeliter begann seine Predigt mit einem Zitat aus der Offenbarung.

»›Und ich schaute auf, und siehe da, ein fahles Pferd, und der darauf saß, dessen Name ist Tod, und der Herrscher des Totenreichs folgte ihm nach. Und es wurde ihm Macht gegeben über den vierten Teil der Erde, zu töten mit dem Schwert und mit Hunger und mit Pest und durch die wilden Tiere der Erde.‹ Meine Brüder, vieles ist über uns gekommen in diesen Tagen, das uns zittern und beben machen sollte. Wohin wir uns auch wenden, sehen wir Zeichen, daß der Tag nahe ist, an dem der Zorn Gottes über uns kommt. Das Dach dieser Kirche ist niedergebrannt fast bis zur gänzlichen Zerstörung, und niemand weiß, durch wessen Schuld. Lasset uns beten und in uns gehen und nachsinnen, was wir tun müssen, um Gottes Zorn von uns abzuwenden an dem Tag des Schreckens, dessen Nahen gewiß ist.

Überall lauert der Teufel und legt mit List seine Fallen aus für die Seele eines jeden Menschen. Und seine Häscher sind die Welt und das Fleisch. Es ziemt sich nicht, daß wir uns umgarnen lassen von der Welt und dem Fleisch. Sind sie doch nichts als Lug und Trug, Blendwerk in den Augen Gottes, für den tausend Jahre nur ein Abend sind und das Leben eines Menschen ein Wimpernschlag. Aber Er sieht jeden Makel und jede Sünde in unserer Seele, und wenn wir uns sorgen um weltliche Dinge und nachgeben der Verderbtheit des Fleisches, werden wir gewogen und für zu leicht befunden werden am Tag des Gerichts. Wohin wir auch blicken, verfaulen Ernten auf den Feldern, und Kinder und Vieh werden begraben von Erdrutschen, wie noch kein Mensch sie gesehen hat. Seltsame Sterne erscheinen am nächtlichen Himmel und seltsame Lichter über den Marschen. Dies alles sind Vorzeichen, die uns gemahnen sollen an den Zorn Gottes, der über uns kommen wird. Denkt an die Plagen, die den Pharao und sein Volk überfielen, als sie nicht taten, was Gott durch Moses von ihnen verlangte. Das Vieh Ägyptens wurde befallen von einer schrecklichen Seuche –«

Iorwerth Foel zuckte zusammen. Mehr als die Hälfte seiner Rinder war an einer unerklärlichen Krankheit gestorben, und seine Schulden lasteten schwer auf ihm.

»Das Vieh der Israeliten aber, Gottes auserwähltes Volk, wurde verschont. Desgleichen, als Moses, auf Gottes Geheiß, beide Hände voll Ofenruß nahm und sie gen Himmel streute –«

Ohne Vorwarnung warf der Mönch eine Handvoll Asche über den Rand der Kanzel. Die versammelte Gemeinde hielt den Atem an.

»– entstanden daraus Geschwürbeulen an den Menschen und am Vieh. Und wieder wurde das auserwählte Volk verschont. Aber das Herz des Pharao blieb hart, und zahlreich waren die Plagen, die Gott aussandte, um die Ägypter zu strafen. Als da waren die Plagen des Hagels und des Feuers und die Plage der Heuschrecken, die den Himmel verdunkelten. Und dann war da die Plage, die die Erstgeborenen heimsuchte. In einer einzigen Nacht kamen alle Erstgeborenen Ägyptens ums Leben, die Kinder Israels jedoch wurden verschont. Und Dunkelheit senkte sich über das Land, und das Rote Meer teilte sich in zwei hohe Mauern aus Wasser, und die Israeliten zogen aus dem Lande Ägypten, während die Heerscharen des Pharao in den Fluten ertranken. Und groß war das Leid in Ägypten, denn sie hatten das Wort Gottes nicht beachtet.

Und gleichermaßen wird es in diesem Land sein und in der gesamten Christenheit, denn die Menschen haben die Wege des Herrn verlassen, und das Jüngste Gericht ist nahe. Wahrlich, meine Brüder, ich sage euch, das Ende der Welt ist nahe, und nur wenige sind es, die eingehen werden ins Gelobte Land und in die Seligkeit der Heiligen, viele aber werden hinuntergestoßen in die Grube des ewigen Feuers ...«

Chwilen Bwm hörte nur mit halbem Ohr zu. Ein paarmal hatte ihm die donnernde Stimme des Mönches einen gehörigen Schrecken eingejagt. Und was dieses Aschewerfen von der Kanzel anging ... Aber jetzt reckte er den Hals, um einen Blick auf Nest, Tochter von Iorwerth Gam, zu erhaschen, die vier Reihen vor ihm saß. Er war überzeugt, daß sie seine Blicke spürte und daß sie bald Gelegenheit bekommen würden, miteinander zu sprechen. Na schön, dann war sie eben ein freies Mädchen von den Lehnsgütern.

Aber warum sollte sie das davon abhalten, Gefallen zu finden an einem gutgebauten Leibeigenen? Er wußte sicher, daß sie noch niemandem zur Ehe versprochen war, denn sie war nicht älter als neun oder zehn.

Annus Terribilis

1

Es war ein trüber Nachmittag Ende Dezember, und Einion Fychan fickte seine Ziege. Plötzlich hörte er auf. Beobachtete ihn jemand? Er hob den Kopf und lauschte. Jetzt, da er nicht mehr stieß, keuchte und schwitzte – er brauchte viel Kraft, nur um die Ziege ruhigzuhalten –, merkte er, wie kalt es war. Im Winter bestieg er seine Ziege lieber in der Hütte als draußen, allerdings mochte er sie nicht besonders, wenn sie so dünn war wie jetzt. Im Sommer, wenn sie vom guten Futter Fleisch auf den Knochen hatte, war es viel schöner.

Die Ziege käute in heiterer Gelassenheit wieder und wedelte mit den Ohren.

Vorsichtig wandte Einion Fychan sich dem niedrigen Loch in der Wand zu, vor dem ein Fetzen Sacktuch hing, der sich jetzt in der Zugluft leicht hin und her bewegte. Da draußen war jemand, vielleicht waren es mehrere. Seine Besorgnis, eine Mischung aus Angst und Scham, ließ das Bild jenes Sommermorgens vor ihm aufsteigen, jenes Gottesdienstes in der Kirche. Ein Requiem. Sein Bruder Eryl hatte ihn zum Altar geführt, damit Iolyn der Priester, der ihn nicht näher als auf Armeslänge an sich heranließ, ihn segne. Ansonsten war die Kirche leer. Die Freien und die Leibeigenen waren zwar versammelt, aber sie warteten vor der Kirche. Während der Priester den Totengottesdienst anstimmte, streute Einions Bruder ihm Erde auf die Füße. Es war das Zeichen, daß er, als Aussätziger, zu den Toten gehörte.

Und das bedeutete die Ausstoßung aus der Kirche und der Gesellschaft. Keine Absolution nach der Beichte mehr. Keine

Stärkung durch das heilige Sakrament. Keine Möglichkeit mehr, einen Fuß in die Kirche zu setzen, in dieses einzige Bollwerk gegen die Heerscharen der Hölle. Und keine Kameradschaft mehr, kein Lachen, keine Liebe, und menschliche Stimmen nur, wenn sie ihn verscheuchten.

Einion Fychan wurde übermannt von Scham und Selbstverachtung. Leise schob er die Ziege weg und nestelte an seinem Überwurf. Er lauschte noch einmal, konnte aber nichts hören. Dann kroch er zu dem Loch und hob die Sackleinwand vorsichtig Zoll um Zoll an ... kleine Finger, eine fleischige kleine Hand und schließlich ein kleines Gesicht. Einion Fychan erkannte in dem kleinen Wesen eins der Kinder der Gemeinde. Vielleicht Chwilen Bwms Tochter. Sie starrten einander ernst an. Die Ziege blökte.

»Was tust du denn hier? Ab nach Hause, sonst holt dich der Teufel und zerrt dich in sein Versteck im Wald und frißt dich auf.«

Das Mädchen riß erschrocken die Augen auf und rannte davon. Mit einem Lächeln auf dem Gesicht ging Einion Fychan zu seiner Ziege, tätschelte ihr die durchscheinenden Rippen und steckte sich einen Finger in den Mund, den er dann an ihrer Nase entlang in ihr Maul gleiten ließ.

2

Ganz Genua brannte vor Neugier, man wartete sehnsüchtig darauf, sie in ihrer ganzen Herrlichkeit zu sehen. Seit einigen Wochen schon ging das Gerücht, daß ein Schiff mit ihr an Bord in See gestochen sei, und seitdem wurde die Aufregung täglich größer. Sie war das einzige Gesprächsthema, ob in den Läden oder auf den Märkten, in der Kirche und zu Hause, auf den Werften und in den Banken, in Hütten und Bordellen. In der ganzen Stadt gab es niemanden, der nicht wußte, daß der Tag ihres Kommens bevorstand.

Der Konvent von Sant' Angelo di Contorta am Stadtrand machte da keine Ausnahme. Im Gegenteil, die Gerüchte über ihr Kommen und die fiebrige Stimmung, die die Visionen der Schwester Clara Sanuto begleiteten, schufen einen solchen Aufruhr, daß die beschauliche Ruhe des Konvents dabei verlorenging. Zwei Schwestern, die durch den Garten eilten, gaben sich alle Mühe, ihre Erregung zu verbergen. Als sie sahen, daß die Äbtissin auf sie zukam, gingen sie unwillkürlich langsamer. Doch sobald sie wieder außer Sicht war, eilten sie im Laufschritt auf das Hauptgebäude zu. Der alte Gärtner, den man »Die Kerze« nannte, weil die Flamme seiner Tätigkeit Tag und Nacht nicht erlosch und er offenbar nie Ruhe brauchte, sah ihnen nach. Er schien alles zu wissen, was passierte, und war die wichtigste Quelle der Nonnen für Neuigkeiten und Klatsch.

Die beiden eilten auf die Zelle am Ende des Ganges zu und gesellten sich zu dem halben Dutzend Nonnen, das sich dort bereits drängte. Sie zwängten sich durch die gespannt starrende Gruppe, bis sie sahen, was alle so interessierte.

Schwester Clara Sanuto lag ruhelos auf ihrem Bett. Ihr Gesicht glänzte von Schweiß, ihr kahler Kopf leuchtete weiß in dem schwachen Sonnenlicht, das durch die hohen, schmalen Fenster schien. Sie sabberte, Krämpfe schüttelten ihren gebrechlichen Leib. Neben dem Bett kniete Schwester Camilla Morsini, ihre beste Freundin.

Die anderen Nonnen sahen die Neuankömmlinge fragend an. Obwohl die fromme Seherin sie in ihren Bann schlug, wollten sie doch die neuesten Nachrichten über ihr Kommen hören. Es war etwas, auf das sie sich freuen konnten, ein Markstein in ihrem ereignislosen Leben. Die Stadtväter hatten versprochen, sie zu allen Klöstern und Konventen der Stadt zu bringen, wobei Sant'Angelo di Contorta das unsagbare Privileg hatte, die erste Station zu sein. Was für eine Gnade war es doch, daß Genua diese Gunst erwiesen wurde und nicht Venedig.

»Etwas Neues?«

»Sie ist unterwegs.«

»Wirklich?«

»Die Kerze sagt es.«

»Da kann man sich drauf verlassen, daß der es früher weiß als irgendein anderer!«

»Sie könnte noch heute hier sein, vielleicht sogar schon am Nachmittag.«

»Bestimmt nicht vor der Flut heute abend.«

»Sie wird allerdings müde sein.«

Schwester Clara Sanutos schmerzverzerrtes Stöhnen übertönte das erregte Flüstern. Schwester Camilla hoffte nur, daß ihre Freundin wieder soweit zu Kräften kam, daß sie sie sehen konnte, wenn sie den Konvent besuchte. Es war eine wunderbare Gnade für sie, daß sie die ersten waren, die sie sehen durften.

3

Die jüngeren Kinder erschraken, als der finster dreinblickende Herodes aus der Dunkelheit in das Licht der Kirchentür trat. Er blieb unruhig hinter den Heiligen Drei Königen stehen, die vor Kälte zitterten. Sie mußten doch als erste hinein, oder? Im Kirchenschiff brüllten die Leibeigenen vor Lachen über die Szene, die sich im Altarraum abspielte. Der Wirt schrie ein trotzig dreinblickendes Heiliges Paar an.

»Keine Kinder! Das ist die Hausregel, keine Kinder. Und wenn ich mir dich so ansehe –«

Bei diesen Worten brüllte Maria, die von einem bärtigen Leibeigenen von der doppelten Größe Josefs gespielt wurde, laut auf und griff sich an ihren dick gepolsterten Bauch.

»Jesus! O Jesus! Josef, hilf mir!«

Die Leibeigenen lachten so heftig, daß einige von den Bänken fielen. Der Geruch von Met, Schweiß und ungewaschenen Kleidern vermischte sich mit dem der brennenden Kerzen und des Lehmbodens. Einer der Leibeigenen bespritzte den Wirt mit einem Mundvoll Met.

»Dann bring sie halt im Stall unter, du Geizkragen!«

»Leck mich, du Arschgesicht!«

Der Wirt sprang die Stufen hinunter, packte den Leibeigenen und verbleute ihm die Ohren, bis sie bluteten. Ein anderer, der sich betrunken, wie er war, einmischen wollte, wurde von seiner Bank gestoßen und fiel Chwilen Bwms blinder Mutter in den Schoß. Sie griff gierig nach seinem Schwanz.

Herodes und die Könige wollten nicht länger in der Kälte herumstehen und kamen gerade rechtzeitig in die Kirche, um zu sehen, wie Maria das Jesuskind ins Getümmel warf und damit einen Leibeigenen traf, der eben, befeuert vom Met, seiner Frau unter die Röcke griff. Oder seiner Tochter. Die Kirche war in Aufruhr. Chwilen Bwm nahm seine Krone ab und setzte sich ergeben auf den Sockel des Taufbeckens. Der Mann, der die Maria spielte, neigte dazu, immer alles zu übertreiben. Auf der Kanzel äffte ein Junge mit schriller Stimme die donnernden Untergangsprophezeiungen des Karmeliters nach.

Den Steward, der geduldig im hinteren Teil der Kirche stand und hoffte, nicht eingreifen zu müssen, überkam plötzlich wieder die Furcht, die ihn seit seinem Besuch im Priorat von Beddgelert verfolgte. Seine Wunden waren zwar längst verheilt, und nur ein paar häßliche kahle Stellen waren ihm geblieben, doch die geheimnisvollen Worte des Priors über den Antichrist gingen ihm nicht mehr aus dem Kopf. Manchmal wachte er mitten in der Nacht aus schrecklichen Träumen auf und spürte sein Herz rasen.

Eines Abends hatte er sich betrunken und die Leibeigenen in Angst und Schrecken versetzt mit irren Reden über den Feind, der im Wald lauerte und nur den rechten Augenblick abwartete. Er wußte, was ihnen allen bevorstand: Elend im ganzen Land, Pest und Hungersnot und das Entsetzen aus den Wäldern. Was sollte er tun? Was würde mit seinen armen Leibeigenen geschehen?

Und die Lady …

Angharad, Tochter von Madog, hatte seit Beginn des Advents kein Wort mehr gesprochen. Täglich verließ sie das Herrenhaus, um in der Kirche zu beten und am Grab ihres Vaters zu knien. Nicht einmal Iolyn der Priester brachte mehr aus ihr heraus als stumme Erwiderungen während des Gottesdienstes. Sie betete still ihren Rosenkranz und küßte inbrünstig den Hostienkelch. Der Steward beobachtete sie sehr genau, und es schien ihm, als ziehe es sie immer weiter weg von ihnen allen, an einen Ort, wohin keiner ihr folgen konnte. Er hatte graue

Strähnen in ihrem früher so rabenschwarzen Haar entdeckt, und sie wurde erschreckend mager. Waren auch das Zeichen?
Er schloß traurig die Augen.
Der Tumult in der Kirche steigerte sich zu neuen Höhen. Der Steward öffnete die Augen und ging nach vorne, um ihnen die Köpfe zurechtzusetzen.

4

Einige Tage später wurde der Konvent zu Sant' Angelo di Contorta von lauten Schlägen direkt vor seinen Mauern geweckt. Bald darauf drängte sich eine Gruppe Nonnen um die Kerze.
»Es sind Soldaten des Dogen. Sie haben Befehl, den Baum vor den Mauern zu fällen. Ein städtischer Beamter überwacht sie. Er ist zwar nicht sehr gesprächig, aber es sieht aus, als hätte es etwas mit ihrem Kommen zu tun.«
Wie die Kerze erzählte, ging das Gerücht, daß im Morgengrauen ein Schiff in den östlichen Hafen gesegelt sei; sofort habe man einen Boten zum Dogen ausgesandt, der jetzt auf dem Weg zur Frühmesse war. Der Bote habe zwar nur dem Dogen etwas zugeflüstert, aber jeder habe sofort erraten, wovon die Nachricht handelte.
»Aber wo ist sie jetzt, Kerze?«
»Komm schon, Kerze. Erzähl es uns.«
Das neugierige Geschrei verstummte, als die Nonnen die Äbtissin am Rand der Gruppe bemerkten. Sie schlichen sich davon. Die Abtissin und die Kerze sahen sich an. Auch sie wollte unbedingt die Neuigkeiten hören, doch es war unter ihrer Wür-

de, den Gärtner auszufragen. Sie wandte sich ab, ging ins Haus und eilte direkt in die Zelle von Schwester Clara Sanuto.
Schwester Camilla, die neben dem Bett kniete, sah auf, als die Abtissin eintrat.
»Wie geht es ihr?«
»Ich glaube, sie ist ein bißchen kräftiger geworden. Heute morgen hat sie etwas Lindenblütentee zu sich genommen.«
»Wenn wir doch nur mehr für sie tun könnten. Unsere Arzneischwester weiß sich nicht mehr zu helfen, aber Schwester Clara gestattet mir nicht, einen Apotheker aus der Stadt holen zu lassen. Für sie ist dieses Haus, wie für mich, eine kleine Stadt, erbaut für Gott und um uns vor der Verderbtheit der Welt außerhalb der Mauern zu bewahren.«
Schwester Camilla nickte schüchtern.
Die Abtissin verließ sie, um über den Brief nachzusinnen, den sie vom Gesundheitsbeauftragten der Stadt erhalten hatte. Er würde sie etwas später an diesem Tag aufsuchen, und dann hatte sie keine andere Wahl mehr, als ihre Schäflein einzuweihen.
Am späten Nachmittag wurde der gefällte Baum von den inzwischen heftig schwitzenden Soldaten in Bretter zersägt. Der Gesundheitsbeauftragte der Stadt kam zum Konvent und kontrollierte ihre Arbeit. Auch er schwitzte in seiner schweren, seidengefütterten und goldbetreßten Samtrobe. Aus seinem Ärmel lugte ein winziger weißer Hund mit seidigem Fell und einem Satinschleifchen am Hals. Der Beauftragte betrat den Konvent. Er wurde von der Äbtissin in ihrem Sprechzimmer empfangen.
»Ich weiß Eure Sorge um den Konvent wirklich zu schätzen.«
»Ihr begreift doch, was das bedeutet, oder? Mein Brief sollte es Euch unmißverständlich klargemacht haben. Verzeiht, daß ich das sage, aber Ihr scheint Euch nicht so recht bewußt zu sein, wie ernst die Angelegenheit ist –«
»Dessen bin ich mir bewußt, glaubt mir, wirklich.«

»Es ist lebensnotwendig, daß Ihr den Schwestern sagt, was vor sich geht. Wir müssen die Panik vermeiden, die sonst aus Gerüchten und Mißverständnissen erwächst. Sie haben sich doch gewiß gefragt, warum meine Soldaten da draußen den Baum fällen mußten. Und es ist nicht nur der Konvent, es ist die ganze Stadt. Beständig erreichen uns die schrecklichsten Berichte ... von Genueser Seeleuten, die aus dem Osten kommen ... und Gerüchte aus dem Süden. Flüchtlinge aus Florenz, Siena, sogar aus Rom. Zuerst waren es nur wenige, doch jetzt kommen sie zu Hunderten, ja zu Tausenden. Es geht sogar das Gerücht, daß Venedig den gesamten Handel eingestellt hat.«
»Wo sind diese Hunderte und Tausende? Wir haben noch keinen gesehen.«
»Sie werden kommen, o ja, sie werden kommen. Glaubt mir, sie sind bereits unterwegs.«
Die Abtissin gab sich Mühe, sich nicht von seiner wichtigtuerischen Piepsstimme ablenken zu lassen, der Stimme engstirniger Obrigkeit überall auf der Weit. Es fiel ihr schwer, denn sie hatte etwas viel Wichtigeres auf dem Herzen.
»Ist sie angekommen?« Die Frage kam ihr über die Lippen, ohne daß sie etwas dagegen unternehmen konnte.
Der Beauftragte warf verächtlich den Kopf zurück, die Röte stieg ihm ins Gesicht. »Seid Ihr ganz sicher, daß Ihr die Tragweite der Ereignisse ermessen könnt?« Er hob die Stimme. »Die Stadt steht kurz davor, von einer großen Krise überrollt zu werden, der größten in ihrer Geschichte, und wir hatten weiß Gott einige durchzustehen. Und es ist nun einmal so, daß die Obrigkeit wirklich schwere Katastrophen nicht bewältigen kann. Das war immer so in der Geschichte der Welt. Oder zumindest in der Geschichte Genuas. Wir haben weder die Fähigkeiten noch die Mittel. Noch, um ehrlich zu sein, den Willen. Am Ende versucht jeder nur, seine Haut zu retten. Gesetz und Ordnung werden dann nur noch leere Gefäße sein. Der Mob wird sie mit Füßen

treten. Ihr wißt doch, wie verantwortungslos und selbstsüchtig das Arbeitsvolk auch in den besten Zeiten ist. Wenn die Katastrophe erst einmal da ist, wird alles im Chaos versinken. Der Mann wird seine Frau verlassen, die Frau ihr Kind, die Menschen werden leben wie die Hunde. Ihr werdet sehen. Nichts wird mehr in Achtung gehalten werden, weder die Kirche noch der Doge, noch die Stadtväter. Es wird Plünderungen geben, Trunkenheit und Unzucht, alte Rechnungen wird man mit Mord begleichen. Bitte versucht doch, die Dinge aus unserem Blickwinkel zu sehen. Was sollen wir tun? Den Bürgern sagen, sie sollen in ihren Häusern bleiben und sich auf das Schlimmste vorbereiten? Nahrungsmittelvorräte anlegen und sich unter dem Tisch verstecken? Ganze Familien? Irgendwann müssen sie ihre Häuser verlassen, der Mangel an Nahrung, Bewegung und frischer Luft wird sie hinaustreiben. Und dann? Ohne seine Schiffe kann Genua nicht leben. Sie ernähren die Stadt. Die nackte Wahrheit ist, daß alles zerstört werden wird …«

Er hielt inne und atmete tief durch.

»Ja. Sie ist angekommen.«

Die Äbtissin seufzte hocherfreut auf. Sie hielt sich am Tisch fest und mußte sich setzen, bevor sie die Frage über die Lippen brachte: »Wird es möglich sein, sie zu sehen?«

»Ihr werdet sicher verstehen, daß dies nicht in meine Zuständigkeit fällt. Es gibt wahrlich Wichtigeres, um das ich mich kümmern muß, wie Ihr sicher verstehen werdet. Aber, ja, ja, ich sehe keinen Grund, warum nicht.«

»Heute?«

»Sie sollte noch heute nachmittag hier sein.«

Die Äbtissin hielt sich die Hände vor den Mund. Am liebsten hätte sie ihre Freude laut herausgeschrien, doch sie beherrschte sich und brachte den Beauftragten zur Tür, wobei sie ihm versprach, seine Anordnungen auszuführen.

5

Kurz nach Lichtmeß versammelten sich die Leibeigenen vor dem Herrenhaus, um wie jeden Winter die Schweine zu schlachten. Seit dem Fest des heiligen Johannes der Schweine wurden die Tiere im Obstgarten gemästet, wo sie sich mit Fallobst, Kastanien, Eicheln und Küchenabfällen vollfraßen. Lautes Quieken lag in der Luft, ein scharfer Wind trieb den Blutgeruch durch die Gemeinde. Eins nach dem anderen wurden die Schweine aus ihren Koben gezerrt, und man zog ihnen ein Seil durchs Maul, das hinter den Stoßzähnen zu einer Schlinge verknotet wurde. Dann hoben die Männer das Schwein am Seil hoch und hängten es an einen Balken. Unterdessen schleppten Frauen und Kinder Eimer mit heißem Wasser aus dem Herrenhaus herbei. Dem Schwein wurde die Kehle aufgeschlitzt, und man ließ es ausbluten, bis nur noch ein dünnes Rinnsal aus der Wunde lief. Nachdem man die Haut abgebrüht und glattgeschabt hatte, wurde das Tier ausgenommen.

»Von einem toten Schwein kommt nur ein einziges Stück in den Abfall. Wißt ihr, was das ist?«

Einige der jüngeren Kinder kannten diesen Witz noch nicht.

»Nein. Was?«

»Sein Zipfel.«

Die Kinder brüllten vor Lachen.

Der Steward betrat das Herrenhaus und sah, wie Gwythwches sich über das Feuer beugte. Während des langen Schweigens der Lady hatte Gwythwches versucht, so gut wie möglich ihr Sprachrohr zu sein. Jetzt gab sie Ieuan Ddu einen Becher mit dampfendem, rötlich-schwarzem Holunderbeerwein. Er war so heiß, daß der Steward ihn beinahe fallen lassen hätte.

»Bei dieser Kälte hält Schweineschlachten warm.«
Gwythwches beobachtete die Arbeit durch die offene Tür. Der Steward nippte am Wein, obwohl er eigentlich Met oder Bier bevorzugte. Aber der Wein war heiß, was eine Wohltat war, und er spürte, wie er durch seinen Körper strömte, sich unter seinen Rippen ausbreitete und ihm ein ziemlich unangenehmes Brennen im Magen verursachte.
»Wo ist die Lady?«
»Sie ist weggegangen.«
»Weg? Wann?«
»Vor ewigen Zeiten.«
»Auch Iolyn der Priester ist nirgends zu finden. Ich habe in seinem Haus nachgesehen und in der Kirche.«
»Dort ist er doch am allerwenigsten.«
Sie standen da und lauschten dem Todesröcheln eines Schweins. Gwythwches schien etwas auf dem Herzen zu haben.
»Ich weiß nicht, was ich mit ihr machen soll. Die meiste Zeit betet sie nur oder sagt den Rosenkranz auf. Oder sie geht weg, und keiner weiß, wohin. Sie läßt mich nicht mitkommen. Sie läßt mich nicht einmal beim Ankleiden helfen. Also, das Feuer in ihrem Zimmer habe ich geschürt, und wenigstens hat sie sich das blaue Tuch um den Hals gelegt, das der Franziskaner unserem alten Herrn aus Jerusalem mitgebracht hat.«
Der Steward setzte sich und rieb sich die Augen.
»Nein, sie ist nicht mehr sie selbst. Mit jedem Tag sieht sie kränker aus.«
»Ich bin bis zum Marienquell gelaufen, um Wasser zu holen. Ein wenig davon habe ich ihr einflößen können, vermischt mit etwas Wein, von dem Ihr Leben trinkt. Aber –«
»Warum ist Iolyn nie da, wenn man ihn braucht?« fragte Ieuan Ddu gereizt.
Es dämmerte bereits, doch von Angharad, Tochter von Madog, war noch immer nichts zu sehen.

6

Schwester Clara lag auf dem Bett, allein in ihrer Zelle. Schwer hing der Geruch von Schweiß und Krankheit in der Luft des frühen Morgens. Halb schlafend, halb wachend betete sie und versuchte, die entsetzlichen Visionen zu verscheuchen, die sie die ganze Nacht lang in ihren Träumen überfallen hatten. Vor ihrem geistigen Auge sah sie fremde Schiffe aus weit entfernten Ländern und Städten, die vor Genua auf Reede lagen. Vierzig Tage und Nächte mußten sie dort liegen, so lange, wie der liebe Herr Jesus Christus in der Wüste den Versuchungen des Teufels widerstanden hatte. Die Glocken der Stadt verstummten. Die Kanäle waren leer. Aus weiter Ferne kamen schwarze Wolken über das Meer. Und die Stadt schwieg. Sogar die streunenden Hunde und Katzen waren verschwunden, auch die Ziegen, Hühner, Schweine und Hasen, die viele Familien sich gehalten hatten. Das Zwitschern der Vögel war verklungen, und nicht einmal die plumpen Seemöwen kreischten noch gellend über der Bucht. Sogar Flöhe, Fliegen und Schmetterlinge waren verschwunden. Aber die Ratten kamen heraus. Aus Kellern und Kloaken, aus Abflußrohren und Rinnsteinen quollen sie in einem wogenden, quiekenden Strom. Es gab nur noch Menschen und Ratten in Genua, kein lebendes Wesen sonst.
Und die schwarzen Wolken kamen stündlich näher.
Einige der Seeleute langweilten sich und wurden unruhig. Zu lange warteten sie schon auf ein Wiedersehen mit ihren Frauen und Familien. Eines Nachts zogen sich drei von ihnen beim Schein des Mondes aus und schwammen auf das Ufer zu. Zwei erreichten es unversehrt. Den dritten befiel ein Muskelkrampf, und er ertrank trotz der Bemühungen seiner Kameraden. Die

Geräusche, die ein Ertrinkender von sich gibt, gehören zu den schlimmsten der Welt. Langsam füllt das Salzwasser Mund, Nase und Lungen, ein entsetzliches Spucken und Spritzen und Gurgeln ist zu hören, bis schließlich Arme und Beine aufhören, um sich zu schlagen und zu treten, der Kopf in den Wellen versinkt und, als vergängliche Grabinschrift, nur noch einige stumme Kreise auf der Wasseroberfläche bleiben.

Die überlebenden Seeleute waren froh, als sie das Ufer erreicht hatten, und noch froher, als sie wieder mit ihren Familien vereinigt waren.

Und mit jeder Stunde, die verging, kamen die schwarzen Wolken näher.

Nach der Rückkehr der Seeleute auf ihr Schiff entwickelte sich bei einem von ihnen ein harter Knoten unter der Achsel. Niemand hatte je etwas Ähnliches gesehen. Dann zeigte sich ein zweiter in seiner Leiste. Der fühlte sich an wie der Kopf einer Frühlingszwiebel und glänzte wie Silber. Der Seemann fing an, stark zu schwitzen, und ihm wurde so schwindlig, daß er nicht mehr auf seinen Beinen stehen konnte. Niemand achtete besonders darauf. Sie alle hatten irgendwann an diesen oder jenen unbekannten Beschwerden gelitten. Krankheiten auf Schiffen waren so häufig wie Mücken im Sommer. Also vertrieben sie sich so gedankenlos die Zeit wie immer.

Bis sie alle starben.

Die beiden Seeleute, die an Land gegangen waren, starben auf genau die gleiche Weise. Und ebenso ihre Frauen, ihre Kinder, ihre Verwandten, alle, die jede Nacht, winters wie sommers, im selben Zimmer schliefen. Ihre Nachbarn starben, und dann die Leute aus der Umgebung. Ein Haus nach dem anderen. Eine Straße nach der anderen. Ein Viertel nach dem anderen. Die unbegrabenen Leichen lagen überall.

7

Es war Fastnachtsdienstag, ein nebliger, feuchter Tag, und obwohl Freie und Leibeigene sich den ganzen Vormittag auf den Feldern abgeplagt hatten, bereiteten sie jetzt die feierliche Nachtwache vor, die den Aschermittwoch einleitete, den ersten Tag der Fastenzeit, jener vierzig Tage des Fastens und der Buße, die die Gläubigen auf Ostern vorbereiteten.

Auf dem Weg nach Dolbenmaen und zur Kirche war auch Iorwerth Gam mit seiner Tochter Nest und seinen beiden Söhnen. Es war so neblig, daß sie sich den Weg beinahe ertasten mußten. Aber sie würden nicht nur ihre Seele in der Beichte läutern und sich mit der heiligen Messe stärken, dachte Iorwerth Gam, sondern er würde auch Gelegenheit bekommen, mit Mato ap Tudur Hen über eine mögliche Heirat Nests mit einem von Matos Söhnen zu sprechen. Es wäre eine gute Partie. Das Leben war in letzter Zeit nicht einfach für ihn gewesen. Er war kein junger Mann mehr. Er nahm an, daß er zwischen fünfunddreißig und vierzig Jahre alt war. Wenn ein Mann alt wird, wenden sich seine Gedanken naturgemäß dem Zustand seiner Seele zu, und Iorwerth wurde sich bewußt, daß er nicht so oft zur Beichte ging, wie er sollte. Als sie schweigend den Pfad durch das Moor entlangtrotteten, merkte Iorwerth, daß ihre beiden Hunde ihnen folgten.

»Warum hast du denn die Hunde mitgenommen? Die fangen doch bloß vor der Kirche an zu raufen. Schick sie zurück!«

Iorwerth zischte die Hunde an und warf Steine nach ihnen. Sie trollten sich, doch schon bald darauf spürte der jüngere Sohn eine kalte Schnauze an seiner Hand. Dann entdeckten sie frischen Kuhdung auf dem Pfad. Iorwerth Gam wandte sich wü-

tend an seinen ältesten Sohn, der schrecklich stotterte. »Ich hab' mir gedacht, unsere Kühe sind sicher zu Hause.«
Der Junge nickte heftig. Er hütete die Kühe, seit er auf eigenen Beinen stehen konnte; jeden Tag des Jahres lebte er mit ihnen, Sonn- und Feiertage eingeschlossen, und er kannte sie besser als seine Familie. Iorwerth Gam betete, daß seinen Kühen nichts zustoßen möge. Er erinnerte sich an Iorwerth Foels Eingeständnis seiner Schulden beim Gerichtstag an Michaeli. Das Blut stockte ihm in den Adern, als er an die Höhe der Schuld dachte. Zweiunddreißig Pfund! Er wunderte sich, daß Iorwerth Foel überhaupt noch erhobenen Hauptes durch die Gemeinde gehen konnte. Wenn sich die Dinge für ihn nicht bald zum Besseren wendeten, würde er seine Kinder als Leibeigene verkaufen müssen.
Iorwerth Gam sah Umrisse im Nebel auftauchen. »Und wem gehören dann die?«
»H-m-m-m –«
Der jüngere Sohn unterbrach seinen stotternden Bruder. »Wahrscheinlich Tegwared ap Rhys.«
»Ich sag's ihm immer wieder. Er sperrt sie nie ein. Und was tun wir jetzt?«
Der jüngere Sohn gab zögernd zu, daß die Hunde noch immer hinter ihnen herliefen. Wütend befahl Iorwerth dem älteren Sohn, der einen Funken mehr Verstand hatte, die Rinder über den Fluß, die Grenze ihres Landes, zurückzutreiben, und ging mit den anderen beiden weiter.
Anfangs waren die Tiere noch sanft und friedlich. Es schienen drei dürre Kühe und zwei Kälber zu sein. Bald darauf scheuchten die Hunde das dritte Kalb aus den Binsen, wo es sich versteckt hatte. Aber dann bekamen die beiden Hirtenhunde Gesellschaft von drei anderen, die sofort anfingen, die Rinder zu jagen und ihre Rivalen anzuknurren. Eine Kuh, die bis zu den Fesseln im Wasser stand, senkte den Kopf und versuchte, ihre

Peiniger mit den Hörnern abzuwehren. Die anderen liefen in den Nebel davon, verfolgt von wütendem Bellen.
Ebenfalls auf dem Weg zur Kirche waren Tegwared ap Rhys, seine Frau und sein Sohn. Als sie das Muhen und Bellen hörten, blieben sie stehen, um zu horchen, und liefen dann zum Fluß hinunter, wo sie Iorwerth Gam auf dem gegenüberliegenden Ufer gerade noch erkennen konnten. Auch er war umgekehrt, als er den Lärm hörte. In diesem Augenblick sprang ein Kalb in den tiefsten, reißendsten Teil des Flusses und wurde davongerissen, obwohl es sich heftig wehrte. Nun tauchte, laut schreiend und pfeifend und seinen Stock schwenkend, auch Iorwerths Sohn auf. Tegwared ap Rhys war außer sich.
»Was zum Teufel glaubst du denn, was du da tust?«
Er machte sich über Iorwerths älteren Sohn her und bearbeitete ihn mit seinem Stock. Iorwerth Gam sprang wutentbrannt in den Fluß, als er sah, daß sein Sohn wimmernd auf der Erde lag.
»Deine Kühe waren auf meinem Land, du Faulpelz.«
»Deswegen brauchst du nicht deine Hunde auf sie hetzen.«
»Die kenn' ich nicht. Ich hab' geglaubt, daß es deine sind.«
»Gib doch zu, daß du irgend'ne Schweinerei vorgehabt hast. Wolltest sie dir wohl unter den Nagel reißen, was?«
»Das würde sich ja nicht mal lohnen.«
»Und ein Kalb ist verloren.«
»Dann mußt du eben besser auf dein Vieh aufpassen. Und was hast du mit meinem Sohn gemacht?« Der verprügelte Junge rappelte sich mühsam hoch, ein Auge schwoll schnell zu. Auf der einen Seite des Flusses standen Nest und der jüngere Sohn, die vor Verblüffung den Mund nicht mehr zubrachten, auf der anderen Tegwared ap Rhys' Frau und sein Sohn, die ihr Familienoberhaupt lautstark anfeuerten. Die beiden älteren Männer standen knietief im Wasser und gingen sich gegenseitig an die Kehle.

8

Die Kerze und die Soldaten versuchten, aus dem jungen Abt etwas Vernünftiges herauszubringen. Es dauerte lange, bis er wieder zu Atem kam. Hilfsbereit schlug die Kerze ihm auf den Rücken. Der junge Abt fiel hustend vornüber.
So einen rasenden Galopp hatte noch keiner von ihnen gesehen. Sie hatten am Tor des Konvents gestanden und die neue Wand aus rohen Brettern betrachtet, als sie in einiger Entfernung auf der Straße, die in die Stadt führte, ein Staubfähnchen bemerkten. Aus dem Fähnchen war eine Wolke geworden, aus der in wildem Galopp zwei Reiter auftauchten. Beide wollten schon an der kleinen Gruppe vor dem Konvent vorbereiten, als der junge Abt bemerkte, daß auch Soldaten darunter waren. Er riß heftig die Zügel zurück und wendete rasselnd und Staub aufwirbelnd sein sich aufbäumendes, Schaum verspritzendes Pferd. Der zweite Reiter hielt langsamer an und kam zu der Gruppe zurückgetrabt. Die Soldaten und die Kerze glotzten. Sie waren Bürger eines großen Seehafens und an merkwürdig aussehende Fremde gewöhnt. Aber noch nie hatten sie etwas gesehen wie diesen jungen Mann mit seinen strahlenden schwarzen Augen, der schmalen, gebogenen Nase und einer Haut, die so dunkel war wie die eines Sizilianers, aber von ganz anderer Beschaffenheit. Seine Kleidung war von höchst eigenartiger Zusammenstellung: Er trug alte Schuhe, die ihm offensichtlich nicht paßten, ziemlich großspurige seidene Beinkleider und ein langes Hemd ohne Wams. Aber das Merkwürdigste war, daß er sich allem Anschein nach den Großteil eines Lakens wie eine schlampig angelegte Bandage um den Kopf gewickelt hatte. Außerdem sah er aus, als sei ihm schlecht vor Angst.

Sein Begleiter, der junge Abt, erholte sich etwas.
»Wir kommen aus Lucca –«
»Aus Lucca?«
»Ja, aus Lucca. Und ich muß Euch unbedingt etwas mitteilen. Über einen Sträfling aus Genua, der wiedereingefangen und in der Abtei von San Ughetto festgehalten wurde. Giudotto di Cremona ... dem vor dem Rat der Vierzig der Prozeß gemacht werden soll ...«
»Genau. Hinter dem sind wir schon seit Monaten her. Ein sehr gefährlicher Mann. Gott und allen seinen Heiligen sei Dank, daß Ihr ihn habt.«
Aber der junge Abt war am Ende seiner Kraft. Er atmete schwer und schien nicht mehr in der Lage, weiterzusprechen. Der Rest seines Zuges kam die Straße entlanggezockelt. Einigen Mönchen, das war bald deutlich zu sehen, steckte der Schreck in den Gliedern. Der junge Abt hob nun endlich den Kopf, betrachtete die von den Soldaten errichtete hölzerne Wand mit dem Tor und sah dann hinüber zum Konvent. Die kleine Karawane kam zum Stehen und wurde sofort von den Soldaten umringt. Der dunkelhäutige junge Mann sah noch elender aus als zuvor. Und dann sahen sie die beiden Mönche ...
Die Soldaten wichen ein Stück zurück, einer pfiff durch die Zähne. Sie starrten die Mönche an und dann Salah. Er war abgestiegen und stand nun vornübergebeugt da. Der Abt wandte sich an die Soldaten.
»Wir Ihr seht, ist der Gefangene nicht mehr in unserem Gewahrsam.«
Die beiden Mönche lagen mit aufgeschlitzten Kehlen in ihrem Blut und waren so tot wie das Holz, auf dem sie ruhten. Während die Soldaten begannen, den jungen Abt auszufragen, erhob sich an der Holzwand ein Tumult. Alle wandten die Köpfe in diese Richtung. Durch das Tor trat der Gesundheitsbeauftragte, seinen kleinen Hund unter dem Arm. Hinter ihm kamen fünf oder

sechs Soldaten, in den Händen Seile, an denen etwas festgebunden war …
In ihrem ganzen Leben hatten sie so etwas noch nicht gesehen.

9

Auf dem Dorfplatz herrschte Aufruhr. Ieuan Ddu und der Schmied versuchten, Iorwerth Gam und Tegwared ap Rhys zu trennen. Iorwerths Söhne und seine Tochter sowie Tegwareds Frau und Sohn feuerten sie begeistert an, und auch Iorwerths Hunde mischten sich, zusammen mit den meisten anderen Hunden der Gemeinde, leidenschaftlich bellend in die Auseinandersetzung ein.
»Er wollte mein Vieh stehlen!«
»Er war auf meinem Land!«
»Ein Kalb ist verloren!«
»Verdammt, das waren doch gar nicht unsere Hunde!«
Tegwareds Sohn richtete einen kräftigen Schlag gegen Iorwerth Gam. Doch er traf den Schmied an der Schulter.
»Hört sofort mit diesem Unsinn auf!« brüllte Ieuan Ddu. Zu seiner Überraschung flaute das Getümmel wirklich ab. Aber dann biß Tegwareds Frau Iorwerths älteren Sohn, und der Kampf begann von neuem. Iorwerth Gam wurde umgestoßen und wühlte im Schlamm, während Tegwareds Sohn auf ihn fiel. Tegwareds Frau rammte Iorwerths jüngerem Sohn das Knie zwischen die Schenkel, und er krümmte sich jaulend. Der Schmied fiel über ihn. Die Kämpfenden waren ein einziges Knäuel fuchtelnder Arme, um sich tretender Beine und sich windender Leiber, aus dem Grunzen, Kreischen und Schreien

drang. Die Hunde sprangen begeistert darum herum, und ihr ausgelassenes Bellen verstärkte den Tumult.
Plötzlich war ein Niesen zu hören.
Und dann noch eins.
Der Vogt von Cricieth Castle hatte eine entsetzliche Erkältung. Seine Nase lief wie der Fluß Dwyfor. Seine Knochen schmerzten, und unter seinem Waffenrock aus rostigem Eisen und durchgescheuertem Leder war ihm abwechselnd heiß und kalt. Alles wäre ihm lieber gewesen als dieser mühselige Ausritt an einem nebligen Fastnachtsdienstag. Aber die Pflicht rief. Er haßte seine elende kleine Burg auf diesem gottverlassenen Felsen am Arsch der Schöpfung. In diesem jämmerlichen Steinhaufen gab es ja nicht einmal etwas, das man mit Recht hätte Herrenhaus nennen können. Warum hatte man ihn nicht nach Caernarfon oder Harlech oder Biwmares abkommandieren können?
Er solle sich die Welt ansehen, hatte es geheißen. O ja – in und um Cricieth gab es ja so viel zu sehen. Felsen. Wald. Stechginster. Meer. Wind. Regen. Und Nebel. Und eine Garnison, mit der man keinem Hund Gottesfurcht einjagen konnte. Fünf lahme Soldaten, die nicht einmal als Zielscheiben für die französischen Bogenschützen taugten. Alle zusammen hatten kein vernünftiges Paar Schuhe, und alle bis auf einen hatten ihren Schild verloren. Sie erhielten zwar vier Pence pro Tag aus der Schatulle des Schwarzen Prinzen, aber schließlich war es der Schloßvogt, der an einem nebligen Fastnachtsdienstag mit einer entsetzlichen Erkältung losreiten mußte, um Verpflegung zu besorgen.
Er nieste noch einmal.
Der Steward, dem es gelang, aus dem Knäuel aus Armen und Beinen einen Blick auf den Ankömmling zu werfen, erkannte plötzlich, wer es war. Er befreite sich und ging auf den Schloßvogt zu. Als die anderen Raufbolde der Ablenkung gewahr

wurden, lösten sie sich voneinander, rappelten sich hoch und starrten sich nur noch böse an.
»Wo ist der Steward?« Der Schloßvogt nahm an, daß er betrunkene Leibeigene vor sich hatte, die Unfug trieben. Der Steward öffnete den Mund, um etwas zu sagen. Da trat die Lady aus der Tür des Herrenhauses.
Alle wandten sich ihr zu und starrten sie an. Das Gesicht von Angharad, Tochter von Madog, war weiß, und sie hatte schwarze Ringe unter den Augen. Sogar die Hunde verstummten. In der unnatürlichen Stille sah sie ihre Untergebenen matt und teilnahmslos an und ging dann ins Herrenhaus zurück wie eine Schlafwandlerin. Der Anblick ernüchterte die Streitenden. Die meisten hatten sie seit Weihnachten nicht mehr gesehen, und sie erschraken über ihre Erscheinung. Nach kurzem Zögern sah der Vogt sich um.
»Ich bin der Vogt von Cricieth Castle. Kann mir jemand den Steward holen?«
Ieuan Ddu baute sich vor ihm auf, über und über mit Schmutz bedeckt. Der Vogt war sprachlos.
»Ieuan Ddu zu Euren Diensten, der Steward der Königin Isabella für die Gemeinde Dolbenmaen und für den Bezirk Eifionydd.«
Der Vogt nahm sich zusammen.
»Guter Mann. Treuer Diener der Krone, da bin ich mir sicher. Ich bin nur hier, um Lebensmittel für das Schloß zu besorgen, müßt Ihr wissen. Ich werde Euch nicht lange aufhalten.«
Der Steward, der versuchte, seine Würde wiederzuerlangen, führte den Vogt ins Herrenhaus. Die Lady war nirgendwo zu sehen. Die Soldaten lungerten vor der Tür herum, wo sie von den Dörflern aus einiger Entfernung gemustert wurden. Die Freien sahen sich Rüstung und Bewaffnung der Soldaten genau an. Man konnte sich wirklich nur wundern über diese Leute aus Cricieth.

Im Vorratsraum betrachtete der Vogt die Schweine, die dort an Haken hingen.
»Wie viele habt ihr dieses Jahr geschlachtet?«
»Vierundzwanzig.«
»Aus dem Besitz der Gemeinde?«
»Jedes einzelne von ihnen.«
»Die sind hübsch fett. Was habt ihr in der Küche?«
Sie gingen hinein. Eigentlich gab es kaum etwas in der Küche, abgesehen von einigen großen Kesseln und der alten Gwythwches, die Karnickel häutete. Der Vogt nieste noch einmal, direkt über den Tieren. Gwythwiches kniff die Lippen zusammen. Plötzlich stutzte der Vogt und lief wie ein Besessener auf die Feuerstelle zu.
»Was verlangt Ihr für dieses wertlose Ding?«
Ieuan Ddu spähte dem Vogt über die Schulter, um zu sehen, was es ihm angetan hatte.
»Das ist nicht zu verkaufen.«
Gwythwches hob den Kopf von ihrer Arbeit und beobachtete den Vogt aus rotgeränderten Augen. Er sah alles andere als gut aus.
Der Vogt beschloß, seiner Amtsgewalt mehr Geltung zu verschaffen. Vielleicht war er zu weich, und vielleicht hatte man ihm deshalb nur eine beschissene kleine Burg in einem beschissenen Landstrich übertragen. Er stieß kräftig mit dem Fuß gegen das Objekt seiner Begierde.
»Ich brauche das Ding. Ich muß es haben!«
Gwythwches packte das kleine scharfe Messer in ihrer Hand fester und erhob sich. Der Vogt, der ihre Bewegung aus den Augenwinkeln heraus mitbekommen hatte, drehte sich leicht und rammte ihr den behelmten Kopf zwischen die Augen. Ieuan Ddu packte den Vogt am Arm.
»Hört auf. Ihr beschädigt das Eigentum der Gemeinde!«
Dann stürzte er sich auf Gwythwches und ohrfeigte sie.

»Du hinterhältiges altes Luder. Was zum Teufel soll denn das?« Gwythwches gab sich geschlagen. Ihre Nase blutete. Einen Augenblick lang sah sie das Gesicht ihres Gatten unter dem Helm des Vogtes: ein brutaler Leibeigener namens Pry Gweryd, der schon lange tot und verfault war.

»Also dann, was nehmt Ihr hierfür?«

Der Steward war verwirrt. Was um alles in der Welt wollte der Vogt mit einem so alltäglichen Gegenstand anfangen?

»Nichts, mein Herr. Nichts. Bitte betrachtet es als Geschenk der Gemeinde. Iocyn Fach kann leicht einen anderen zimmern. Wir bitten Euch, dies als kleines Zeichen unserer Treue anzunehmen.«

Als der Vogt im beginnenden Zwielicht durch die Marsch zur Burg zurückritt, war er in viel besserer Stimmung. Er hatte Vorräte für mindestens eine Woche besorgt, und seiner Frau brachte er eine Liebesgabe mit. Da sie älter war als er, verabscheute sie Cricieth sogar noch mehr. Aber über einen Waschzuber würde sie sich bestimmt freuen.

10

Sie war angekommen!

Das Tor des Konvents sprang auf, und der Gesundheitsbeauftragte und seine Soldaten traten hindurch. Der junge Abt sah seine Mönche und dann Salah an und führte sie hinter dem Beauftragten her. Niemand schien etwas dagegen zu haben. Drinnen gesellten sie sich zu dem Schwarm aufgeregter Nonnen, die im Garten versammelt waren. Die Kerze drückte sich am Rand der Gruppe herum.

In atemlosem Staunen standen sie da, als sie hereingeführt wurde. Endlich war dieses Wunder eingetroffen, auf das sie so lange gewartet, dem sie so sehnsüchtig entgegengefiebert hatten. Sie hatte eine goldene Krone auf dem Kopf und auf dem Rücken ein Tuch aus weißer Seide mit einer scharlachroten Bordüre. Gelassen käute sie wieder und starrte aus feuchten, dunklen Augen auf die Menge herab.

Die Abtissin stand kurz vor einer Ohnmacht. Ihre Nonnen tuschelten aufgeregt, und einige hielten sich an ihren Gefährtinnen fest für den Fall, daß auch sie eine Ohnmacht überkam.

Sie war da. Endlich. Nach all dem Warten und Sehnen und Hoffen und Fragen war sie jetzt da.

Den jungen Abt entschädigte dieser Anblick für alle Mühsal und alle Greuel, die er hatte erleiden müssen.

Aus dem Inneren des Konvents, aus der Zelle, in der Schwester Clara Sanuto allein auf ihrem Bett lag, drang ein unirdischer, durchdringender Schrei. Die Seile spannten sich, und die Soldaten wurden ein Stück weit mitgeschleift, bevor sie wieder Fuß fassen und sie beruhigen konnten.

Der junge Abt wandte sich an Salah und packte ihn am Arm. »Habt Ihr in Eurem Leben schon einmal etwas so Wunderbares gesehen?«
»Ja«, antwortete Salah.
Der Abt starrte ihn mit aufgerissenem Mund an. »Und wie nennt man es?«
»Eine Giraffe.«
»Eine Giraffe«, wiederholte der Abt ehrfürchtig. Das Wunder hatte einen langen, langen Hals und kleine, knubbelige Hörner, lange Beine und einen kurzen Schwanz. Niemand rührte sich. Doch plötzlich fingen alle Glocken von Genua an zu läuten, und ihr Dröhnen vereinigte sich zu einem volltönenden Mißklang. Der kleine weiße Hund sprang vom Arm des Beauftragten und lief davon.

11

Es war schon sehr spät, als Iorwerth Gam endlich Gelegenheit bekam, mit Mato ap Tudur Hen zu sprechen. Er hatte ein blaues Auge, und seine Lippe war geschwollen. Zitternd standen sie auf dem Dorfplatz und tranken Met.
»Streunende Hunde, hast du gesagt?«
»Eindeutig. Ich erwürge sie eigenhändig, wenn ich sie in die Finger bekomme. Mit diesem Tegwared ist nicht zu spaßen. Man hat schlechte Karten, wenn man es sich mit ihm verscherzt.«
Sie sahen zu, wie Einion Fychan der Aussätzige, seine Ziege an einem ausgefransten Strick hinter sich herziehend, über den Dorfplatz schlurfte.

»Es ist ein schweres Leben für den im Dunkel«, sagte Mato ap Tudur Hen.
»Schlimmer als alles. Er ist doch nichts anderes mehr als ein Stück totes Fleisch. Dem Gesetz nach sollte ja Eryl Fychan für ihn sorgen. Schließlich hat er alles geerbt. Aber der war schon immer ein Geizkragen. Doch eigentlich wollte ich mit dir über meine Tochter reden. Bist du mit einer Heirat einverstanden?«
»An welchen von meinen Söhnen hast du denn gedacht?«
»Das liegt an dir. Was du für das Beste hältst.«
Mato zögerte, spitzte die Lippen und blies die Wangen auf.
»Der jüngere, wenn du nichts dagegen hast.«
Iorwerth Gam öffnete schon den Mund, um die Abmachung zu bestätigen, als sein älterer Sohn, der Stotterer, zu ihm gelaufen kam.
»I-i-i-ich hab' ihn!«
»Wen?«
»Ei-ei-einen von diesen Hunden. Ha-ha-hab' ihn ertränkt!«
»Bist du sicher?« Iorwerth Gam stand die Schadenfreude ins Gesicht geschrieben. »Wie?«
»Hä-hä-hätt' ihn überall w-w-wiedererkannt. Sch-sch-schwarz mit einem weißen S-s-streifen auf der Sch-sch-schnauze –«
»Was?« Mato ap Tudur Hen platzte fast vor Wut. »Du hast ihn ertränkt?«
»J-j-ja –«
»Das war mein bester Hund, du gottverdammter Schwachkopf. Ich suche schon seit Stunden nach ihm. Nie und nimmer ist der an diese Kuh gegangen! Dir werd' ich's zeigen, du blödes Arschloch.«
Mato zog dem Jungen mit seinem Stock eins über und stapfte wütend davon. Iorwerth Gam setzte sich und legte den Kopf in die Hände. Gerade als alles schon abgemacht schien. Er konnte es nicht glauben. Er hob den Kopf und sah, daß sein Sohn sich in weiser Voraussicht davongeschlichen hatte.

Während des Aschermittwochsgottesdienstes wagte sich Einion Fychan der Aussätzige näher als sonst an die Kirchenpforte heran. Eintöniger Gesang hallte zu ihm heraus.

Aus der Tiefe, Herr,
rufe ich zu Dir:
Herr, höre meine Stimme!
Wende Dein Ohr mir zu,
erhöre mein lautes Fleh'n!
Würdest Du, Herr,
unserer Sünden achten:
Herr, wer könnte besteh'n?

Füßescharren und Schniefen begleiteten die Gebete. Sie alle wußten, daß dieser Gottesdienst der unabwendbare Beginn der Bußübungen während der Fastenzeit war. Die anfangs bitterkalte Kirche war kaum wärmer geworden, dafür um so miefiger. Aber für sie war es der Herd der Heiligen, der Ort des Beistands und der Heilung in einer Welt der Hoffnungslosigkeit.

Um Mitternacht läutete die Glocke. Die Fastenzeit hatte begonnen, und nun hieß es vierzig Tage lang, nur die Sonntage ausgenommen, hungern und Buße tun, bis das Osterfest sie erlöste. Iolyn der Priester führte die Gemeinde in einer Prozession aus der Kirche auf den Dorfplatz. Einion Fychan der Aussätzige zog sich in die Dunkelheit zurück, als die Prozession, mit der Statue der Heiligen Jungfrau vorneweg, Kirchhof und Dorfplatz umrundete. Am Ende des Zuges wurden die Retabeln getragen, die geschnitzten Altaraufsätze, die Iocyn Fach der Schmied eben erst vollendet hatte. Alle anderen trugen Binsenlichter oder Fackeln, die der Zeremonie eine düstere Eindringlichkeit gaben. Mit der alles überragenden Heiligen Jungfrau an der Spitze wand sich der Zug durch das Dorf bis zu einer Stelle, an der Holz für ein Feuer aufgeschichtet worden war. Iolyn der

Priester hielt seine Fackel daran, während die Gemeinde sich um das Feuer versammelte und sang:

Ihre Kehle ist ein offenes Grab
und glatt ihre Zunge.
Otterngift ist unter ihren
Lippen.
Von Fluch ist ihr Mund
erfüllt und von Falschheit;
Schandtat klebt an ihren
Händen.
In Verderben und Unheil führt
ihr Weg,
und den Frieden suchen
sie nicht, denn sie haben
den Herrn nicht vor Augen.

Einige der jüngeren Frauen warfen immer wieder kleine Gegenstände ins Feuer und gelobten, sich während der Fastenzeit der Unzucht und der Wollust zu enthalten. Viele der Versammelten dachten an den seltsamen Stern, den sie früher am Abend am Himmel gesehen hatten. Ieuan Ddu war unerwartet bekümmert gewesen, als sie ihn aus dem Herrenhaus holten, um ihm den Stern zu zeigen, und er war auf die Knie gesunken, um zu beten.
Langsam brannte das Feuer nieder. Sobald es erkaltet war, schaufelte Iolyn der Priester etwas von der feinen grauen Asche in eine Messingschüssel, und einer nach dem anderen kniete nieder, um sich damit die Stirn bestreichen zu lassen.
Die Lady, die in dem flackernden Licht schrecklich ausgezehrt wirkte, war die erste.
»Gedenket der Vergänglichkeit des sündigen Fleisches. Denn aus Staub sind wir, und zum Staube kehren wir zurück«, intonierte Iolyn der Priester, als er ihre Stirn bekreuzigte. Während

die anderen warteten, bis sie an die Reihe kamen, bemerkte niemand, auch der Steward nicht, daß die Lady, anstatt zum Herrenhaus zurückzukehren, einen Augenblick unschlüssig dastand und dann durch die Dunkelheit über den Dorfplatz und hinaus aufs offene Land wanderte.

Einion Fychan der Aussätzige, der aus dem Schatten heraus zusah, hob den Kopf. Dann streichelte er seine Ziege, damit sie nicht blökte, und folgte ihr leise.

Magna Mortalitas

1

Normalerweise stattete der Steuereintreiber des armen Bistums Bangor der Gemeinde Dolbenmaen kurz vor Ostern seinen Besuch ab. Und in der Tat war es der Palmsonntag des Jahres 1348, als Robert de Tresk, Kämmerer des Bischofs, ein lebhafter kleiner Mann mit gelben Zähnen und einer Tätowierung auf dem rechten Arm (»Ewiglich Papst Bonifaz!«), die er sich auf einer Pilgerfahrt nach Avignon hatte machen lassen, ins Dorf ritt, um die mageren Abgaben einzusammeln. Er war entsetzt über den Anblick von Angharad, Tochter von Madog.

»Wie lange ist sie denn schon so?« fragte er den Steward am nächsten Tag, kurz bevor er sich wieder auf den Weg machte.

»Nun ja, es geht schon eine ganze Weile bergab mit ihr. Aber angefangen hat es im Advent. Ihr wißt, was mit unserer Kirche passiert ist?«

De Tresk nickte und bekreuzigte sich.

»Natürlich hat damals jeder Buße getan. Aber sie meint offenbar, sie dürfe nicht aufhören zu fasten und zu schweigen. Seit Monaten haben wir kein Wort mehr von ihr gehört.«

»Ißt sie denn überhaupt etwas?«

»Ihr habt es gestern abend doch selbst gesehen.«

Die drei waren am Abend zuvor zu einem gemeinsamen Mahl im Herrenhaus zusammengekommen. Doch die Lady hatte nur eine Karaffe mit Wasser und einen Teller mit Haferkuchen vor sich gehabt, die sie noch dazu kaum anrührte. Und der Kämmerer hatte betrübt feststellen müssen, wie grau ihr Haar geworden war.

»Was ist denn mit ihren Haaren passiert?«

Der Steward senkte die Stimme.
»Sie wird von Engeln besucht.« Er schluckte, bevor er fortfuhr:
»Sie hat Visionen und heult im Schlaf.«
Der Kämmerer horchte auf.
»Von Engeln, sagt Ihr?«
Doch bevor Ieuan Ddu antworten konnte, kam Chwilen Bwm dahergeschlurft und wollte etwas über die Arbeit wissen, die die Leibeigenen zu tun hatten.
»Sind alle Eure Leibeigenen so beschränkt?« fragte Robert de Tresk, als Chwilen Bwm mit einer Erklärung fortgeschickt worden war.
»Mehr oder weniger.«
»Arme Dinger. Leibeigene sind fast wie Tiere auf den Feldern, Sklaven ihrer Natur und der Umstände, in die sie hineingeboren werden. Sie brauchen kaum mehr als etwas Nahrung und ein Dach über dem Kopf, um ihre niederen Aufgaben zu erfüllen. Aber der Himmel hat jedem von uns seinen Stand zugewiesen, und wir müssen uns bemühen, aus ihrem Leben eine gute Vorbereitung aufs Jenseits zu machen. Das Leben sogar der mächtigsten Herrscher ist nur eine Vorbereitung auf das Jenseits. Aber warum heult die Lady?«
»Gwythwches sagt, sie habe in einer Vision die Leiche von Lord Rhys ap Dafydd ap Madog auf den Schlachtfeldern der Picardie verfaulen sehen.«
»War er in Crécy?«
»Das wissen wir nicht. Seit drei Jahren haben wir nichts mehr von ihm gehört. Er ging mit den Bogenschützen von Chester.«
»Und die Engel?«
»Das war am Aschermittwoch. An diesem Abend sahen wir einen sehr seltsamen Stern am Himmel. Wir hofften, daß es ein Zeichen Gottes sei. Aber ich fürchte, es war das Zeichen des Antichrist. Und nach dem Gottesdienst verschwand dann die Lady. Niemand weiß, wann sie zurückkam, aber am nächsten

Morgen fand Gwythwches sie wachend im Bett, mit schmutzigen, zerrissenen Kleidern, aber in einer eigenartigen Hochstimmung. Gwythwches, die sie gewaschen und zurechtgemacht hat, sagt, daß sie zweifellos von einem Engel besucht worden ist.«

De Tresk stand gedankenverloren da. Dann hob er den Kopf. »Ich fürchte, dies sind die Zeichen für das Nahen des Antichrist.«

Der Steward erbleichte.

»Sterne und geheimnisvolle Vorzeichen sind die falschen Feuer und Visionen, die er ausschickt, um uns zu täuschen. Dreieinhalb Jahre lang wird er regieren, und die ganze Welt wird ihm huldigen, bis auf einige wenige Gläubige. Und diese werden weder kaufen noch verkaufen können, so daß viele verhungern werden, während andere in die Hügel fliehen und dort Zuflucht suchen werden. Diese Auserwählten werden den Antichrist an seinem Zeichen erkennen –«, und er malte mit seinem Stock die Zahl 666 in den Schlamm zu seinen Füßen. »Diese letzten Tage werden bestimmt sein von Wollust, Völlerei und Unzucht. Es wird Kriege geben und Erdbeben, Hungersnöte und Seuchen. Drangsal und Mühen wird es geben, wie sie die Welt noch nicht gesehen hat, vor dem Kommen unseres Herrn Jesus Christus und seines Tausendjährigen Reiches. Diese armselige kleine Welt ist für uns alle nichts als ein unaufhörlicher täglicher Kampf. Zwischen Gott und dem Teufel, Christus und Antichrist, Geist und Fleisch, Himmel, und Hölle. *Salvandorum paucitas, damnandorum multitudo*. Einige werden gerettet, viele aber werden verdammt werden. Von der Wiege bis zum Grab sind wir eingespannt in diese Zweiheit.«

Der Kämmerer bestieg sein Pferd.

»Seid wachsam, Ieuan Ddu. Die Rache ist mein, sagt der Herr.«

Er wendete sein Pferd. Der Steward trat einen Schritt zurück.

»Dann, bis nächstes Jahr. Wenn wir verschont bleiben.«

Ieuan Ddu hob die Hand, als Robert de Tresk davonritt. Er schwitzte angesichts dieser Bestätigung seiner Ängste. Der Kämmerer ritt an einer weißblühenden Schlehdornhecke vorbei. Sie war ungewöhnlich früh aufgeblüht.
Ein Vorzeichen für einen schlechten Sommer.

2

Wer keine Angst hatte, seine Meinung frei zu äußern, behauptete, der Papstpalast von Avignon sei nichts als eine wirre Ansammlung von Steinen und häßlichen Gebäuden. Aber er war unbestreitbar beeindruckend, eine riesige Anlage, gekrönt von einer Unzahl von Dächern in allen Größen und Formen, die aussahen, als hätte man sie aufs Geratewohl darübergestreut. Auch die Vielfalt der Türme war überraschend, und Salah fiel besonders die Dicke der Mauern auf. Wenn er den Kopf hob, konnte er merkwürdig geformte Kamine erkennen, die ihn an die Pyramiden seiner Heimat erinnerten, aus denen aber dünne Rauchfäden aufstiegen. Nur unter Schwierigkeiten zwängte sich die kleine Gesellschaft durch das Haupttor in den Vorhof, denn die wogende Menge rundum schob und drängte. Salah zog einen Lumpen heraus und wickelte ihn heimlich auf. Drei Eier waren darin, die er hatte beiseite schaffen können und jetzt gierig verschlang. Der junge Abt und die drei ihm verbliebenen Mönche knieten auf den Pflastersteinen und beteten inständig und mit tränenüberströmten Wangen.
Die Reise war schrecklich gewesen. Vor allem den Schnee würde Salah nie vergessen, diesen merkwürdigen weißen Stoff, der ein Vorwärtskommen fast unmöglich machte, als sie auf der

Strecke von Turin nach Chambéry in der Provinz Savoyen den Paß am Mont Cenis überqueren mußten. Salah war so dünn geworden, daß er die eingesunkenen Wangen mit Daumen und Zeigefinger zusammendrücken konnte. In Schnee und Sonne war seine Haut allmählich dunkler geworden, während sich die der anderen zunächst rötete. Der junge Abt hatte ziemlich komisch ausgesehen mit feuerroter Nase in seinem glatten, hellen Gesicht und den wachsamen, fröhlichen blauen Augen.
Die Widrigkeiten hatten sie alle reizbar gemacht. Die Mönche waren immer streitlustiger geworden, und Salah hatte wirklich einmal dazwischengehen müssen, damit zwei von ihnen sich nicht gegenseitig umbrachten. Ein blaues Auge war der Dank für seine Mühe. Andere waren mitten in der Nacht geflohen, und der Abt hatte ihnen nachgetrauert, da er sich in dieser wüsten Landschaft immer einsamer und verlorener vorkam.
Der junge Abt hatte Salah versprochen, der Anblick von Avignon werde ihn für all das Leid und die Mühsal ihrer Reise entschädigen. Die Stadt hinter den Bergen im heiteren Land der Provence war es, wonach ihr Herz sich sehnte.
In dieser Nacht, einer hellen und sternenklaren, hatten die fünf übriggebliebenen Männer sich um ihr kleines Feuer geduckt und sich die Zeit mit belanglosen Gesprächen vertrieben. Sie hatten Angst einzuschlafen in dieser weißen Unermeßlichkeit, Angst, in den ewigen Schlaf zu sinken, fünf schwarze Punkte auf einer weiten weißen Fläche.
Salah rief in den Morgen hinein. Die Sonne war eben über den Bergspitzen aufgegangen, hoch, weiß und kalt stand sie am Himmel.
»Labbaika, Allahumma, labbaika!«
Seine Stimme hallte über die kalte Ödnis, während seine Begleiter Vorbereitungen für den Aufbruch trafen. Sie hatten drei Pferde verloren und mußten nun den letzten übriggebliebenen Karren selbst ziehen. Ende März oder Anfang April war es

gewesen, als sie schließlich in der Ferne die Stadt erblickten. Auf der Straße, die im Flachland nach Avignon führte, kamen ihnen Horden von Reisenden entgegen, die die Stadt verließen. Ihre Gesichter waren verschlossen und ängstlich, ihre Körper sprachen von schrecklichem Elend. Der Abt und sein kleiner Trupp erkannten, daß die Pest ihnen vorausgeeilt war. Aber sie waren schon zu weit gereist, um jetzt noch umzukehren, und außerdem zogen Scharen von Pilgern auf die Stadt zu, die wie sie einen langen Weg hinter sich hatten. Ihre Gesellschaft schien dem Abt und seinen halbverhungerten Mönchen neue Kraft zu geben. Salah dankte Allah, daß er sie auf diesem hohen, grausamen Paß sicher durch das Gebirge geführt hatte.

Schließlich erreichten sie die Stadttore, und nachdem sie an einer Ansammlung baufälliger Hütten vorbeigezogen waren, lagen die schmalen Straßen des Zentrums vor ihnen, oft nicht mehr als dunkle Gassen mit offenen Abwasserrinnen in der Mitte. Doch überall drängten sich Menschen, die wie Gespensterscharen auf den Papstpalast zuströmten. Ohrenbetäubender Lärm schlug ihnen entgegen, als sie das brodelnde Gewühl des Vorhofs erreichten. Fliegende Händler, Jongleure, Feuerschlucker, Stände, an denen heilige Gegenstände oder dampfende Leckerbissen feilgeboten wurden, Ablaßhändler und Wahrsager waren laute, grelle Punkte in den wogenden Pilgermassen. Der Abt, der sich von den Knien erhoben hatte, deutete zu einer überdachten Galerie hinauf, wo Salah Kardinäle, päpstliche Beamte und Soldaten in bunten Uniformen auf und ab gehen sah. Ein kleiner Mann mit einem Affen auf einer Schulter und einem prall gefüllten Sack auf der anderen schlenderte auf sie zu und schrie mit heiserer Stimme: »Her zu mir, Leute, her zu mir! So eine Gelegenheit gibt's nicht noch einmal! Ein Nagel von der Arche Noah! Eine Rippe vom heiligen Bartholomäus! Wasser aus dem See Genezareth – und alles noch fast umsonst. Ein Fläschchen von dem kann sich jeder leisten. Ein Stückchen

Sackleinwand, garantiert von den härenen Hemden echter Märtyrer. Ein Tropfen von der Milch Unserer Lieben Frau!«

Irgendwo hinter Salah schrie wütend ein Mann: »Du machst einen Markt der Heiden aus dem geheiligten Sitz des Stellvertreters Christi. Unser Herr hätte dich aus dem Tempel gejagt!«

Eine andere Gestalt, ein kurzer, stämmiger Kerl, packte den jungen Abt am Ärmel.

»Ihr kommt wohl von weit her?«

»Das kann man sagen«, erwiderte der Abt kühl. Der Mann beugte sich vor und flüsterte dem Abt eindringlich ins Ohr. Dem Abt klappte die Kinnlade herunter, und er machte ein fragendes Gesicht.

»Das könnt Ihr wirklich?«

»Ich schwöre es bei den heiligen Knöcheln Christi. Wie wär's damit?«

In heller Aufregung wandte sich der junge Abt an seine Begleiter.

»Dieser Mann behauptet, er könne uns direkt in den Palast führen. Er scheint es ehrlich zu meinen. Er sagt, er könne uns bis auf einen Steinwurf an den Heiligen Vater heranbringen.«

»Den Heiligen Vater«, wiederholte einer der Mönche hingerissen.

»Aber …?« fragte Salah, die Arme vor der Brust verschränkt.

»Wir geben ihm alles, was wir haben«, plapperte ungestüm der kleinste der Mönche.

Salah kam für gewöhnlich in Schwierigkeiten, wenn er versuchte, sich einzumischen. Aber er war auch schon in Schwierigkeiten gekommen, weil er selbst zu vertrauensselig gewesen war.

»Woher wissen wir denn, daß das nicht nur ein Trick ist, um uns unser Geld abzunehmen?«

»Ich schwöre es«, erwiderte der Mann prompt. »Beim Grab des heiligen Markus. Beim Heiligen Grab Christi. Beim Grab jedes Heiligen, den Ihr mir nennen wollt. Es ist die reine Wahrheit.«

Er hielt inne, um seine Worte wirken zu lassen. Sobald er das Gefühl hatte, es sei genügend Zeit zum Überlegen verstrichen, tat er so, als wollte er weitergehen.

»Mir ist's egal. Es gibt genug Leute, die ihre gesamten Ersparnisse hergeben würden, nur um da hineinzukommen. So eine Gelegenheit bekommt man nur einmal im Leben.«

»Er hat recht«, flüsterte der kleinste Mönch mit leuchtenden Augen.

»Nein! Wartet!« Der junge Abt packte den Mann am Ellbogen, als er sich eben abwenden wollte. »Es tut mir leid. Aber unser Freund hier hat einige unerfreuliche Erlebnisse hinter sich ... Nein, wir nehmen Euer freundliches Angebot dankbar an.«

Nachdem sie dem Führer ihren kleinen Silbervorrat ausgehändigt und ihm versprochen hatten, ihm nach der Führung auch noch ihren letzten Karren zu überlassen, versammelte er sie um sich wie eine Verschwörergruppe.

»Also gut. Ich kann euch das Quartier des Bischofs zeigen, die Gemächer des Heiligen Vaters, die Zimmer von Guy de Chaulic, dem Leibarzt des Papstes, den großen Saal und schließlich« – er sah sich verstohlen um – »den Heiligen Vater selbst.«

»Ist das wirklich möglich?«

»Natürlich ist es möglich. Also kommt jetzt mit mir. Wir haben keine Zeit zu verlieren. Aber ihr müßt alle mucksmäuschenstill sein. Wir müssen unter dem Küchentrakt hindurch.«

Er führte sie um den Palast herum zu einer winzigen, hinter zwei Stützpfeilern verborgenen Tür. Einer nach dem anderen schlüpften sie hindurch und stiegen eine dunkle, steile Treppe hinunter, die zu einem niedrigen, überwölbten Gang führte.

Während sie gebückt und auf Zehenspitzen den Korridor entlangschlichen, hörten sie über sich Lachen und Füßescharren. Salah fragte sich nach dem Grund für diese Ausgelassenheit. Etwas fiel platschend in eine dunkle Wasserlache direkt vor seinen Füßen, und als Salah hochsah, schüttete jemand einen

Kübel Haseninnereien durch ein Loch in der Gewölbedecke. Die klebrige, stinkende Masse ergoß sich über Salah. Er schrie laut auf.
»Um Himmels willen, Ruhe!« zischte der Führer. Die Mönche bekreuzigten sich. Am Ende des Ganges führte wieder eine enge, steile Treppe nach oben. Nach den Entbehrungen ihrer Reise waren sie alle so dürr, daß das Hinaufsteigen nicht ganz so schwierig war, wie es hätte sein können. Oben angekommen, fanden sie sich in einem weiteren langen und schmalen Gang wieder, der so niedrig war, daß sie an einer Stelle sogar auf allen vieren kriechen mußten. Einer der Mönche spürte plötzlich etwas Schlaffes, Pelziges unter seiner Hand. Bei seinem unterdrückten Aufschrei senkte der Führer die Kerze. Es war eine riesige, gelblichbraune Ratte, die allem Anschein nach schon einige Zeit tot war. Der Führer schob sie beiseite.
»Die sieht aus, als hätt' sie 'ne Nummer zuviel geschoben!« Das heisere Kichern war das eines Mannes, der sein ganzes Leben lang in dunklen Winkeln und verborgenen Gängen herumgeschlichen war. Er ging ein paar Schritte weiter, blieb dann stehen und gab Salah die Kerze. Salah sah, daß sie vor einer winzigen Tür angekommen waren, die der Führer nun entriegelte. Er öffnete sie einen Spalt und lauschte.
»In Ordnung. Macht die Kerze aus!«
Salah blies sie aus, und Dunkelheit umhüllte sie. Er war bereit, dem Führer an die Kehle zu springen, falls der auch nur eine verdächtige Bewegung machte. Der Führer streckte den Kopf durch die Tür, zog ihn dann wieder zurück und sagte schnell:
»Also los. Bleibt dicht bei mir und lauft, was ihr könnt!«
So schnell es ging, huschten sie durch die Tür und liefen dann hinter dem Führer her einen prächtigen Gang entlang.
»Wie ihr seht«, zischte der Führer, »ist das ein sehr langer Gang, der längste im ganzen Palast. Wir sind im Chancery-Flügel. Und in diesem Zimmer dort befindet sich der päpstliche Schatz. Ich

möchte wetten, daß ihr gern ein bißchen was davon in die Finger bekommen würdet.«
Bevor sie antworten konnten, hörten sie Stimmen, die sich schnell näherten.
»Versteckt euch!« zischte der Führer, und sie liefen blindlings durch eine Tür in ein kleines Zimmer, das vom Boden bis zur Decke mit Urkundenrollen vollgestopft war. Während sie mit angehaltenem Atem dort drinnen lauerten, hörten sie, wie zwei Männer, tief ins Gespräch versunken, an der Tür vorbeigingen.
»Was sollen wir tun? Sie kann jeden Augenblick hier sein. Das offene Land ist bereits verwüstet.«
»Das ist es ja gerade. Das ist unsere große Gelegenheit. Gott ist auf unserer Seite, und niemand wird die Wahrheit erfahren ...«
Die Stimmen verklangen. Der Führer wartete noch einen Augenblick und bedeutete ihnen dann, ihm zu folgen. So schnell und so leise sie konnten, schlichen sie den Gang entlang. Salah rollte federnd über die Fußballen ab, er schwitzte und rang nach Atem. Am Ende des Ganges befand sich eine riesige, reichverzierte Tür. Der Führer lauschte kurz, öffnete sie dann und ließ sie eintreten.
Sie standen im großen Saal. Lange Tische, die von einem Ende des Saales bis zum anderen reichten, waren gedeckt mit goldenen und silbernen Tellern. Neben jedem stand ein gravierter Silberpokal. Entlang der Mitte jedes Tisches reihten sich silberne und goldene Schüsseln und reich mit Juwelen besetzte Salzfässer. An den Wänden hingen prächtige Teppiche.
»Hier feiern sie«, sagte der Führer leise. »Prinzen, Prälaten, Fürsten und Botschafter. Die lassen es sich gutgehen, das kann ich euch sagen. Da geht's manchmal ziemlich hoch her.« Er blies die Backen auf. »Mit Weibern, die ihren Busen so hochgeschnürt haben, daß man eine Kerze in den Spalt stecken kann.«
Der junge Abt wandte sich sanft errötend ab. Die anderen starrten zur Gewölbedecke hoch, bevor sie dem Führer zu einer

Tür am anderen Ende des Saales folgten. Sie gelangten in einen Turm, in dem sich eine Wendeltreppe nach oben schraubte. Beim Hinaufsteigen sah Salah durch die Fensterschlitze, daß es auf dem Vorhof noch immer von Menschen wimmelte. Die Treppe endete vor einer soliden Eichentür. Der Führer hielt den Finger an die Lippen und schob die Tür vorsichtig auf.
Sie standen im Arbeitszimmer von Papst Clemens VI. In der Mitte stand ein schwerer, mit Pergamentrollen beladener Schreibtisch. Der Abt ging hin, um sich alles genauer anzusehen. Die Mönche standen mit offenem Mund an der Tür. Schließlich huschte einer von ihnen zum Tisch, nahm etwas in die Hand und hob es gegen das Licht.
»Was ist das?«
»Eine Linse. Damit der Heilige Vater besser lesen kann.«
Der Führer hielt dem Mönch das Glas ans Auge, und der riß erstaunt den Mund auf. Die Wände des Raumes zierten Fresken, und Salah erkannte Motive des Landlebens und der Jagd. Neben meisterhaft gemalten Landschaften mit Hügeln und Wäldern gab es Szenen der Hirschjagd, des Bogenschießens, der Heuernte und des Fischfangs. Diese Szene sah Salah sich genauer an, weil er wissen wollte, ob es sich bei den nackten Schwimmern um Frauen oder Jungen handelte. Einer der Mönche drückte seine Verwunderung darüber aus, daß es keine geistlichen Darstellungen gab, die dieser so offensichtlichen Verherrlichung weltlicher Freuden entgegenwirkten. Die beiden anderen stimmten ihm zu, der Abt aber schwieg. Immer noch ein bißchen rosa im Gesicht, dachte Salah. Der Führer wurde allmählich unruhig und drängte zum Verlassen des Zimmers. Während sie die Wendeltreppe wieder hinunterstiegen, fragte der Abt noch einmal, ob sie wirklich den Papst zu sehen bekommen würden.
»Ich hab' es euch doch versprochen, oder?«
Am Fuß der Treppe sah er sich zuerst nach allen Seiten um und

bedeutete ihnen dann, ihm zu folgen. Er öffnete eine Tür, und die anderen drängten sich hinter ihm in eine winzige überwölbte Zelle, in der es nach Katzenpisse stank. Der Führer hatte plötzlich einen Nagel in der Hand, mit dem er versuchte, eine Fliese aus dem Bodenbelag zu lösen. Nichts geschah. Er stocherte an allen vier Kanten, aber sie bewegte sich nicht. Schließlich richtete er sich auf.

»Hilft nichts. Das Scheißding rührt sich nicht.«

Sie sahen einander an. Es war furchtbar heiß in der kleinen Kammer. Ihr Schweiß roch stechend, und der Unrat auf Salah fing an zu stinken.

»Was tun wir jetzt?« fragte der junge Abt.

»Hm, wir müssen wohl auf einem anderen Weg zurück –«

»Werden wir den Heiligen Vater trotzdem sehen?«

Der Führer kratzte sich am Kopf und verzog das Gesicht.

»Also ich bin zufrieden mit dem, was ihr mir gegeben habt. Vergessen wir den Rest, und lassen wir's gut sein.«

»Soll das heißen, daß Ihr Euer Wort nicht halten wollt?«

»Jetzt hört mal zu, mein Freund«, zischte der Führer und sah Salah böse an, »ihr habt bereits mehr bekommen, als euer Geld wert ist. Ich kann nicht das Unmögliche tun. Wenn wir erwischt werden, ist es aus mit uns.«

»Aber wir bestehen darauf, daß Ihr Euer Wort haltet.«

Salah war ziemlich beeindruckt von dem herrischen Unterton, der in der Stimme des jungen Abtes mitschwang. Der Führer seufzte schwer. Und stürzte plötzlich auf die Tür zu. Aber Salah war vor ihm dort. Er packte den Mann an der Kehle.

»Wohin denn so schnell?«

»Schon gut, schon gut. Kein Grund, mir die Luft abzudrücken.«

Salah ließ den Mann los, der sich gereizt schüttelte und die Schultern straffte.

»Also schön, aber auf eure Verantwortung. Ihr habt darauf bestanden, vergeßt das nicht.«

Er führte sie aus der Kammer. Die frischere Luft war eine Wohltat nach der stinkenden kleinen Zelle. Ohne Vorwarnung rannte der Mann um eine Ecke.

Sie stürzten ihm nach, aber er war verschwunden. Hinter seinen verhallenden Schritten her liefen sie eine Treppe hinunter, aber auch unten war nichts von ihm zu sehen; erschöpft und ausgehungert, wie sie waren, konnten sie das Tempo nicht beibehalten. Nach Atem ringend, blieben sie stehen. Salah knirschte mit den Zähnen und trat vor Wut so heftig gegen die Wand, daß ein Bild polternd zu Boden fiel.

»Keine Sorge«, sagte der junge Abt, doch dabei schossen ihm die Tränen des Zorns in die Augen.

»Sollen wir versuchen, den Weg zurückzugehen, den wir gekommen sind?«

»Nein, ich will einen anderen ausprobieren. Wir müssen jetzt den Heiligen Vater sehen.«

»Aber falls wir ihn wirklich finden, sind wir auch nicht klüger«, murmelte einer der Mönche. »Keiner von uns hat doch die geringste Ahnung, wie er aussieht.«

Der junge Abt machte ein zuversichtliches Gesicht und ging voran. Die anderen dicht an seinen Fersen, schritt er einen Korridor entlang und bog dann in einen anderen ein. Zwei Priester kamen ihnen entgegen und nickten ihnen höflich zu, obwohl einer die Nase rümpfte, als Salah an ihm vorbeihuschte.

»Wie wär's mit dieser Tür?« fragte einer der Mönche.

»Probier's doch«, erwiderte der Abt.

Sie schwang auf.

3

Es wäre besser gewesen, wenn Robert de Tresk in diesem Jahr seinen Besuch versäumt hätte. Seine unheilschwangeren Prophezeiungen hatten den dunkelsten Ängsten des Stewards neue Nahrung gegeben. Er lebte jetzt in beständiger Furcht. Und deshalb war er so erschrocken wie neugierig, als Iolyn der Priester zu ihm kam und ihm sagte, daß er etwas gestehen müsse. Der Steward führte ihn zu seinem Haus, dessen Dach eben von einigen Leibeigenen repariert wurde. Sobald sie durch die Tür getreten waren, wandte Ieuan Ddu sich mit bemüht sorgloser Miene dem Priester zu.

»Ihr wißt doch, daß ich … also, daß ich ein- oder zweimal weg war. Na ja, ein paarmal mehr, um genau zu sein …«

»Ja, ja –« Der Steward wußte, was kommen würde, bevor Iolyn den Mund geöffnet hatte. Während er dem Priester zuhörte, spürte er, wie ihm das Blut aus den Wangen wich und seine Hand feucht und kalt wurde. Die Kopfhaut juckte, er bekam einen trockenen Hals, und sein Herz raste.

»Also, was sagt Ihr?« fragte der Priester am Ende.

Diese Auserwählten werden den Antichrist an seinem Zeichen erkennen … Diese letzten Tage werden bestimmt sein von Wollust, Völlerei und Unzucht. Es wird Kriege geben und Erdbeben, Hungersnöte und Seuchen … Diese armselige kleine Welt … Von der Wiege bis zum Grab sind wir eingespannt in diese Zweiheit.

»Nein«, sagte der Steward.

»Nein?«

»Nein.«

Vom Dach kam gedämpftes Gelächter, als einer der Leibeigenen etwas sagte.

»Nein. Das kommt nicht in Frage. Auf gar keinen Fall bringt Ihr sie in die Nähe der Gemeinde. Nur über meine Leiche! Ihr laßt sie, wo sie ist, Iolyn.«

»Aber mein Entschluß steht fest«, sagte der Priester störrisch. Die Leibeigenen auf dem Dach verstummten, als die beiden Männer begannen, sich anzuschreien. Plötzlich fing Iolyn an zu weinen.

»Ich bin schwach, wißt Ihr. Ich bin ein elender, schwacher Mann. Ich hätte nie die Priesterweihe empfangen dürfen. Mein Vater war ein Leibeigener – aber das wißt Ihr ja –, und er wollte, daß ich es besser habe im Leben. Aber ich kann nicht sehr gut lesen. Schreiben habe ich nie gelernt. Und ich wäre tausendmal lieber ein dummer Leibeigener ohne Sorgen als in der Lage, in der ich jetzt bin. Was habe ich gebetet und Unsere Liebe Frau um Hilfe angefleht, aber es nützt nichts. Die fleischliche Lust ist stärker als ich.«

»Hört auf zu flennen«, zischte der Steward und hob die Augen zur Decke. »Das ist wirklich das letzte, was wir brauchen, daß die Leibeigenen eine solche Geschichte mitkriegen. Die kommen auf alle möglichen komischen Gedanken, wenn wir nicht aufpassen.«

Drei Tage später sorgte die Nachricht vom plötzlichen Tod Iorwerth Gams für Bestürzung in der Gemeinde. Überbracht wurde sie von seinem jüngsten Sohn, der ins Dorf gekommen war, um den Priester zu suchen.

»Was ist denn passiert?« fragte Gwythwches, als er ins Herrenhaus kam, da er Iolyn nicht gefunden hatte.

»In seinem Bett ist er gestorben.«

»Hat er zuvor geklagt, daß es ihm nicht gutgeht?«

»Nicht mehr als sonst.« Der Junge starrte mit leeren Augen vor sich hin.

»Was für ein Jammer. Und noch dazu jetzt, wo der Frühling kommt. Habt ihr ihm die Zehennägel ordentlich geschnitten?«

»Natürlich.«
»Na, dann vergiß nicht, der jungen Nest zu sagen, daß ein Toter in der Nacht seiner Beerdigung in sein Haus zurückkehrt. Er wird durchgefroren und hungrig sein, also sorg dafür, daß sie ein gutes Torffeuer anzündet und genug zu essen und zu trinken auf den Tisch stellt. Und auf keinen Fall darf sie den Boden wischen oder den Staub aus dem Haus fegen, denn das könnte seine Seele verwirren.«
Der Junge hatte sich beim Lauf über das Moor den Knöchel verstaucht. Gwythwches badete ihn fürsorglich. Er biß tapfer die Zähne zusammen, aber dennoch quoll ihm eine verstohlene Träne aus dem Augenwinkel.

4

Sie kamen in einen riesigen Raum mit schweren, purpurfarbenen Vorhängen vor der einen Wand. Zwei livrierte Diener warteten darauf, sie zurückzuziehen, und davor standen einige Trompeter, ihre Instrumente an den Lippen. Salah zählte noch mindestens fünfzig andere Leute in dem Raum, die alle geduldig wartend in den hölzernen Bankreihen saßen. Der Abt sah Salah an und gab dann seinen Mönchen ein Zeichen, sich dazuzusetzen. Kein Mensch schien ihnen Beachtung zu schenken.
Die Musiker ließen ihre Fanfaren erklingen, und die Diener zogen langsam die Vorhänge zurück. Getaucht in gleißendes Licht, das die Zuschauer beinahe blendete, bot sich ihnen, erhöht auf einem Podium, ein wundersamer Anblick.
»Verbeugt euch, Gläubige, vor dem Nachfolger des heiligen Petrus, dem Bewahrer der Schlüssel, dem sichtbaren Ober-

haupt der Kirche, dem Stellvertreter Christi auf Erden, dem Pontifex Maximus, vor seiner Heiligkeit Papst Clemens dem Sechsten.«

Als sie den Kopf wieder hoben, sahen sie ihn auf einem hohen Thron sitzen, umgeben von einer Schar Prälaten. Er war groß und würdevoll, mit sanften Augen, einer langen Nase und ziemlich dünnen Lippen. Die Haare unter der päpstlichen Tiara waren weiß. Er hielt einen Krummstab in der Hand, der am oberen Ende vergoldet und mit Juwelen besetzt war, ein Umhang aus Rehleder umhüllte ihn von den Schultern bis zu den Knien. Zu seiner Linken und zu seiner Rechten brannten riesige Feuer. Er hielt eine Urkunde in die Höhe. »Hiermit sei kundgetan, daß vom heutigen Tage an kein Jude ausgeplündert oder gewaltsam bekehrt oder ohne Gerichtsverfahren getötet werden darf. Laßt uns nicht Böses mit Bösem vergelten. Doch darf auch kein Jude gegen einen Christen vor Gericht ziehen, noch darf die Aussage eines Juden gegen einen Christen verwendet werden ...«

Er hielt inne und fuhr sich mit der Hand an die Kehle. Ein Erzbischof rutschte unruhig auf seinem Stuhl hin und her. Die Zuschauer reckten die Hälse und hielten den Atem an.

»Es ist verboten ...«

Er hielt wieder inne. Einer der Sekretäre an seiner Seite machte eine besorgte Geste. Der Heilige Vater war trotz der Hitze der beiden Feuer leichenblaß geworden.

»Es ist verboten, daß ein Jude einen Christen oder eine Christin als Diener oder Dienstmagd hält. Kein Jude darf Brot, Wein, Öl, Schuhe oder Kleidung an einen Christen verkaufen. Auch darf kein Jude Mitglied einer Gilde ...«

Papst Clemens VI. hob die Hand zum Mund, schwankte, stürzte, polterte vom Podium, wälzte sich auf dem Boden, bekam Schaum vor den Mund, zuckte und starb.

Im ersten Augenblick herrschte verblüfftes Schweigen, doch

plötzlich kam Bewegung in die Reihen der Prälaten, denn ein Zwerg schob sich hindurch, kahlköpfig und nackt bis auf ein Tuch um die Lenden und mit schwabbelnden Brüsten. Er hielt zwei sehr große Hunde an einer Leine, und ein Mann in schwarzer Livree folgte dicht hinter ihm.
»Er ist tot, nicht?« Die Stimme des Zwerges war ein zorniges Bellen.
Zwei Priester, die sich über den Körper gebeugt hatten, nickten nervös.
»Hab' ich's mir doch gedacht. Die haben schon wieder mein Essen vergiftet.« Der Zwerg zitterte vor Wut. »Das sind diese verdammten ketzerischen Italiener! Venezianische Schweine. Florentiner Ferkel. Römische Ratten. Genausogut könnt' ich jetzt da liegen«, er trat gegen die Leiche, »so tot wie dieser arme Kerl da. Er ist der achte arme Trottel in ebenso vielen Monaten, der an meiner Stelle sein Fett abgekriegt hat.«
Ein Apotheker kam mit zwei Gehilfen in die Apostolische Kammer gelaufen.
»Nun macht schon, ihr da. Schneidet ihn auf und sagt mir, was für ein Gift es diesmal war.«
Die Leiche wurde aus der Kammer getragen, und der Apotheker und seine Gehilfen eilten hinterdrein.
»Ich entschuldige mich für diesen unerfreulichen Zwischenfall.« Papst Clemens VI. wandte sich seinem Publikum zu, das mit offenem Mund dasaß. »Ich hatte wirklich vor, vor dem Ende noch hereinzuschauen. Aber ich nahm gerade ein Bad, als dieses Theater hier losging.«
Seine Stimme wurde wieder lauter.
»Diese Wahnsinnigen, diese teuflischen Ketzer. Sie wollen die Einheit der Heiligen Kirche zerstören und meine Autorität zunichte machen. Aber die Zeit ist auf der Seite der Gerechten. Ich sage euch, immer und immer wieder werden törichte neue Lehren auftauchen, die die Jungen und die Schwachen im Geiste

in ihren Bann ziehen. Aber jedesmal erkennen wir, daß es, trotz des Geredes über Umsturz, über das ›Aufbrechen der Verkrustungen‹, immer nur die alten Ketzereien in neuen Gewändern sind.«

Salah hatte keine Ahnung, worüber dieser kahlköpfige kleine Mann mit seinen vor Zorn zitternden Brüsten sich aufregte, aber die anderen Zuhörer hingen wie gebannt an seinen Lippen.

»Ich sage euch, meine Kinder, jeder umstürzlerische Gedanke ist nichts anderes als die Schminke, die eine alte Frau sich auf die Runzeln schmiert –«

Das Publikum kicherte zustimmend.

»– aber ich habe das alles schon viel zu oft erlebt.« Er lächelte versonnen. »Und ich bin dankbar dafür. Dankbar und demütig nehme ich es an, ja ich bin sogar ein wenig eifersüchtig, wenn ich die glühende Inbrunst sehe, die unweigerlich jeden befällt, der gierig jeder auch noch so unbedeutenden Revolte nachläuft.«

Er segnete hastig sein Publikum, pfiff seinen Hunden und wandte sich zum Gehen.

»Bitte entschuldigt mich. Mein Bad wird kalt.«

Ein aufgeregtes Geplapper erhob sich, sobald Papst Clemens VI., Nachfolger des heiligen Petrus, Bewahrer der Schlüssel, sichtbares Oberhaupt der Kirche, der Stellvertreter Christi auf Erden, der Pontifex Maximus, den Saal verlassen hatte.

»War er nicht großartig?« fragte einer der Mönche, dessen Augen funkelten wie Sterne.

»Wirklich ganz erstaunlich!«

»Es heißt ja, daß er ungewöhnlich ist, aber ...«

»Aber wie er reden kann! Was hat er gesagt? ›Jeder umstürzlerische Gedanke‹ ...?«

»... ›ist nichts anderes als die Schminke, die eine alte Frau sich auf die Runzeln schmiert.‹«

Prälaten und Zuhörer waren bereits im Aufbruch, als drei große Vögel in die Apostolische Kammer stolzierten. Der erste sah aus wie eine Brachschnepfe. Auf dem Kopf trug er einen roten Hut und vor dem Gesicht eine Maske mit Augen aus Kristall und einem gebogenen Schnabel, aus dem Weihrauch quoll und den Saal mit seiner pfeffrigen Süße füllte. Er hatte mehrere Karten unter dem Flügel, während die anderen beiden Vögel gläserne Phiolen brachten.
»Meine Herren, bitte.« Der erste Vogel schlug klatschend die Flügel zusammen. »Verzeiht, daß ich euch habe warten lassen, aber ich mußte das Priorat der Karmeliter besuchen. Zu meinem Bedauern muß ich euch mitteilen, daß in den letzten fünf Tagen sechsundsechzig Mönche gestorben sind. Für diejenigen unter euch, die mich noch nicht kennen: Ich bin Guy de Chaulic, Leibarzt Seiner Heiligkeit und seiner beiden Vorgänger. Doch ich muß euch gestehen, daß ich trotz all meines Wissens und meiner langjährigen Erfahrung in täglicher Furcht lebe. Nun hat sich Seine Heiligkeit, wie ihr wißt, auf meinen Rat hin in die Sommerresidenz in Valence zurückgezogen, um der Bedrohung zu entgehen –«
Salah und der junge Abt sahen sich an. Man hatte sie schon wieder hereingelegt.
»– aber er hat mir aufgetragen, euch vor den Gefahren der Pest zu warnen und euch die Maßnahmen zu nennen, die ihr treffen könnt, um euch zu retten.«
Die beiden anderen Vögel breiteten die Karten auf Ständern aus und stellten ihre Phiolen auf.
»Nun hat die Universität von Paris, höchste Autorität in dieser Angelegenheit, erklärt, daß die Ursache dieser schrecklichen Seuche die Konjunktion der Planeten Mars, Saturn und Merkur in einem Winkel von vierzig Grad zum Aquarius sei. Diese ist geschehen um ein Uhr nachmittags am zwanzigsten März im Jahre des Herrn dreizehnhundertfünfundvierzig.«

Er deutete auf eine der Karten, auf die nun jeder pflichtschuldig seine Aufmerksamkeit richtete.
»Der Saturn hier ist kalt und schwer, der Mars dagegen heiß und trocken, während der Merkur ein Planet der Luft ist. Diese unheilvolle Konstellation ließ giftige Dämpfe aus der Erde aufsteigen und schickte schädliche Strahlen aus dem Himmel auf uns herab. Von beiden sind die Dämpfe gefährlicher, da sie die giftigen Würmer mit sich tragen, die die Pest verursachen. Deshalb habe ich veranlaßt, daß während des Tages zwei Feuer zu beiden Seiten Seiner Heiligkeit brennen. Nachts besteht keine Gefahr, da die Würmer dann nichts sehen und nicht über ihre Opfer herfallen können.«
Einer der Bischöfe erhob sich mit zornrotem Kopf.
»Es ist gottlos und blasphemisch, sich Gottes gerechter Bestrafung der Sünden dieser Welt zu widersetzen. Es ist schrecklichste Vermessenheit, sich Seinem Urteil in den Weg zu stellen. Wir können und dürfen nichts anderes tun, als zu beten und Buße zu tun und Ihn täglich anzuflehen, Er möge uns erfüllen mit dem Geist der Reue und Seiner Gnade.«
»Die Konjunktion der Planeten«, stotterte der Vogel. Dann schüttelte er sich und begann von vorn. »Der Allmächtige hat uns die unschätzbare Gnade des freien Willens gewährt und uns die Früchte der Erde zu unserem Gebrauch geschenkt. Wäre es nicht gottlos, ja blasphemisch, die heilenden Eigenschaften dessen zu mißachten, was Er in unsere Hände gelegt hat, zu leugnen, daß Er uns den Verstand und das Vermögen geschenkt hat, die Einflüsse der Planeten zu verstehen und so die Wege zu Gesundheit und Krankheit zu erkennen?«
»Gibt es noch andere Mittel der Vorbeugung?« fragte ein junger Bischof, der aufmerksam zugehört hatte.
»Die gibt es in der Tat. Böden, vor allem Kirchenböden, sollten täglich mit Essig besprüht werden. Man sollte maßhalten beim Essen und Aufregungen vermeiden. Bewegung im Freien sollte

man sich nur mit äußerster Vorsicht verschaffen und auch dann nur im Dunkeln, wenn die Würmer nichts sehen können. Marschen und Sümpfe sind unter allen Umständen zu meiden, da sie die Brutstätten der Würmer sind.«

»Wir sollten zum heiligen Rochus beten«, schlug ein anderer Bischof mit stark ländlichem Akzent vor. »Er hat Pestkranke gepflegt, und als er dann selbst darniederlag, half ihm ein Hund, der ihm Brot brachte. Der letzte Papst hat ihn heiliggesprochen. Der heilige Rochus ist unser Mann.«

Einer der Zuhörer war aufgesprungen.

»Gerede, nichts als Gerede! Das wird uns wenig nützen! Das Ende der Welt ist nahe, aber ihr tut so, als gäbe es noch ein Morgen. Wir können nichts anderes tun, als uns selbst zu erniedrigen und uns darauf vorzubereiten, vor unseren Schöpfer zu treten. Zittert, o ihr Mächtigen. Wachet und betet!«

Er stürzte nach vorn und riß die Karten von den Ständern. Die Phiolen warf er zu Boden und trat wütend nach den Scherben. Die Vögel waren so klug, ihn seinem Zorn ungehindert Luft machen zu lassen. Mit irrem Blick rannte er aus der Apostolischen Kammer, und seine Füße bluteten von den Scherben.

Und trotz der vernünftigen Ratschläge und der gelehrten Argumente des Guy de Chaulic wußten alle in ihren Herzen, daß der Mann, der da eben geflüchtet war, der Wahrheit näher kam als jener. Der Arzt hob seinen Schnabel und rollte die kristallenen Augen.

»Ihr müßt mich jetzt entschuldigen. Ich muß zu Seiner Heiligkeit nach Valence. Übrigens, habt ihr zufällig einen kleinen, kahlköpfigen Mann mit zwei Hunden gesehen?«

»Ja«, antwortete jemand.

»Ich hoffe, er war in dieser schrecklichen Zeit nicht zu geschmacklos? Hat er eine Rede gehalten?«

»Hm, ja.«

»Über den Beichtbrief?«

»Nein.«
»Über die neumodischen Lehren der Ketzer?«
»Äh, ja …«
De Chaulic seufzte und rezitierte dann: »›Ich sage euch, meine Kinder, jeder umstürzlerische Gedanke ist nichts anderes als die Schminke, die eine alte Frau sich auf die Runzeln schmiert.‹ Ja?«
»Ja, das war es.«
»Er ist wirklich ein äußerst begabter Schauspieler. Er kann den Heiligen Vater so gut nachmachen, daß jeder darauf hereinfällt. Ich muß gestehen, wir haben über ihn schon gelacht, bis uns die Tränen kamen. Meine Herren, ich muß euch leider sagen, daß ihr euch vom Hofnarren habt belehren lassen.«
Damit stolzierten die Vögel aus der Apostolischen Kammer, duftende, langsam verwehende Rauchkringel hinter sich herziehend.

5

Am Palmsonntag streuten die Leibeigenen als Symbol der Auferstehung Blumen auf die Gräber. Iorwerth Gam wurde in der Karwoche begraben.
Chwilen Bwm fühlte sich ganz und gar nicht gut. Die schwere Erkältung, die er sich geholt hatte, schien sich in seinem ganzen Körper auszubreiten, und seine Knochen schmerzten. Nachts warf er sich ruhelos auf dem Stroh hin und her.
Der Sarg, der Sarg …
Die Trauergemeinde kam aus der Kirche und zog singend, mit Kerzen in den Händen, auf den Friedhof.

Nehmt auf seine Seele, ihr Heiligen Gottes. Führt ihn zum Ewigen Licht, ihr Engel des Herrn ...
Der Sarg wurde langsam in die Erde gesenkt, Iorwerth Gam von den Lehnsgütern stieg hinab in die dunkle Grube.
Weinend, weinend ...
Bei alledem war sich Chwilen Bwm der Nähe Nests bewußt, der Tochter von Iorwerth Gam. Er war sich ihres Gesichts bewußt, ihrer Augen, ihrer dünnen Knochen. Er schlich sich zu ihr, als sie am Rand des Grabes stand, und schniefte, schnaubte, schnupperte an ihr. Trotz seiner Erkältung konnte er sie riechen und auch die österliche Erde und den Schweiß von Freien und Leibeigenen, vor allem aber den Duft von Nest, der Tochter von Iorwerth Gam, die sich nun bückte und den Erdhügel küßte.
Jeder konnte sehen, wie der Dämon der Lust in ihm das Haupt erhob.
Und dann waren sie wieder in der Kirche, und er wollte nichts anderes mehr als sie lecken, sie überall lecken, den Schweiß aus ihren Achselhöhlen trinken, ihr die Mitesser aus der Nase saugen, in ihren Körper eindringen und seinen Samen auf ihren Brüsten verschmieren.
Er leckte das Kreuz am Fuß des Altars. Hinter sich hörte er die Leibeigenen scharren und schlurfen, während er leckte und schlabberte, bis das Kreuz vor seinen Augen zerschmolz.
Und da war sie, direkt vor ihm.
Das Kreuz war, in Lumpen gewickelt, neben dem Altar begraben.
Sie kam auf ihn zu und streckte ihm die Arme entgegen.
»O Maria, Mutter Gottes, ich liebe ein Mädchen von den Lehnsgütern, von höherer Geburt, und ich bin doch nur ein Leibeigener, von niederster Geburt.«
Das Grab neben dem Altar tat sich auf, und das eingewickelte Kreuz hob sich ihm entgegen. Aber es hatte sich in eine Schlan-

ge verwandelt, die zuckte und zischte und ihr giftzahnbewehrtes Maul aufriß.
Eine weiße Taube senkte sich von der Kirchendecke herab und kreiste über der Gemeinde.
Ieuan Ddu und einige Freie verfolgten ihn. Er lief mit Nest durch den Wald, nackt, Bluthunde und knüppelschwingende Männer auf den Fersen, in den Ohren die heiseren Schreie der Männer, so grell wie die Strahlen der Sonne zwischen den Zweigen.
»Chwilen Bwm! Wir kriegen dich!«
»Chwilen Bwm! Wir holen dich.«
»Chwilen Bwm! Wir töten dich, weil du es gewagt hast …«
»Wir hacken dir deinen Schwanz ab!«
»Wir werfen deine Eier den Schweinen vor.«
»Du Tier!«
Chwilen Bwm schrie und wachte auf. Er war schweißgebadet, sein Kopf dröhnte. Eins wußte er ganz sicher: Wenn er sie nicht bald bekam, verlor er den Verstand.
Es war ein schrecklicher Winter gewesen.

6

Vor den Mauern des Papstpalastes in Avignon entstand plötzlich ein Aufruhr. Die drei Mönche hatten eben die Straße überquert, um in einer nahen Kirche die heilige Messe zu besuchen, als lärmender Pöbel die schmale Gasse heraufgestürmt kam. Wie eine Herde wild gewordener Tiere donnerte die schreiende Meute heran, alte Leute wurden niedergetrampelt und Kinder gegen die Mauern geschleudert.
Der junge Abt packte Salah am Handgelenk.

»Lauft!«
»Und die anderen?«
Aber er wurde davongerissen. Sie rannten keuchend, bis sie eine Anhöhe erreichten. Der Pöbel hinter ihnen kam immer näher, eine Flut aus Menschenleibern, die die Straße überschwemmte und die Erde erzittern ließ.
»Ist es ein Feuer?« fragte Salah.
»Kein Rauch ...«
»Warum dann der ganze Lärm?«
»Könnt Ihr Euch das nicht denken?«
Sie liefen den Abhang hinunter auf den Fluß zu. In einem der Boote, die dort vertäut lagen, erhob sich ein alter Mann, um Ausschau zu halten. Der Pöbel stürmte hinter ihnen her. Salah und der Abt sprangen in das Boot und stießen ab. Die Menge war inzwischen mit sich selbst beschäftigt. Eine alte Frau hob eine funkelnde Sense und trennte einem Mann den Kopf ab. Mit Mistgabeln und Sicheln wurde gekämpft. Zwei Jungen machten sich daran, einen Aussätzigen zu erdrosseln, der gerade noch ein verängstigtes Röcheln herausbrachte.
»Ich war's nicht. Die Juden waren's. Sie haben mich gezwungen ...«
Ein kleiner Junge jagte seine Sichel in den Rücken eines Mannes, der über einen anderen gebeugt stand und ihn mit den Fäusten bearbeitete. Eine alte Frau schwang begeistert einen Knüppel und schlug damit jeden, der in ihre Reichweite kam. Es war ein Blutbad. Einer versuchte, mit ins Boot zu klettern, aber der junge Abt schlug ihm mit einem Ruder kräftig auf die Finger. Mit einem Schmerzensschrei glitt der Mann ins Wasser zurück. Salah und der Abt ruderten verzweifelt, um dem tollwütigen Pöbel zu entgehen. Nach einer Weile verstummte der Lärm, und das Gemetzel nahm die Unwirklichkeit eines Alptraums an.
»Sie haben heute alle Gefangenen freigelassen.«

Salah und der junge Abt schraken hoch. Den alten Mann, der da im Bug kauerte, hatten sie ganz vergessen. Offensichtlich gehörte ihm das Boot.

»Die Pest ist zuallererst im Gefängnis ausgebrochen. Weil dort die verstocktesten Sünder saßen. Und jetzt hat die Obrigkeit beschlossen, die Überlebenden freizulassen.«

»Und die wollen jetzt Rache nehmen?«

Aber es kam keine Antwort mehr. Der alte Mann war in sich zusammengesunken, die Augen waren geschlossen, der Mund hing offen. Der junge Abt beugte sich über ihn und stieß ihn an. Er fiel zur Seite und glitt sanft ins Wasser. Während sie zusahen, wie seine Leiche versank, fragten sie sich, ob sie ihn wirklich hatten reden hören oder ob es Einbildung war.

Die Ruder platschten leise, mit heiserem Krächzen flog eine Krähe über sie hinweg. Im Dunst war eine Barke zu erkennen, die, mit drei riesigen Vögeln an Bord, flußaufwärts fuhr.

7

Ein Dichter hat es schwer, wenn ihm Haare und Zähne ausfallen und es wieder einmal Mai wird. Aber genau dieses Schicksal hatte Iasbis ap Dafydd ereilt, und so kam es,. daß er, zum erstenmal seit Beginn seiner Laufbahn als Spielmann, stets eine Kappe trug. Er wurde langsam alt.

Ein weiteres Zeichen des Alters war es, daß er auf seiner Rundreise durch die Bezirke einen Schüler mitschleppen mußte. Von Anfang Mai bis Ende September dauerte diese Tortur, denn erst zu Michaeli konnte er in die Abtei von Glyn y Groes zurückkehren, um sich dort bei Wein und Met den Winter über zu verkriechen. Schon nach zwei Tagen hatte er von diesem kleinen Trottel gründlich die Nase voll. Er war so verdammt eifrig, so gnadenlos begeistert und neugierig. Sogar jetzt noch, nach allem, was passiert war, ging er hinter dem alternden Dichter her und versuchte sich an Variationen von *croes o gyswllt* und *sain gadwynog* über das Wort »Cupido«. Iasbis war beständig in Versuchung, ihn in den Hintern zu treten.

Seit einem Tag und einer Nacht sprachen sie nicht mehr miteinander, seit Iasbis nämlich einer überwältigenden Versuchung nachgegeben hatte. Nach einer im Freien verbrachten Nacht waren sie im Schatten einer riesigen Eiche aufgewacht. Cadwgan war zu einem in der Nähe vorbeifließenden Bach gelaufen, hatte sich auf alle viere gekauert und getrunken wie ein Reh. Der ungeschützte Hintern war zu viel gewesen für Iasbis. Er hatte sich herangeschlichen und das Gesicht des Jungen unter Wasser gedrückt. Danach war Cadwgan prustend, schlammverklebt und mit grünen Algenfäden im Gesicht und in den Haaren wieder aufgetaucht. Na, wenigstens belästigte ihn der Bengel jetzt nicht mehr unaufhörlich mit seinen schrecklich wißbegierigen Fragen. »Wie viele *cynghanedd croes o gyswllt* hattet Ihr in Eurem ersten *cywydd?* Ist die *cynghanedd*-Variante mit ›c‹ in den sechs Eröffhungscouplets eines *cywydd* besser als die mit ›d‹?« Und so weiter und so fort.

Inzwischen hatten sie die Gemeinde beinahe erreicht, der Heiligen Jungfrau und allen Aposteln und Heiligen sei Dank. Wenigstens würde er jetzt ein wenig Ruhe vor dieser wandelnden Mißgeburt bekommen. Jetzt konnte sich die Lady von ihm zum Wahnsinn treiben lassen oder der Steward oder der Schmied. Iasbis hatte den Fluß auf den Trittsteinen schon zur Hälfte überquert, als er plötzlich merkte, daß der lästige Junge zurückhing. Was war denn jetzt schon wieder los? Beständig schmollte er oder regte sich über irgend etwas auf. Die Heiligen wußten, wie oft Iasbis dem Abt gesagt hatte, daß Cadwgan noch nicht

reif genug sei für seine erste Spielmannsreise. Auf keinen Fall in diesem Jahr.
Cadwgan schnaubte unwillig.
»Warum seid Ihr nur so gemein zu mir? Was habe ich Euch denn getan, daß Ihr mich so behandelt?«
Iasbis beobachteter zwei große Forellen, die bewegungslos neben dem Stein standen, auf dem der Junge verharrte. Er nahm seine Kappe ab und strich sich mit den Fingern durch den Rest seiner Haare.
»Ach, jetzt komm schon, meine Güte!«
Einige Leibeigene trieben Schafe und Lämmer in einen Pferch. Einer von ihnen bemerkte Iasbis. Der Spielmann versuchte, sich von seinem letzten Besuch her an einen Namen zu erinnern.
»Chwilen Bwm!« rief er fröhlich. »Wie geht's denn so, Kamerad?«
Chwilen Bwm hatte offensichtlich nicht die geringste Ahnung, wen er da vor sich hatte. Der Dichter hob die Arme und breitete sie aus.
»Iasbis ap Dafydd! Wie wär's denn mit einem Schluck für meine trockene Kehle? Wandern macht furchtbar durstig.«
Cadwgan ap Ifor hatte inzwischen aufgeholt und stand jetzt neben ihm.
»Wie heißt der Kerl mit den dünnen Beinen, der sich hier um alles kümmert?« fragte Iasbis.
»Ieuan Ddu?« schlug einer der Leibeigenen vor.
»Ieuan Ddu! Genau der. Ist er noch unter uns? Hat er den Löffel noch nicht abgegeben?«
Die Leibeigenen bekreuzigten sich, und der Dichter lachte.
»Wäre es nicht besser, wenn wir direkt zum Herrenhaus gehen?« fragte Cadwgan.
»Hört euch diesen Rotzlöffel an!« höhnte der Dichter. »›Wäre es nicht besser, wenn wir direkt zum Herrenhaus gehen?‹« Er äffte

die jugendlich hohe Stimme seines Schülers nach. Die Leibeigenen kicherten.
Cadwgan wurde stocksteif, so gedemütigt fühlte er sich. Iasbis hielt ihn schon wieder zum Narren, und noch dazu vor diesen unwissenden Trotteln. Mit hochrotem Gesicht stelzte er auf das Herrenhaus zu. Ordnung und Anstand mußten aufrechterhalten werden, sonst würde die Gesellschaft auseinanderfallen, und dann könnten die Menschen ebensogut in die Wälder zurückkehren und in Höhlen leben wie die wilden Tiere. Er hatte gelernt, daß es zu den vornehmsten und vordringlichsten Aufgaben eines Dichters gehörte, Ordnung und Anstand aufrechtzuerhalten. Aber was konnte man da von einem Mann erwarten, der so wenig Selbstachtung, geschweige denn Achtung vor den höheren Dingen des Lebens hatte?
Kaum hatte Iasbis sich abgewandt, um auf das Herrenhaus zuzugehen, spuckten die Leibeigenen hinter ihm aus.

8

Salah und der junge Abt waren unterwegs nach Norden.
Und Jean de Venette, ein Arzt am Krankenhaus Hôtel Dieu in Paris, hielt einen Augenblick inne, um über das nachzudenken, was er eben in sein Tagebuch geschrieben hatte.

20. Mai Anno Domini 1348
Das brave Volk der Franzosen, ja die ganze Christenheit wird heimgesucht von einer Plage, die schlimmer ist als der Krieg, schlimmer noch als die Hungersnot. Eine schreckliche Seuche hat ihr gräßliches Haupt erhoben und breitet sich überall aus. Anfang

dieses Monats erschien kurz nach dem Abendgebet ein seltsamer Stern tief am Himmel über der Stadt. Er schien viel näher zu sein als gewöhnliche Sterne, und kurz nach Sonnenuntergang zerbarst er in eine Unzahl von Strahlen, die auf Paris herabregneten und dann verschwanden. Welche Auswirkungen das hatte, können wir nur erraten. Obwohl wir vermuten, daß diese Strahlen sich in giftige Dämpfe verwandelt haben, müssen wir uns eines endgültigen Urteils enthalten, bis unsere berühmten Astrologen ihre Entscheidung kundgetan haben.
Meiner Meinung nach war dieser Stern ein Omen, eine Ankündigung der grausamen Plage, die bald darauf Frankreich überfiel und zur gegebenen Zeit auch Paris erreichte. In manchen Teilen des Königreichs wütet sie so heftig, daß es sich als unmöglich erweist, alle Toten zu begraben. Ganze Dörfer sind verlassen, und sogar hier in Paris sind viele Häuser stumme Gräber ...

Es klopfte an der Tür.
»Ja?« rief Jean de Venette.
Von seinem neunten Lebensjahr an war er auf einer Lateinschule erzogen worden, wobei sich seine Ausbildung auf die Sieben Freien Künste konzentriert hatte – Grammatik, Rhetorik, Logik, Arithmetik, Geometrie, Musik und Astrologie. Mit fünfzehn hatte er sich an der Universität von Paris eingeschrieben und dort bis zum sechsundzwanzigsten Jahr studiert. Erst mit dem Titel eines Bakkalaureus hatte er seine Ausbildung als Arzt begonnen.
Die Lehren der medizinischen Fakultät fußten auf den Werken von Hippokrates, Galen und einigen arabischen Meistern. Zu Anfang des Jahrhunderts, am Beginn seiner ärztlichen Lehrzeit, hatten auch die Werke des Persers Avicenna an Bedeutung gewonnen. Dem griechischen Modell folgend, kannte die Fakultät fünf medizinische Rangabstufungen: den eigentlichen Arzt, den Chirurgen, den Bader, den Apotheker sowie das bunte

Völkchen der Laien und Quacksalber. Die Forschung wurde wenig gefördert, und es gab kaum empirische Untersuchungen, aber natürlich kannte man die Lehre von den vier Kardinalsäften, von Blut, Schleim, dunkler und heller Galle. Diese vier Säfte im Körper waren ein Spiegelbild der Zusammensetzung des Universums, ersterer war also ein Mikrokosmos des letzteren, und die Gesetze, die dieses bestimmten, bestimmten deshalb auch jenen.

Die Tür ging auf, und Bernard de Mondeville, der Chirurg, trat ein. Er trug eine graue Schürze, die über und über mit Blut, Schweiß, Eiter und Erbrochenem befleckt war. Kopfschüttelnd ließ er sich auf einen Stuhl sinken.

»Gehst du zu dieser Vorlesung?«

De Venette grunzte nur. Er überflog, was er eben geschrieben hatte.

»Ich weiß allerdings auch nicht, was uns die nützen soll.«

»Wie viele bis jetzt?«

»Zweihundert. Einunddreißig Nonnen, vier Ärzte, zwei Chirurgen, acht Apotheker, ein Aussätziger …«

»An seiner ursprünglichen Krankheit?«

Bernard de Mondeville hob nur spöttisch die Augenbrauen.

»Dumme Frage«, gab de Venette zu.

»Wenn dieser Stern«, begann de Mondeville, der schon den ganzen Tag über diese Frage nachgedacht hatte, »wenn es der Stern ist, zusammen mit dem kleinen Erdbeben am Anfang des Jahres, vielleicht die Folge dieser beiden …«

»Das Erdbeben kann es nicht gewesen sein«, unterbrach ihn de Venette. »Weder bei Galen noch bei Avicenna ist irgend etwas von Erdbeben erwähnt. Ich glaube, daß das warme Wetter eine Menge damit zu tun hat.«

»Das Wetter?«

»Heiß und feucht. Vielleicht haben es diese Südwinde am Monatsanfang mitgebracht … Irgendwie … Und …«

Seine Stimme verhallte. Laut ausgesprochen klangen seine Theorien viel weniger überzeugend. Sie waren wirr, unbeweisbar, reine Hypothesen.

»Ein Arzt hat mir heute erzählt, daß es an der Universität von Bologna heißt, die Farbe des Nachthimmels könnte ein Hinweis sein.«

Sie schauten beide hinaus auf den glühenden, fleischigroten Himmel.

»Und daß Regen am Morgen und bestimmte Wolkenformationen die Krankheit hervorrufen.«

»Aber begreifst du denn nicht?« unterbrach ihn de Venette eifrig. »Das bekräftigt doch, was wir beide schon so lange sagen, daß eine Verunreinigung in der Luft der Grund dafür ist.«

»Genau.«

Es war ein gewisser Trost, daß sie, bei all der Angst und der Verunsicherung um sie herum, einer Meinung waren, was die Ursache der Pest anging. Bernard de Mondeville schloß die Augen. Bald darauf schnarchte er laut. Jean de Venette schlich sich aus dem Zimmer und ließ ihn schlafen.

9

Im Herrenhaus hatte es sich Iasbis schon bald bequem gemacht. Wohlig hingestreckt lag er auf dem Stroh. Der Met beruhigte ihn und verlangsamte seine Sprache.
Ein wenig abseits saß Cadwgan kerzengerade da und versuchte, ein *sangiad* in sein Lobes-*cywydd* für Angharad, Tochter von Madog, hineinzukomponieren, wobei er eine Zeile gehobener, unbetonter *sain* und einen schwachen *traws fantach* verwendete. Es war ihm allerdings noch nicht gelungen, ein Couplet zu verfassen, das genau den Vorschriften des *cynghanedd* entsprach, und allmählich verwirrten sich seine Gedanken etwas.
Iasbis rührte sich, spuckte den Strohhalm aus, auf dem er gekaut hatte, und wandte sich an seinen Lehrling.
»Früher hatte sie schwarze Haare, so schwarz wie Ruß. Und seit unserer Ankunft hat sie kein Wort gesprochen.«
»Es heißt, es ist eine Buße, die sie für die Sünden ihrer Leute auf sich genommen hat.«
»Und jetzt ist es so weiß. Weiß wie Schnee. Kein einziges schwarzes Haar mehr auf ihrem Kopf.«
Iasbis rülpste laut und spuckte aus. Sein Lehrling beugte sich zu ihm.
»Habt Ihr Euer *cywydd* für heute abend schon fertig?«
»Schon ewig.«
»Wie habt Ihr das so schnell geschafft?«
»Hab' einfach an dem vom letzten Jahr ein bißchen rumgebastelt.«
»Aber so etwas darf man doch nicht.«
»Vielleicht trage ich es auch gar nicht vor.«
»Dann bekommt Ihr keinen Met mehr. Und Ihr dürft sie doch

nicht enttäuschen. Ihr seid schließlich einer unserer größten Dichter ...«

»Wenn du bloß kein solcher Arschkriecher wärst, du sabbernder Schleimer.«

»Ich meine es ernst. Ihr seid der Beste. Ich würde glücklich sterben, wenn ich auch nur ein Zehntel Eures Talents hätte.«

Etwas später saßen sie mit der Lady, Ieuan Ddu und Iocyn Fach dem Schmied zu Tisch. Iocyn Fach stopfte sich gierig sein Essen mit den Händen in den Mund, kaute laut und goß Met in sich hinein. Der Dichter war sehr betrunken, und sein Schüler war so schüchtern, daß er nur den Mund aufmachte, wenn jemand sich direkt an ihn wandte.

Draußen vergnügten sich die Leibeigenen mit Wettrennen über den Dorfplatz und um die Kirche herum. Sie feierten den Monat Mai und den Beginn des Sommers, und so gab es viel Gelächter und Geschrei. Ieuan Ddu verließ die Tafel und ging hinaus. Die am Tisch hörten ihn draußen das Eigentum der Gemeinde ausschimpfen, weil es soviel Lärm machte. Als er zurückkehrte, erzählte Cadwgan ap Ifor eben von der Abtei von Glyn y Groes.

»... es war furchtbar kalt, obwohl wir zu dritt oder zu viert in einem Bett schliefen.«

Iasbis' Nase war kaum eine Handbreit vom Tisch entfernt, mit der Spitze seines Messers bohrte er ein Loch ins Holz.

»... am Ende des Kleinen Monats hatten wir kaum noch etwas zu essen. Ich weiß nicht, wie viele Leibeigene gestorben sind, aber die Abtei hat eine Menge Schafe verloren.«

»Wir haben heuer nur sehr wenige verloren«, erwiderte Ieuan Ddu und setzte sich wieder. »Und noch weniger Leibeigene.«

Ein kurzes Schweigen entstand. Aus der Entfernung waren die Stimmen der Leibeigenen zu hören, sie hatten sich hinter die Kirche verzogen. Cadwgan starrte die Lady mit ihren weißen Haaren an und versuchte, sich ihre Stimme vorzustellen. Es wurde allmählich dunkel, das Torffeuer verbreitete einen sanften Schein.

Plötzlich fragte Iocyn Fach: »Was habt Ihr diesmal für uns? Eine Ode? Oder ein *cywydd?*«

Cadwgan sah den Dichter an, aber der bohrte noch immer sein Messer in den Tisch.

»Also mir ist ja eine Ode lieber«, sagte der Schmied. »Ihr mögt das vielleicht altmodisch nennen, aber ich weiß eben gern, womit ich es zu tun habe. Es ist am besten, wenn alles seine feste Ordnung hat. Und bei einer Ode weiß ein Mann, womit er es zu tun hat.«

Iasbis sprang plötzlich auf und stand schwankend da.

»Muß mal pissen.«

Schwer auf Cadwgans Schulter gestützt, stolperte er nach draußen. Die Ohren des jungen Mannes glühten feuerrot.

»Der Met in Eifionydd ist viel stärker als diese Ziegenpisse, die sie in Glyn y Groes brauen«, bemerkte der Steward. Auch er war nicht mehr der Nüchternste.

Vor dem Herrenhaus steckte Iasbis sich einen Finger in den Mund und würgte. Sein Mageninhalt schoß ihm schnell und heiß aus Mund und Nase. Der saure Met kratzte ihn in der Kehle. Er würgte noch einmal. Und dann noch einmal.

Schließlich gab sein Magen nichts mehr her. Ein glänzender Speichelfaden hing von seiner Unterlippe. Als er den Kopf hob, waren seine Augen voller Tränen.

Cadwgan legte ihm sanft die Hand auf die Schulter.

»Sie warten alle auf Euch. Es ist Zeit für Euer Lobes-*cywydd.*«

»Ich kann nicht.« Iasbis spuckte und schniefte. »Trag ihnen deins vor.«

»Nein. Sie wollen Euch.«

»Nicht heute abend.«

In der Dämmerung rief ein Leibeigener einem anderen etwas zu. »Sie wollen Euch hören.« Cadwgans Stimme wurde entschlossener. »Iasbis, Ihr habt eine moralische Verantwortlichkeit. Ein Dichter muß seine Gönner ehren und seiner Kunst und ihren Traditionen Respekt erweisen.«

Da verlor Iasbis die Beherrschung.

»Ich hab' grad rausgekotzt, was sie mir vergönnt haben. Schau dich doch selber an, du verdammter Idiot. Schau dich an und frag dich, was zum Teufel wir hier eigentlich machen.«

»Ist es denn eine solche Sünde, daß man das Lob der Hochgeborenen singt?«

»Genau das frag' ich dich.«

»Aber wie würden wir leben, wenn wir unsere Kunst nicht ausüben?«

»Das Ende der Welt wär's jedenfalls nicht.« Iasbis schüttelte langsam den Kopf. »Das Schlimmste daran, daß ich mit dir durch die Gegend ziehen muß, ist, daß ich mir vorkomme, als würd' ich einen Spiegel mit mir rumschleppen, wohin ich auch gehe. Einen Spiegel, den ich am liebsten zerschlagen würde … Wie lauten die Fragen? Wie lauten die Antworten?«

»Alle Fragen sind bereits in Gott beantwortet.«

»Am liebsten würd' ich einfach alles kaputtmachen. Ihre blöden Tafeln in Stücke schlagen, ihre beschissenen Behänge von den Wänden fetzen, ihre verdammten Türen aus den Angeln reißen, ihnen den ganzen Plunder anzünden!«

»Seid nicht kindisch, Iasbis.« Cadwgans Stimme klang genau wie die des alten Abtes in Glyn y Groes. Iasbis riß erstaunt die Augen auf. »Es ist so ermüdend. Ein Dichter Eures Alters und Eures Rufes, der säuft und flucht wie ein schwachsinniger Leibeigener. Das führt doch zu nichts, all Eure Eitelkeit und Euer Selbstmitleid. Wenn es diese Gesellschaftsordnung nicht gäbe, hätten wir eben eine andere. Gegen Gott ziehen wir alle den kürzeren.«

»Du bist ein schlaues Kerlchen, Cadwgan …« Iasbis zerzauste seinem Lehrling die Haare und spürte dabei, wie dicht sie waren.

»Alles in Ordnung mit euch da draußen?«
Es war Iocyn Fach der Schmied, der in der Tür des Herrenhauses stand.
»Ja, ja. Alles in Ordnung.«
Sie kehrten ins Herrenhaus zurück. Die Kerzen wurden angezündet, während die Leibeigenen sich verschwitzt und außer Atem auf den Heimweg machten. Der Mond schien auf ihre Gestalten herab.

10

Die Dämmerung lag grau über der Stadt, als de Venette nach einer tristen Messe und einem lahmen Abendgebet ins Hôtel Dieu zurückkehrte, um die Vorlesung des berühmten Arztes zu hören. Die Straßen waren verlassen, die Bewohner der Stadt hatten Zuflucht gesucht in ihren Häusern oder auch in düsteren Erdlöchern. Nichts war zu hören außer dem Tropfen eines Fasses, dem Quieken eines Schweins oder dem gelegentlichen Bellen streunender Hunde. Eine scharfe Bö warf de Venette gegen eine Tür. Er hoffte, daß es dunkel genug war, um den Würmern zu entgehen, die die Pest brachten.
Die Vorlesung hatte bereits begonnen, als er den Saal erreichte. Er huschte so unauffällig wie möglich zu einem Platz in den hinteren Reihen. Nicholas von Ferrara sprach ein gebildetes und elegantes Latein.
»... Wohlgerüche sind wichtig, um die schlechte Luft zu vertreiben. Von diesen kann ich vor allem Eiche, Kiefer, Sandelholz, Ambra und Moos empfehlen. Hände und Füße des Patienten sollten mit Essig gewaschen werden, Bäder sind jedoch zu

vermeiden, da sie die Schweißdrüsen öffnen und so das Eindringen des Giftes ermöglichen.
Was die Ernährung angeht, folgen wir am besten dem Rat, den Aristoteles uns gibt: Mäßigung, verbunden mit Ausgewogenheit, um das Gleichgewicht der Körpersäfte zu erhalten. Es sollten nur leichte Mahlzeiten verabreicht werden, und jeder Bissen sollte gründlich gekaut werden. Der Patient sollte sich nach dem Essen noch ein wenig hungrig fühlen. Fleisch, Fisch und Käse sollten vermieden werden, da ihre Gerüche, vor allem, wenn sie bereits faulen, die Luft verpesten. Am empfehlenswertesten sind Brot, Eier, Obst und Gemüse. Der einzige Nachtisch, den der Patient bedenkenlos zu sich nehmen kann, ist eine Handvoll Nüsse, um die Verdauung zu fördern. Getrunken werden sollten nur Wein und sauberes Wasser.«
Ein Arzt hob die Hand, und Nicholas von Ferrara nickte ihm freundlich zu.
»Hier im Hôtel Dieu halten wir die Patienten in unserer Obhut dazu an, auf nüchternen Magen vor dem Frühstück eine Feige, einige Haselnüsse oder Früchte ihrer Wahl zu essen. Ist das empfehlenswert?«
»Ja, gewiß, solange ihr ihnen am Nachmittag Myrrhe, Safran und Pfeffer sowie Zwiebeln, Sellerie und Birnen gebt, um das Gleichgewicht der Säfte wiederherzustellen. Diese sollten natürlich nur in Maßen verabreicht werden, da sich sonst die Säfte zu sehr erwärmen und der Patient ein leichtes Opfer der Würmer wird, die die Pest übertragen. Habe ich damit Eure Frage beantwortet?«
Der Arzt nickte. Mit sichtlich zufriedenem Gesichtsausdruck setzte er sich wieder und flüsterte seinem Banknachbarn ins Ohr.
»Auch zuviel Schlaf ist schädlich. Die Patienten sollten nach dem Essen oder während des Tages vom Schlafen abgehalten werden. Sie sollten nie auf dem Rücken schlafen, da so die schädli-

chen Dämpfe durch die Nase eindringen können und von dort in die Lunge gesaugt werden. Sie sollten auf der einen Seite einschlafen und während der Nacht auf die andere gedreht werden. Und nur in der Nacht, wenn die Würmer schlafen, darf ein stark geschwächter oder auf der Schwelle des Todes stehender Patient zur Ader gelassen werden. Wie ihr wißt, meine Herren, besteht ein Zusammenhang zwischen bestimmten Adern und einzelnen astrologischen Zeichen. Weniger verbreitet ist allerdings das Wissen, daß bestimmte Mischungen der Kardinalsäfte die Zusammensetzung der anderen Flüssigkeiten im Körper verändern können. Da wir nun überzeugt sind, daß Würmer die Pest durch den Körper tragen, ist die Wirksamkeit eines Aderlasses offensichtlich. Darüber hinaus hat es sich als hilfreich erwiesen, die schwarzen Beulen mit Lehm zu bestreichen.«
Er drehte sich um und breitete eine Karte aus, die einen menschlichen Körper zeigte, umgeben von den Tierkreiszeichen. Zur Darstellung der jeweiligen astrologischen Einflüsse war jedes Zeichen mit einem bestimmten Körperteil verbunden.
»Meine Herren, wenn ihr gestattet –« Er nahm einen schmalen Zeigestab zur Hand.
»Es wird wohl unnötig sein, die allgemeinen Symptome noch einmal aufzuzählen, die Schweißausbrüche, die erhöhte Temperatur, die Schmerzen in der Brust, die Atembeschwerden, die schwarzen Beulen, das Erbrechen und schließlich den schwarzen Eiter, dessen Austreten aus den Beulen den Tod ankündigt. Wir wissen bereits, daß der Körper zum Erhalt von Gesundheit und Leben die Wärme braucht, die von der Lunge ausgeht. Da aber die Würmer ihren zerstörerischen Angriff gegen die Atmungsorgane richten, vertrocknet das Blut, die Zirkulation der Luft im Körper kommt zum Stillstand, und dies führt zum Tod des Patienten. Will man verhindern, daß diese Seuche auf den ganzen Körper übergreift, öffnet man am besten diese Ader –

hier – und diese – hier –, die dem Herzen am nächsten liegen. Ihr werdet bereits selbst bemerkt haben, daß sich die schwarzen Beulen immer in der Nähe der Hauptorgane, des Herzens, der Leber und der Nieren, finden, und auch an diesen Stellen sollten Adern eröffnet werden. Nur dort, wo die schwarzen Beulen auftreten, können wir mit der Arbeit der Heilung eines Patienten beginnen.«

Er hielt inne und ließ den Blick über die Zuhörer schweifen.

»Wir haben festgestellt, daß folgende Kur das beste Heilmittel gegen die Pest ist. Gegenwärtig unterziehen sich ihr höchst bereitwillig nicht weniger als sechs Herrscher und sogar der Heilige Vater in Avignon. Für einen Mann nehme man fünf Handvoll Gartenraute. Für Männer ist Gartenraute sehr bekömmlich, für Frauen dagegen kann sie verderblich sein, man verwende deshalb für die Frauen statt dessen fünf Tropfen destillierter Wurmkrautessenz. Dazu gebe man fünf Blütenblätter der Akelei, eine gute Handvoll Blütenblätter der Ringelblume und ein wenig Schnittlauch. Nun nehme man ein frisch gelegtes Ei, blase es gründlich aus und röste die Schale über dem Feuer. Wenn sie spröde genug ist, um sich zu einem feinen Pulver zermahlen zu lassen, aber bevor sie anfängt zu brennen, zerstoße man sie zusammen mit den Kräutern und gebe die Mischung mit ein wenig Melasse in etwas gutes Bier. Diese Mixtur sollte dem Patienten drei Tage lang morgens und abends verabreicht werden. Wenn er die Arznei bei sich behalten kann, wird er leben, und am vierten Tag werden die Kräfte der Kardinalsäfte und deren Gleichgewicht im Körper wiederhergestellt sein.«

Nicholas von Ferrara legte den Zeigestab auf den Tisch, wischte sich die Stirn und setzte sich. Die Zuhörer begannen, sich flüsternd zu unterhalten, und de Venette erhob sich, um nach Bernard de Mondeville Ausschau zu halten. Von seinem Platz in der hintersten Reihe konnte er allerdings nur sehr wenig sehen, und er setzte sich wieder, als der runzlige alte Quästor der Universität sich erhob, um dem berühmten Gast zu danken. De Venettes Gedanken schweiften ab, während der Alte die üblichen Höflichkeitsfloskeln herunterspulte. Nicholas von Ferrara war sichtlich ungeduldig, und sobald die Ansprache beendet war, lächelte er flüchtig und begann, seine Papiere zusammenzusammeln. Er war sehr begehrt, und auch die Universitäten von Salerno und Montpellier hatten ihn eingeladen, seine Vorlesung über die Pest und ihre Behandlung zu halten. Außerdem hoffte er – nur insgeheim, da die Kirche solche Experimente verbot –, die Sektion von einigen Schweinen, vielleicht sogar von menschlichen Leichen überwachen zu dürfen. Er eilte davon, bevor seine Kollegen vom Hôtel Dieu ihn mit ihren Glückwünschen bestürmen konnten.

De Venette schlenderte auf der Suche nach seinem Freund von einer Gruppe zur anderen. Es war nichts von ihm zu sehen. Er hielt einen jungen Arzt auf, der eben gehen wollte.

»Entschuldigung, aber hast du vielleicht Bernard de Mondeville irgendwo gesehen?«

»Bernard? Nein, seit heute nachmittag auf der Krankenstation nicht mehr. Hast du etwas gelernt in dieser Vorlesung?«

»Was? O ja, sehr viel.« Er war mit seinen Gedanken woanders. Wo bist du, Bernard, wo bist du? Ich hoffe nur, du schläfst noch in meinem Zimmer, du Faulpelz.

Er ging mit schnellen Schritten davon, versuchte dabei aber, nicht zu laufen, damit die Würmer nicht auf ihn aufmerksam wurden. Er betete darum, Bernard de Mondeville in seinem Zimmer zu finden, ein riesiges schlafendes Bündel, noch immer eingewickelt in seine stinkende Schürze.

11

Den ersten Hinweis auf bevorstehendes Ungemach erhielten die Leibeigenen, als sie, wie jedes Jahr vor dem Auftrieb auf die Sommerweiden, die Schafe schoren.

»Wie hast du es denn erfahren, Chwilen?«

»Gwythwches hat es mir heute früh erzählt.«

»Warum? Worum geht's denn überhaupt?«

»Was Genaues scheint sie nicht zu wissen.«

»Die tratscht doch nur wieder.«

»Nein, gestern ist jemand aus Caernarfon oder von woanders gekommen, um mit Ieuan Ddu zu reden.«

»Aber das ist doch Gesetz! Sie müssen den Gerichtstag abhalten.«

»Wer sagt denn das? Die müssen gar nichts, wenn sie nicht wollen.«

Ieuan Ddu saß im Saal des Herrenhauses und überlegte, was er den Leuten an diesem Abend sagen sollte. Nach dem Brauch des Bezirks und der Gemeinde mußte die Angelegenheit innerhalb von drei Tagen nach der Beerdigung beigelegt werden. Der Tod von Baedd Mawr, dem Vater von Hwch Ddu und Mochyn Coed, hatte sie alle schwer getroffen. Und verdammt ungelegen kam er gerade in dieser Jahreszeit. Er hatte es absichtlich getan, hatte sich seine Giftpilze extra zusammengesucht und sie gegessen. Er war ein selbstsüchtiger Leibeigener. Wo doch so viel zu tun war. In diesem Monat Gerste ansäen und die Schafe scheren. Im Juni auf den Feldern Unkraut jäten und Heu machen, im Juli das Gemüse und das Frühobst ernten und außerdem noch auf den Wiesen im Hochland Heu machen. Wenn die Sonne beständig blieb …

An diesem Abend versammelten sich die Leibeigenen nach getaner Arbeit vor dem Herrenhaus, und Ieuan Ddu trat vor sie. Sie waren alle erschöpft und wollten nur noch nach Hause und auf ihr Stroh. Der Steward stieg auf einen Holzklotz und räusperte sich.
»Wie ihr alle wißt, hat jeder Leibeigene der Gemeinde von Dolbenmaen seine eigene Hütte und sein eigenes Stückchen Land. Jeder Sohn hat Anspruch auf einen gleich großen Teil Land, bis auf den jüngsten, der bei seinem Vater arbeiten muß. Beim Tod des Vaters erbt dieser jüngste Sohn das Haus, das Land und die Tiere. Deshalb erbt Mochyn Coed den Anteil seines Vaters Baedd Mawr.«
Unter leisen Gesprächen zerstreuten sich die Bewohner der Gemeinde. Ein riesiger Mond hing über dem Berg. Der Steward kehrte ins Herrenhaus zurück.
»Vollmond ...«, sagte Gwythwches und trat aus dem Schatten.
»Ja.«
»Also. Ich glaube, ich muß Euch etwas sagen.«
»Was?«
»Sie ist guter Hoffnung.«
»Wer?«
»Die Lady.«
»Soll das heißen, Angharad, Tochter von Madog, ist schwanger?«
»Ja.«
»Bist du sicher?«
»Ziemlich sicher.«
Der Steward sank in die Hocke, krümmte den Rücken und hielt sich die Hand vor den Mund. Dann ließ er sich nach hinten fallen und lag da, als wäre er an den Boden genagelt. So blieb er, still und bewegungslos, lange Zeit liegen. Der Mond lächelte durch die schmalen Fenster, derselbe Mond, der auch auf die Stadt Paris herunterlächelte.

12

Nicholas von Ferrara war, gefolgt von seinem Sklaven, noch nicht weit vom Hôtel Dieu fortgeritten, als er merkte, daß die Straßen ihm fremd vorkamen. Viele der Häuser, die er vielleicht hätte wiedererkennen können, waren niedergebrannt und nur noch Ruinen. Nicholas hatte sich verirrt. Er hatte damit gerechnet, bei Sonnenaufgang schon weit außerhalb der Stadtgrenze zu sein. Schließlich war es lebenswichtig, nachts zu reisen, wenn die Würmer schliefen. Er hatte das Gefühl, auf die Ärzte von Paris einen ziemlich guten Eindruck gemacht zu haben, obwohl es doch eine ganze Menge gewesen waren. Und er war sicher, daß er sie von den Vorzügen seiner Arznei überzeugt hatte. Für das Rezept hatte er eine großzügige Bezahlung erhalten, natürlich im voraus, und so war die Reise für ihn alles andere als ein Mißerfolg gewesen.

In einiger Entfernung glaubte er zwischen den Ruinen eines Hauses ein Licht zu sehen. Die Flammen flackerten an den Wänden entlang, als würden Affen mit brennenden Schwänzen auf und ab springen und versuchen, die Flammen zu löschen. Es war zwar Vollmond, doch der Himmel war bedeckt, und schmutziges Wasser stand in den Löchern der Straße. Da ihn das Gefühl beschlich, was er da sah, sei eine Fackel, lockerte er das Schwert in der Scheide. Sie hatten sich tatsächlich verirrt. Es wäre besser, wenn sie ins Hôtel Dieu zurückkehrten. Wenigstens würden sie dort Schutz finden, anstatt auf dunklen, unbekannten Straßen herumzuirren.

Der Schein der Fackel verschwand zwischen den Ruinen. Ein Schauer lief Nicholas über den Rücken, und er fragte sich, ob hier Hexen ihr Unwesen trieben. Kalter Schweiß brach ihm aus, und er drehte sich zu seinem Sklaven um. Der Mann lächelte nie, zeigte nie auch nur die geringste Gemütsbewegung. Aber man hatte ihm ja auch schon in frühester Jugend die Zunge herausgeschnitten. Das schwache Mondlicht erhellte einen kleinen Teil seines Gesichts, aber der Rest war von seiner großen Kapuze verhüllt. Er folgte, wie immer, in respektvoller Entfernung.

Sie kamen an eine Kreuzung, und Nicholas lenkte sein Pferd nach rechts. Er war schon ein ganzes Stück die Straße hinuntergeritten, als er merkte, daß sein Sklave ihm nicht mehr folgte. Die Angst durchzuckte ihn wie ein Blitz. Am liebsten hätte er laut gerufen, fürchtete aber, damit die Hexen und Gnome und die anderen Dämonen aus ihren dunklen Verstecken zu locken. Seine Handfläche war schweißnaß, als er das Heft seines Schwertes umfaßte.

Eine Wolke schob sich vor den Mond, und sofort war Nicholas in Schwärze getaucht. Doch schlimmer als alles andere war die Stille, die nur unterbrochen wurde vom entfernten Knistern brennender Häuser.

Das Pferd wieherte und scharrte mit den Hufen. Er starrte in die Dunkelheit. Sehr langsam, wie eine Perle nach der anderen, tröpfelte das Mondlicht über Häuser und Plätze, langsam und kalt. Nicholas sah noch einmal die Straße entlang. Und da war er wieder, der vermummte Sklave auf seinem Pferd, die Packtaschen hinter dem Sattel vertäut.

»Wo zum Teufel warst du denn?«

Stumm wie immer drückte der Sklave dem Pferd die Fersen in die Flanken und kam auf ihn zu. Nicholas spornte ungeduldig sein Pferd an. Er brauchte sich nicht mehr umzusehen, er konnte hören, daß der Sklave knapp hinter ihm folgte. Erleichtert lockerte Nicholas den Griff um das Heft seines Schwertes.

In forschem Trab ritten sie drei Straßen entlang und klapperten über einen kleinen Platz. Nicholas erinnerte sich, daß sie auf dem Weg zum Hôtel Dieu an zwei Statuen, einer der Heiligen Jungfrau und einer des heiligen Rochus, vorbeikommen mußten. Doch von den Statuen war nirgends etwas zu sehen. Nicholas hielt an und kratzte sich am Kopf. Vielleicht hätten sie an der Kreuzung in die andere Richtung einbiegen sollen. Ungeduldig wendete er sein Pferd.

»Wir hätten an der Kreuzung links abbiegen sollen. Warum hast du mich denn nicht aufgehalten, du Trottel?« fauchte er, als der Sklave neben ihm stand. Der Sklave rührte sich nicht, hob nicht einmal den Kopf, sondern wendete nur stumm und gehorsam sein Pferd, um seinem Herrn zu folgen. Als sie die nächste Kreuzung erreichten, schrie eine Eule. Der Mond verschwand wieder hinter einer Wolke. Auf diesem offenen Platz fühlte Nicholas sich sicherer, denn hier konnte sich niemand verstecken. Nur er und der Sklave waren hier und die vertrauten Pferde.

»Wir warten besser, bis die Wolken sich verzogen haben, sonst reiten wir noch einmal in die Irre.«

Er tastete nach der Lederbörse, die um seinen Hals hing. Sie enthielt die Bezahlung, die er von dem uralten Quästor erhalten hatte. Mit einem Lächeln dachte Nicholas daran, wie er es geschafft hatte, das anfangs gebotene Honorar zu verdoppeln. Da gab es doch wirklich ein paar alte, verknöcherte Trottel, die glaubten, Ärzte sollten ihre Kunst umsonst ausüben, weil Geld die Moral des Heilenden verderbe. Natürlich ausgemachter Blödsinn. Nicholas hatte gerade wegen der guten Einkünfte die Medizin der Jurisprudenz vorgezogen. Inzwischen war er wirklich sehr wohlhabend und in der ganzen Christenheit höchst angesehen. Er wußte, daß er sich mit der Sünde des Stolzes belastete. Aber welcher erfolgreiche Mann tat das nicht, und er tat ja auch Buße dafür nach jeder Beichte. Er war überzeugt, daß ihm verziehen wurde. An Selbstvertrauen mangelte es Nicholas von Ferrara nicht.

Gedankenverloren drehte er sich zu seinem Sklaven um, der bewegungslos wie diese Statuen, die er nicht fand, auf seinem Pferd saß, die Hände locker an den Zügeln, das Gesicht unter der Kapuze verborgen. Irgend etwas brachte ihn dazu, genauer hinzusehen. Es war natürlich sein Sklave. Die Kapuze fiel zurück ... der Mond trat hinter den Wolken hervor ... Nicholas riß die Augen auf und schluckte.
Er spürte etwas Scharfes an seinem Hals ... ein heißes Hervorquellen ... zupackende Hände ... er schwankte ... der Schmerz ... schlimmer als alles ... er konnte nicht mehr atmen ... nichts mehr tun außer ... fallen. Heiße, salzige Tränen ... flach auf dem Boden ... die Kapuze über ihm ... Nicholas streckte flehend den Arm aus ... die Zunge schwer ... Blut in Nase und Mund ... verströmend ... eine schwindende Welt ... Dunkelheit.
Salah, der es auf die Geldbörse abgesehen hatte, zerrte grob am Körper des Nicholas von Ferrara. Einen Augenblick betrachtete er die Leiche. Hast wohl geglaubt, dir kann nichts passieren, was? Aber jeder ist sich selbst der Nächste, wenn das Ende der Welt nahe ist. Bald wird das Gesetz der Diebe und Huren das allgültige Gesetz sein. Alles ist anders geworden.
Und er verschwand in der Dunkelheit.

13

Der Steward war schon seit Tagesanbruch auf den Beinen, doch da er den Leibeigenen verschiedene Arbeiten hatte zuweisen müssen, fand er erst Zeit, die Lady zu besuchen, als die Sonne schon am Himmel stand. Als er, nachdem er auch noch zwei entlaufene Kälber eingefangen hatte, endlich zum Herrenhaus kam, war die Lady bereits ausgegangen. Er ging zum Fluß, von dem ein feiner Nebel aufstieg, der sich in den Strahlen der Sonne allmählich auflöste. Auf dem gegenüberliegenden Ufer trotteten Rinder der Gemeinde hügelan. Am Rand des Weingartens bemerkte er einen weißhaarigen Kopf.

Die Lady kauerte auf der Erde. Sie seufzte – wie die meisten Leute –, als sie Ieuan Ddu erblickte. Aber sie rührte sich nicht. Als er neben ihr stand, gähnte er und streckte sich.

»Ist es wahr?«

Sie drehte den Kopf, um ihn anzusehen, und blinzelte dabei in die Sonne.

»Daß Ihr schwanger seid?«

Ihr Atem ging schneller. Sie senkte den Kopf, und ihm fiel auf, daß sie ein Doppelkinn bekommen hatte.

»Also ist es wahr?«

Sie nickte sehr langsam.

»Seid Ihr sicher, daß es ein Engel war?«

Angharad stand auf und warf den moosbewachsenen Kiesel weg, mit dem sie gespielt hatte. Der Steward packte sie am Handgelenk.

»War es ein Engel?«

Sie nickte.

»In der Nacht zum Aschermittwoch?«

Er konnte das Moos an ihren Fingern riechen.
»Ihr müßt Euer Schweigen brechen! Sprecht mit mir! Sprecht! Es ist wichtig! Das könnte ein göttliches Wunder sein. Aber wenn es ein böser Geist im Schutze der Dunkelheit war ...«
Angharad runzelte die Stirn und warf ihm einen wütenden Blick zu.

Am frühen Morgen war es gewesen ... nach ihrem Spaziergang über die Felder. Sie war ins Herrenhaus zurückgekehrt, um sich aufzuwärmen und um mehr von dem Met zu trinken, den sie schon während des Abends in sich hineingeschüttet hatte. Ihre Benommenheit, die Kälte und die Trunkenheit hatten sie von dem Aschermittwochsfeuer weggetrieben, während die anderen noch sangen ... Jetzt war das Herrenhaus still wie ein Grab. Sie goß sich frischen Met ein. Aus der Ferne drang der holprige Gesang einiger Leibeigener zu ihr. Sie nahm die einzige brennende Kerze und ging in ihre Kammer. Ohne sich auszuziehen, stieg sie ins Bett und warf sich betrunken und fiebernd unter den schweren Decken hin und her. Einige Zeit später hatte sie sich umgedreht und die Augen geöffnet. Und da stand ein weißer Engel, ein Kreuz in den erhobenen Händen ... Sie schloß die Augen und spürte, wie die Hand des Engels sie segnete ... Er berührte ihre Stirn und kam dann zu ihr ins Bett ... sein weißer Körper ... kalt im ersten Augenblick, doch schnell wärmer werdend ... und die Hitze seiner Heiligkeit erwärmte die Kammer ... Er strich mit den Händen an ihren Hüften abwärts und steckte sich dann einen Finger in den Mund, ließ ihn an ihrer Nase entlang in ihren Mund gleiten ...
Als sie am nächsten Morgen aufwachte, war ihr Engel wieder zum Himmel aufgeflogen.

14

Jean de Venette schrieb in sein Tagebuch.

21. Mai Anno Domini 1348
Gestern abend haben wir für Bernard de Mondeville ein Bett gefunden, in dem nur noch ein anderer Patient lag. Ich habe Nicholas von Ferraras Vorschriften aufs genaueste befolgt. Wir haben das Glück, daß der Garten des Hôtel Dieu uns mit genügend frischen Erzeugnissen versorgt. Wegen der Knappheit an frischem Gemüse und Salatkräutern sind die Preise so steil angestiegen, daß unsere Tore täglich von verzweifelten Stadtbewohnern belagert werden.
Ich habe meinen armen Freund regelmäßig zur Ader gelassen und für sein Wohlergehen gebetet. Denn wie mein alter Lehrmeister sagte: »Das Gebet ist die stärkste Arznei auf Erden und im Himmel. Ein Gebet erweicht auch das verstockteste Herz.« Aber unsere Herzen scheinen immer nur verstockter zu werden. Das allgegenwärtige Weinen und Klagen, das uns bis vor kurzem noch so schrecklich in den Ohren klang, ist nun kaum noch zu hören. Wir alle haben uns in eine neue Haut der Gleichgültigkeit gehüllt.

Ein Junge, einer der ärztlichen Lehrlinge, betrat zögernd Jean de Venettes Kammer.

Unterdessen lag der junge Abt in einem stattlichen Pariser Haus. Nach einer langen und beschwerlichen Reise, auf der er sich allerdings nicht genug wundern konnte über die Schönheiten der Natur, waren sie wohlbehalten angekommen. Überall hatte der Frühling mit seiner Pracht und seiner sprießenden Fülle

Einzug gehalten. Städte und Dörfer hatten Salah und er gemieden. Schwarze Fahnen hingen von den Kirchtürmen vieler Orte, und sooft die Reisenden dies sahen, machten sie einen großen Umweg und wanderten am Waldrand entlang, bis sie die Straße wieder erreichten.

Die Dämmerung brach herein, und auf den Straßen draußen war es still. Seit zwei Tagen lag er nun schon hier. Vielleicht sogar schon drei. Er war nicht ganz sicher. Er nieste beständig, und trotz des warmen Wetters wurde er häufig von Schüttelfrost gepackt. Dann wieder schwitzte er so heftig, daß seine Kutte ihm am Körper klebte. Als er wieder einmal zitternd dalag, untersuchte er mit den Fingern seine Achselhöhlen. Er spürte einen harten, kleinen Knoten. Er tastete noch einmal, und der Schweiß trat ihm auf die Stirn. Denn er wußte, was das bedeutete.

Er dachte an Salah Ibn al Khatib.

Bei Einbruch der Nacht hatten sie Paris erreicht, aber eine Stadt vorgefunden, in der Dunkelheit, Hunde und böse Geister die Herrschaft an sich gerissen hatten. In der Nähe des Zentrums waren sie auf dieses Haus gestoßen, dessen Portal mit einem flüchtig hingemalten roten Kreuz gekennzeichnet war. An der Rückseite hatten sie eine weniger solide Tür entdeckt, die sie eintraten. Der Gestank im Inneren traf sie wie eine Faust, ein Gestank nach Dreck, Hunden und Tod. Aber wenigstens gab es keine Leichen, und obwohl offensichtlich war, daß bereits Plünderer das Haus heimgesucht hatten, war der größte Teil der Einrichtung noch vorhanden.

Der junge Abt warf sich unruhig hin und her. Er machte sich Sorgen wegen der Knoten in seinen Achselhöhlen. Und um Salah. Er war am vergangenen Abend aufgebrochen, um Essen zu beschaffen, wie er gesagt hatte. Obwohl der junge Abt es sich nicht anmerken ließ, wußte er doch, daß seine Mattigkeit und Schwäche Salah Kummer bereiteten. Inzwischen brauchten sie einander kaum mehr etwas zu sagen. Jeder schien instinktiv zu

wissen, was der andere dachte. Der junge Abt kannte Salahs Geheimnis und den schrecklichen Zweck seiner geheimnisvollen Reise.
Er starrte zu den Mücken hoch, die an der Decke tanzten. Noch in Gedanken an Salahs lange Abwesenheit, schloß er die Augen …
Ein Geräusch weckte ihn. Im Erdgeschoß bewegte sich jemand. Er versuchte, sich aufzusetzen, doch die Schmerzen in seinen Gliedern ließen es nicht zu.
»Salah!«
Einen Augenblick war alles still, dann wurden die Bewegungen leiser und verstohlener als zuvor wiederaufgenommen. Der junge Abt packte den schmalen Dolch unter seinem Kissen. Er wagte kaum zu atmen vor Angst.
»Salah?« rief er noch einmal.
Es kam keine Antwort. Er quälte sich aus dem Bett und wäre beinahe zusammengebrochen, als seine Füße den Boden berührten. Schwindlig und elend taumelte er, sich am Bett und an einer Kommode festhaltend, durch die Kammer und lehnte sich neben der Tür an die Wand. Dort blieb er starr und zitternd stehen und lauerte.
Schritte näherten sich. Die Tür quietschte, als sie vorsichtig aufgeschoben wurde, und der Abt hob bebend mit beiden Händen den Dolch. Da wurde die Tür mit Gewalt aufgestoßen, und eine große, dunkle Gestalt stürzte zum Bett. Der junge Abt trat hinter der Tür hervor, der Mann drehte sich um und sprang ihn mit einem Schwert an. Die Spitze verfing sich in der fadenscheinigen Kutte des Abtes und zerriß sie. Dann blitzte das Schwert noch einmal auf. Der Abt wich aus, und als das Schwert sich in den Balken neben seinem Kopf bohrte, nutzte er seinen Vorteil und stach zu. Der Mann stöhnte auf, zerrte matt an seinem Schwert, stolperte dann und fiel gegen das Bett.
»Meine Familie … Was habt Ihr mit meiner Familie gemacht?«

Er stöhnte noch einmal und starb. Während dem Abt langsam zu Bewußtsein kam, was er getan hatte, polterte jemand die Treppe herauf. Es war Salah. Der junge Abt faßte seine Kutte, die vom Hals bis zum Nabel aufgeschlitzt war, und wickelte sie eng um sich.
Salah sah sich verstört in der Kammer um.
»Was ist passiert?«
»Das muß der Hausherr sein. Er ist zurückgekommen ...« erwiderte der Abt zähneklappernd. Salah sah ihn an.
»Ich habe etwas zu essen gefunden.«
»Du warst so lange weg ...«
»Ich hab' mich verirrt.«
Man merkte ihm an, daß er noch mehr zu erzählen hatte, doch der Abt beschloß, ihn nicht zu drängen.
»Was hast du bekommen?«
»Eier. Und zwar jede Menge.« Salah gab dem Abt einen kleinen Weidenkorb, randvoll mit glatten, braunen Eiern, trat dann zu der Leiche und zerrte sie an den Beinen aus der Kammer. Der junge Abt hörte den Kopf auf jeder Stufe aufschlagen, als Salah sie die Treppe hinunterschleifte; dann ein Schlurfen, als er sie durch die Zimmer im Erdgeschoß zerrte. Bei Salahs Rückkehr lag der Abt im Bett, und seine zerrissene Kutte lag in einem Knäuel auf dem Boden. Es war das erste Mal, soweit Salah sich erinnern konnte, daß der Abt seine Kutte ausgezogen hatte. Heftig schluchzend brach er Eier auf und schlürfte sie gierig aus.
»Es war ein Unfall«, sagte er in einer Atempause. »Sonst hätte er mich getötet ...«
Er zitterte. Salah starrte geistesabwesend und stumm zum Fenster hinaus. Der junge Abt weinte leise weiter.
»Es war nicht deine Schuld«, tröstete Salah. »Diese Umstände treiben uns dazu, Dinge zu tun, die wir sonst nie tun würden. Manchmal hat man einfach keine andere Wahl. Es hieß er oder

du. Was hättest du denn anderes tun können?« Der junge Abt schluchzte nun hemmungslos. Salah blieb, wo er war, und starrte den Mond an.
»Kommst du nicht ins Bett?«
Beim Tonfall in der Stimme des jungen Abtes beschlich Salah ein eigenartiges Gefühl. Aber das war unsinnig. Hatten sie doch schon unzählige Male ein Lager miteinander geteilt. Allerdings hatte der Abt immer seine Kutte getragen und auf schicklichen Abstand geachtet. Doch jetzt war die Kutte beiseite geworfen, und der Abt war in einem erbärmlichen Zustand, seine Zähne klapperten, und er zitterte am ganzen Leib.
Salah blieb unschlüssig am Fenster stehen. Er spürte etwas in sich, ein Schwellen in der Brust, etwas, das ihm sagte, daß der Prophet es ihm, nach so vielen Monaten des Betrügens und Betrogenwerdens, des Stehlens und Flüchtens und der täglichen Angst, verzeihen würde, wenn er nur dieses eine Mal seinem Verlangen nachgab. Schon von ihrer ersten Begegnung an hatte der junge Abt etwas sehr Anziehendes für Salah gehabt. Zuerst hatte er geglaubt, das sei nur so, weil er ihm sein Leben verdankte; aber seit dieser fürchterlichen Überquerung des Mont Cenis mußte er sich eingestehen, daß es mehr war als das. Sein Magen zog sich zusammen, und er taumelte zum Bett.
Der Abt hatte aufgehört zu weinen. Salah beugte sich über ihn und küßte ihn zärtlich auf die Stirn. Der junge Abt atmete schneller. Er streckte die Arme aus, und sie küßten sich lange. Der Abt schob Salah seine Zunge in den Mund und ließ sie feucht kreisen, und da Salah mit Leidenschaft darauf reagierte, streckte er die Hand aus und streichelte behutsam die Spitze seines Penis. Salah stockte der Atem, er hob den Kopf und riß sich die Kleider vom Leib.
Als Salah dann nackt vor ihm stand, begann der junge Abt, seine Hoden zu streicheln. Trotz der Hirschfelldecke, die er sich bis zum Kinn hochgezogen hatte, zitterte er noch immer. Salah

konnte sich kaum mehr zurückhalten. Er riß die Decke hoch und schlüpfte ins Bett. Der junge Abt drehte sich um, und Salah umschlang ihn mit den Armen. Er ließ die Hände nach oben wandern, um seine Schultern zu streicheln. Und stieß dabei auf Brüste.

Brüste?

Salah befühlte sie mit beiden Händen. Dann stützte er sich auf den Ellbogen und erkundete zögernd, was sich zwischen den Beinen des jungen Abtes befand. Und schluckte schwer. »Der junge Abt« lächelte ihn an, doch Salah erwiderte das Lächeln mit einem entgeisterten, bösen Blick, sprang aus dem Bett und suchte fieberhaft nach seinen Kleidern. Die junge Frau im Bett lachte, während Salah benommen und verwirrt mit seinem Gewand kämpfte.

»Wer bist du?« rief Salah.

Aber die Frau lachte so sehr, daß sie nicht antworten konnte.

»Du hast mich reingelegt.« Salah war wütend.

Doch sie konnte sich vor Lachen nicht mehr halten.

»Komm wieder ins Bett«, flüsterte sie schließlich.

Aber Salah war bereits wieder vollständig angezogen und ging im Zimmer auf und ab. Die junge Frau kam schlagartig zur Besinnung, als sie sich zwischen die Schenkel faßte und dort zwei harte kleine Wucherungen spürte, wie Köpfe von Frühlingszwiebeln, wie die Knoten in ihren Achselhöhlen. Salah, der ihren plötzlichen Stimmungswandel gespürt hatte, kam behutsam ans Bett.

»Salah.« Sie faßte seine Handgelenke. »Fühl mal hier.« Sie legte seine Hand zwischen ihre Schenkel. »Wie kleine Eier, nicht?«

Salah nickte.

»Und hier auch. Fühl mal …« Sie führte seine Hand zu ihren Achselhöhlen. Dabei lachte sie ein wenig, doch die Tränen liefen ihr über die Wangen.

»Du hast es also gewußt?«

Salah nickte noch einmal. Er zog eine schwere Börse hervor und schüttete Gold und Silber aufs Bett.
»Wo hast du das her?«
»Ich habe gestern nacht zwei Männer getötet, zwei Reiter. Jetzt, da wir bezahlen können, ist es nur noch wichtig, daß wir dich gleich morgen in der Früh ins Hôtel Dieu schaffen. Aber daß du mich getäuscht hast, werde ich dir nie verzeihen. Niemals!«

15

Trotz Ieuan Ddus strikten Verbots hatte Iolyn der Priester seine Freundin in die Gemeinde gebracht. Sie war schwächlich und von schiefer Gestalt, und sie zog in Iolyns Haus neben der Kirche ein. Iolyn war fröhlich und ausgelassen, er stolzierte herum wie ein Kind, sang und lachte. Doch schon bald bekam das Mädchen Heimweh nach seinen Brüdern und seinem Hund, nach der Schäferhütte in den Bergen. Es hatte noch nie unter so vielen Menschen gelebt, sie jagten ihm Angst ein.
Gerüchte breiteten sich unter den Leibeigenen aus wie ein Lauffeuer. Es hieß, der Priester und seine Freundin stünden im Banne des Bösen und begingen ihre lüsternen Taten direkt auf dem Altar. In einer Regennacht ging ein Leibeigener in die Kirche, um eine Kerze für seine toten Kinder anzuzünden, und sah, daß in Iocyn Fachs Tafelbild vom Jüngsten Gericht dem Erlöser eine Träne über die Wange lief. Ja, eine Träne. Tränen. Der Leibeigene schwor, er habe diese Tränen gesehen, und behauptete, das Bildnis habe aufgeschrien, als er die lateinischen Wendungen aufsagte, die ihm aus der heiligen Messe im Gedächtnis geblieben waren. Er habe sich vor dem Altar mit

dem Gesicht auf den Boden geworfen und sei liegengeblieben, bis der Erlöser gütig lächelte und die Tränen trockneten. Dann sei er zitternd geflohen. Andere behaupteten, daß der Priester und die Tochter des Schäfers im Dunkel der Nacht in der Kirche tanzten, bis sie, schweißgebadet und von ihrer unheiligen Lust getrieben, zum Altar stürzten, das Kreuz beiseite schleuderten und heftig kopulierten.
Und wieder andere flüsterten, Iolyn habe seiner Gespielin einen Faden um den Hals gebunden, damit ein gewisses Gemüse, das die Schwangerschaft verhüte, zwischen ihren Brüsten zu liegen komme. Oder daß er obszöne Lieder singe, während sie in lärmendem Verkehr beieinander lagen, bis der erste Hahn krähte.
Es war eine Schande.
Denn in all diesen Verleumdungen war kein Körnchen Wahrheit. Aber niemand kann sich böswilligem Geschwätz verschließen, und deshalb sollte Iolyn der Priester noch vor Ende des Sommers einen schrecklichen Preis zahlen.

16

Als in Paris der Morgen anbrach, war die junge Frau in einem sehr schlechten Zustand. Salah hatte die ganze Nacht an ihrem Bett gesessen, hatte über ihre Geschichte nachgedacht und war zu der Erkenntnis gekommen, daß so etwas in der wohlgeordneten Religion des Islam nie passieren konnte. Und da sie ihn so lange getäuscht hatte, war er auch nicht sicher, ob er ihr die Geschichte überhaupt glauben sollte.
Er war furchtbar durcheinander. Einerseits wollte er am liebsten

weggehen und die Frau ihrem Schicksal überlassen. Aber sie waren so lange Weggefährten gewesen, daß er sich trotz ihrer Täuschung verpflichtet fühlte, sie ins Hôtel Dieu zu bringen. Und was er auch tat, es war unwahrscheinlich, daß er selbst von der Pest verschont bliebe.

Zum erstenmal seit Wochen hatte er Zeit zum Nachdenken, und was ihm da durch den Kopf ging, war alles andere als ermutigend. Es war schon merkwürdig, wie die Umstände einen Mann verändern konnten. Sie zerschnitten Familienbande, löschten zehn Jahre Erziehung aus, sie rissen ihm schier die Haut vom Leib und die Eingeweide aus seinem Inneren, und sie machten aus ihm einen ganz neuen Menschen, einen ganz anderen als den, der er gewesen war. Er war nicht sicher, ob er sich in einem Spiegel noch wiedererkennen würde. Diese letzten Monate waren ein Alptraum gewesen. Auf der Reise war er wie der wilde Mann aus den Wäldern gewesen, wie das Schreckgespenst aus dem Nebel, er hatte öde Landstriche durchstreift, gestohlen, um zu essen, und von der Hand in den Mund gelebt. Und jetzt war er in Paris, sein Ziel in Reichweite. Die Frau wäre dabei nur eine Behinderung.

»Keinen Mucks will ich von dir hören«, sagte Salah streng ein wenig später, als er sie in einem Karren, den er sich besorgt hatte, vor sich herschob. Er hoffte, so Allah es wollte, das berühmte Hôtel Dieu zu finden, die Frau dort abzuliefern und dann seinen Auftrag zu erledigen.

»Ich weiß, daß es falsch war«, flüsterte sie, »aber versetz dich doch mal in meine Lage. Die Mönche hätten uns mit Sicherheit verraten und im Stich gelassen, wenn sie etwas gemerkt hätten. Und nachdem wir sie in Avignon verloren hatten, konnte ich den Gedanken nicht ertragen, ohne dich weiterzureisen.«

Sie wartete auf seine Antwort, doch Salah straffte nur den Rükken, packte die Handgriffe noch fester und schob stur den Karren durch die fast leeren Straßen.

»Du versuchst nicht einmal, mich zu verstehen. Eine Frau hat nur die Wahl zwischen der Ehe und dem Kloster. In meinem Fall wäre es ein geschlossener Orden gewesen. Aber Mönchen stehen viel mehr Möglichkeiten offen. Sie können studieren, was sie wollen. Viele von ihnen sind große Gelehrte, die die ganze Christenwelt bereisen und in den Ratsversammlungen der Mächtigen sitzen. Eine Nonne nie. Ich habe dir doch letzte Nacht erzählt, wie meine Familie mich unter Druck gesetzt hat. Also mußte ich mich entscheiden. Ich mußte eine Entscheidung treffen! Für mich selbst. Aber wenn eine Frau beschließt, über ihr Schicksal selbst zu bestimmen, wird das als Sünde betrachtet, sogar als Ketzerei. Eine Frau muß tun, was ihr befohlen wird. Aber ich habe meine eigene Entscheidung getroffen.«

Der Karren holperte über einen Stein, und die Kranke wurde beinahe herausgeworfen. Sie fing an zu husten und zu weinen, und sie flehte Salah an, sie allein zu lassen und sie nicht länger so zu quälen. Das erweichte sein Herz ein wenig, und er bemühte sich, vorsichtiger zu schieben. Trotzdem wollte er sie so schnell wie möglich ins Hôtel Dieu bringen.

Als sie sich auf einer langen Straße einem Platz näherten, erkannte Salah, daß dort etwas vor sich ging. Leise, aber sehr süß drang Gesang von Männern und Frauen an sein Ohr. Die Frau murmelte unglücklich vor sich hin, und Salah schob den Karren erwartungsvoll auf die wunderbaren Klänge zu, die der gepeinigten Stadt Tröstung und Heilung zu versprechen schienen.

O Sünder dieser gottlos' Welt,
der Jüngste Tag ist nah.
Werft nieder euch
in eurer Sünd',
ruft an Gott in der Höh'.

O glorreich' Morgen
süßer Reu'!
Wenn Höllenflamm'
auch brennet
und Satans Rotten
hungrig lau'rn,
den Tag des Heils erkennet!

Je näher Salah dem Platz kam, desto lauter schwoll der Gesang an, ein Regenbogen von Stimmen voll innigen Frohlockens. Eine staunende Menge hatte sich versammelt, und Salah stellte den Karren im Schatten ab und drängte sich hinzu. Fahnen wehten über den Köpfen mit Inschriften wie »Bruderschaft des Kreuzes«, »Heerschar der Heiligen«, »Befreier von Sünden«. Als Salah sich weiter vorschob, sah er, daß aus einer der gegenüberliegenden Straßen eine Prozession auf den Platz strömte. Es waren etwa dreihundert Männer und Frauen, und sie sangen in wunderbarer Harmonie. Alle trugen lange, einst weiße, jetzt aber schmutzige und zerrissene Gewänder, auf deren Rücken rote Kreuze aufgenäht waren. Sobald sie sich auf dem Platz in der Nähe der Kirche versammelt hatten, trat ein Mann vor. Er war ausgezehrt bis zum Skelett, und sein Gesicht wirkte wie ein Totenschädel unter dem struppigen schwarzen Bart. Wie seine Gefährten trug auch er eine zerrissene, schmutzige Kutte. Er hob eine ungewaschene Hand.

»Bürger von Paris, dies ist ein Tag von großer Bedeutung. Wir, die Heerschar der Heiligen, sind dreiunddreißig Tage marschiert, einen Tag für jedes Jahr, das Christus auf Erden weilte. Und heute zur Mittagszeit ist unsere Buße vollendet. Die Gnade, die uns erwiesen wird, ist so groß, wie die Last unserer Sünden schwer war. Dreiunddreißig Tage sind wir gewandert, ohne uns zu waschen, uns den Bart zu scheren oder die Kleider zu wechseln und nur mit der nackten Erde als Nachtlager. Männer und

Frauen haben kein einziges Wort gewechselt, geschweige denn sich der Lüsternheit hingegeben – anders als so viele unserer tugendhaften Priester! Die Pest wurde ausgesandt, um die Menschheit über weltliche Sorgen und Befangenheiten, über die Eitelkeit und die verderbten Begierden des Fleisches zu erheben, damit wir uns reinigen können für das kommende Gericht. Uns, der Heerschar der Heiligen, wurde die Erkenntnis zuteil, in welch schmutzigem, sündhaftem Zustand wir leben und wie dringend wir der Errettung durch Christus bedürfen. Dank sei Gott für die Pest!«

»Dank sei Gott für die Pest!« hallte es aus den Reihen seiner Anhänger.

»Aber ohne Gebet, Buße und die reinigende Kraft der Beichte ist das heiligmäßige Leben unerreichbar. Also kommt! Wer will am heutigen Tage hier vortreten und seine Seele läutern?«

Vier junge Männer und zwei Frauen liefen nach vorne und knieten sich vor dem Meister nieder. Er ging von einem zum anderen und hörte, was sie mit gesenkten Köpfen flüsterten. Erstaunt sah die Menge zu, wie er hier vor ihnen, in aller Öffentlichkeit, die Rolle des Priesters übernahm. Zwei seiner Anhänger gruben unterdessen ein Loch und stellten ein großes Holzkreuz auf.

Nach dem Ende der Beichte ging der Meister zu den Kirchenstufen und wandte sich wieder an die Menge.

»Sie haben gebeichtet! Alle Liederlichkeit und Fleischeslust, jeder sündige Gedanke wurde aus ihren Seelen getilgt. Und jetzt nehmen sie mit Freuden ihre Buße an …«

Bei diesen Worten öffneten die sechs ihre Gewänder am Hals und entblößtem ihre Oberkörper. Zwei der Männer und eine Frau hatte schreckliche Striemen und Blutergüsse auf dem Rücken. Einer dieser Männer wurde zum Kreuz geführt.

Er klammerte sich daran, mit dem Rücken zur Menge, während

zwei andere ihn fesselten und dann Geißeln mit eisernen Haken an den Lederriemen hervorholten.
»Ehrt dieses heilige Martyrium und wappnet euch gegen die Sünde!«
Die Anhänger bekreuzigten sich, und ein Raunen ging durch die Menge. Auf ein Zeichen des Meisters hin begannen die Männer mit den Geißeln, den Gefesselten auszupeitschen, der aufschrie, als die Haken sich in sein Fleisch bohrten und halb verheilte Wunden aufrissen.

O Herr, unser Retter
und Richter,
hilf uns, Deinen Willen
zu leben.
Nimm an unser Blut
und Leiden
als Zeichen unseres Flehens.

Nach Deinem heilig Wort
wir lechzen,
wir rufen Deinen Namen
und fleh'n Dich an,
uns zu erretten
aus Satans gräßlich' Flammen.

Der innige Gesang übertönte beinahe die Schreie des Opfers. Als das Blut aus seinen Wunden floß, liefen die Leute herbei und versuchten, es mit Lumpen oder Taschentüchern aufzufangen. Diejenigen, denen es gelang, schmierten sich Blut ins Gesicht. Schließlich wurde der Mann losgebunden und von zwei Anhängern mehr fortgetragen als fortgeführt.
Seine Stelle nahm eine Frau ein, die laut ausrief, als die Geißeln ihr den Rücken aufrissen: »Gestern nacht wurde ich zum Fest-

mahl mit der Jungfrau, der heiligen Anna und unserem Erlöser gerufen!«

Diese Verkündigung lockte eine Menge Leute an, die alle ihre Taschentücher ausstreckten, um die ersten Tropfen Blut zu erhaschen. Schiebend und stoßend stritten sie sich um die besten Plätze. Am Rande der Menge kam es zu einer Rangelei, weil jemand versucht hatte, einer alten Frau ihr blutiges Taschentuch zu nehmen. Ein Mann hatte sie zu Boden gestoßen, worauf ihr Gatte die Beherrschung verlor und ihn auf die Nase schlug. Das Nasenbein brach, Blut spritzte. Sofort verbreitete sich das Gerücht, ein Engel habe die Blutung verursacht, und die Leute strömten herbei und hielten dem Mann Taschentücher und sogar ihre Zungen unter die Nase.

Viele aus der Lumpenprozession geißelten sich inzwischen wie Besessene gegenseitig. Einige lagen bereits auf dem Boden, den Rücken von blutigen Furchen überzogen. Ein alter Mann trat mit der Leiche eines fünfjährigen Jungen auf den Armen in den Kreis der Flagellanten und kniete sich vor den Meister. Der Meister nahm den kleinen Jungen und hob ihn hoch.

»Sehet, heute wird der Vater uns seine Macht beweisen. Er wird unsere Gebete erhören und gnädig unsere Buße annehmen!«

Salah war so erregt wie alle anderen. Ihm kam der Gedanke, daß es für seinen armen Schützling wohl eine Gnade wäre, wenn er ihn in der Obhut dieser Leute ließ. Er lief zurück, um den Karren zu holen, und schob ihn rücksichtslos drängelnd durch die Menge, bis er im inneren Kreis der Flagellanten stand. Der Meister rief eben mit heiserer Stimme Gott an.

»O Herr, erwecke dieses Kind wieder zum Leben, hier vor diesen Menschen, damit sie Zeugnis ablegen können von Deiner Macht und Deiner Gnade!«

Dabei fiel sein Blick auf Salah, und das Kinn klappte ihm herunter. Er ließ die Leiche des Kindes achtlos zu Boden sinken, kam direkt auf den Karren zu und riß die Decke weg.

»Eine Frau! Eine Frau, eine gemeine, sündige Frau im heiligen Kreis! Das ist ein Sakrileg. Das ist übelste Blasphemie! Kein Wunder, daß das Kind nicht errettet werden kann. Du hast eine schmutzige Sünderin in diesen Kreis gebracht! Weißt du, was das bedeutet?«
Salah schüttelte den Kopf.
»Es bedeutet, daß unsere Buße umsonst war. Nun müssen wir noch einmal dreiunddreißig Tage der Mühsal und des Gebets auf uns nehmen.« Er hob die Stimme. »Meine armen Freunde, wir müssen unsere Tage der Buße von neuem beginnen. Stellt euch auf wie zuvor, die Männer an der Spitze, die Frauen dahinter.«
Langsam formierte die Prozession sich wieder und verließ den Platz. Salah faßte den Karren bei den Griffen und schob ihn enttäuscht auf das Hôtel Dieu zu.

Jean de Venette war so erschöpft, daß er anfangs gar nicht merkte, wie jemand auf ihn einredete. Es war der Junge.
»Die Patienten drohen, das Krankenhaus niederzubrennen!«
»Was?«
»Ich glaube, Ihr kommt besser sofort mit.«
De Venette erhob sich von seinem Lager und suchte nach seinen Schuhen.
»Sie sagen, daß sie uns alles gegeben, uns ihr ganzes Geld vermacht haben, und trotzdem müssen sie zu dritt oder zu viert in einem Bett liegen ...«
»Aber sie kennen doch die Schwierigkeiten. Wir haben einfach nicht mehr Platz. Sogar die Ställe sind voll.«
Der Junge eilte hinter dem älteren Mann her, obwohl er einen Zornausbruch fürchtete. De Venette war berüchtigt für diese Anfälle. Aber er mußte es ihm sagen.
»Einige von ihnen haben sich heute geweigert, Nicholas von Ferraras Arznei einzunehmen.«

Jean de Venette wirbelte herum, packte den Jungen bei den Ohren und schrie wütend: »Wissen die denn nicht, wer er ist? Der hervorragendste Arzt der ganzen Welt?« Seine Fingernägel gruben sich in die weichen Ohrläppchen.
»Das ist ihnen egal. Einer hat gesagt, eher würde er noch Eselspisse trinken ...«
Wut und Erschöpfung überwältigten de Venette.
»Was sollen wir denn tun? Was kann ich denn tun? Ich habe mir immer eingeredet, daß Gott mich zum Heiler ausersehen hat, damit ich den Kranken und Leidenden helfe. Aber ist es Sein Wille, der all unsere kümmerlichen Bemühungen zunichte macht? Können wir denn nichts anderes tun, als immer nur Leichen aufeinanderzuhäufen'? Laß dir das eine gesagt sein: Wenn Laster und Sünden der Menschen überhandnehmen, greift Gott in die Geschichte ein. Wie ein Mann, der einen Finger in den Sand steckt und die Körner neu ordnet. Und du und ich, wir sind winzige, aber bevorzugte Sandkörner, da wir Zeugen sind von Gottes Werk in diesem Jahr!«
De Venette schwankte, ließ sich ächzend gegen die Wand fallen und schloß die rotgeränderten Augen. Dann richtete er sich wieder auf und ging auf die Krankenstation zu.

Salah sah zu, wie seine Gefährtin zu drei Frauen in ein Bett gelegt wurde. Daß sie überhaupt Platz gefunden hatten, war ein großes Glück, denn als sie eintrafen, wurde eben die Leiche einer Frau hinausgetragen. Auf der Station standen die Betten dicht an dicht, und in jedem lagen drei oder vier ausgemergelte, leidende Patienten. Die Knoten in den Achselhöhlen und zwischen den Schenkeln der jungen Frau waren merklich größer geworden.
Jean de Venette stürmte wie ein Verrückter durch den Saal, gefolgt von einem Jungen, der sich die Ohren hielt.
Nachdem Salah sich versichert hatte, daß die Frau versorgt war,

wandte er sich zum Gehen, um wieder an die frische Luft zu kommen. In diesem Augenblick betrat eine große, sich sehr aufrecht haltende Frau in Nonnentracht, umringt von einem Schwarm kleinerer Nonnen, die Station. Sie sprach mit energischer Stimme, während sie den Gang entlangschritt.

»... Engeln genügt es einmal am Tag, Männern und Frauen zweimal am Tag, und nur die Tiere des Feldes sollten mehr essen.«

Sie ging zwischen den dicht stehenden Betten hin und her, segnete die Kranken, besprengte sie mit Wasser und streute Rosenblätter über sie.

»Der Sohn Gottes hat mich mit Leidenschaft auf die Lippen geküßt, als ich sieben Jahre alt war. Mit zehn nahm er mich zu Seiner Braut, vor den Augen Seiner Heiligen Mutter, des heiligen Johannes, der heiligen Klara und des heiligen Dominikus, begleitet von den süßen Klängen von Davids goldener Harfe. *Accipe signum Christe in capite ut uxor eius efficaris, et si in eo permanseris in perpetuum coroneris.* Das Blut des Lammes fließt in mir, denn ich habe an Seiner Brust gelegen. Ich habe das Blut Seines Herzens getrunken ...«

Sie hielt vor dem Bett inne, an dem Salah stand, und faßte die junge Frau bei der Hand. Dann warf sie Salah einen mitleidigen Blick zu, machte das Kreuzzeichen über die vier Frauen und schlug die Decken zurück. Die Frauen waren nackt, ihre Körper mit schwarzen Eiterbeulen übersät. Die große Nonne drehte sich um und sprach zu der gesamten Station: »Mein Bräutigam hat mir verkündet, mir sei die Gabe verliehen worden, Wunder zu wirken. ›Deine Lippen, meine Braut, glänzen wie Honig; Honig und Milch sind unter deiner Zunge, und der Duft deiner Gewänder ist wie der Duft von tausend Sommerblumen.‹«

Sie beugte sich über Salahs Gefährtin, legte die Lippen an eine schwarze Beule an ihrem Schenkel und saugte den Eiter heraus. Dann hob sie den Kopf, damit jeder sehen konnte, daß sie den schwarzen Eiter im Mund bewegte. Schließlich schluckte sie ihn. Salah mußte sich übergeben. Doch der plötzlich entstehende Tumult hatte andere Gründe.

»Feuer! Feuer!«

Schwestern hoben die Patienten aus den Betten oder aus den Badezubern, in denen sie weichten, und eilten mit Eimern voll Wasser hinaus.

Die junge Frau starb am nächsten Tag. Die große Nonne starb drei Tage später und wurde im Jahr darauf heiliggesprochen.

17

Kurz bevor das Heumachen begann, wurde Chwilen Bwm mit einem Ochsenkarren zur Mühle von Clenennau geschickt. Er war im Morgengrauen aufgebrochen und hatte schon ein gutes Stück des Wegs zur Gemeinde von Penyfed hinter sich, als er zu einem Bach kam. Er blieb stehen, um seinen Durst zu löschen, denn er hoffte, damit die Schmerzen in seinem Bauch zu lindern. Seit drei Tagen litt er nun schon, obwohl er Unmengen von Moos gekaut hatte. Vielleicht zu viel. Als er zum Ochsenkarren zurückkehrte, bemerkte er, daß jemand auf ihn zukam. Er kniff die Augen zusammen. Und dann stockte ihm der Atem. Das Herz schlug ihm bis zum Hals.

Es war Nest.

Nest, die Tochter von Iorwerth Gam, kam den Pfad entlang, das Gesicht und die Arme von der Sonne gerötet. Das war die Gelegenheit, auf die er schon so lange gewartet hatte. Er mußte mit ihr sprechen, denn eine solche Möglichkeit bot sich ihm vielleicht nie wieder. Ruhig und mit niedergeschlagenen Augen

ging er neben dem Karren her und tat so, als sei er mit seinen Gedanken woanders.
Als sie näher kam, konnte er das Gras an ihren Knöcheln rascheln hören. Sie war allein. Wohin sie wohl ging? Er beobachtete sie aus den Augenwinkeln und dachte daran, wie ihm am Grab ihres Vaters ihr Geruch in die Nase gestiegen war. Wie sie wohl heute roch? Vielleicht nach Geißblatt oder nach frisch geschnittenem Gras. Und dann stand sie direkt vor ihm.
Er hob langsam den Kopf und ließ dabei den Blick über ihre Füße, die Knöchel, die Schenkel, den Bauch und die flache Brust zu ihrem Gesicht wandern.
»Wohin gehst du, Leibeigener?«
Wenigstens kannte sie ihn. Sie wußte, daß er ein Leibeigener war. Er war ihr also doch aufgefallen.
Paß auf, Chwilen. Vorsichtig.
»Zur Mühle von Clenennau.« Seine Erektion war groß und hart wie der Stamm einer Eiche.
Ich muß mit ihr reden, sagte er sich; sonst würde sie weitergehen, und er würde vielleicht nie mehr mit ihr sprechen können.
»Der Teufel ist sehr tückisch –« Es war das erste, was ihm in den Sinn kam. Sie sah ihn an und drehte eine Locke zwischen den Fingern.
»Der Teufel ist sehr gerissen –«, fuhr er fort, nach Worten ringend.
»Hast du ihn gesehen?«
Chwilen merkte, daß seine Beine ihn nicht länger trugen. Er sank zu Boden, und sie sank neben ihm auf die Knie und stützte ihn, damit er nicht mit dem Gesicht in den Staub fiel.
»Der Teufel ist hinter mir her«, stammelte Chwilen und roch an ihrem Haar.
Sie riß die schwarzen Augen auf: »Wirklich?«
»O ja.«
»Seit wann?«

»Seit Jahren schon.«
»Und was macht er?«
Chwilen berührte mit den Fingerspitzen ihren Hals.
»Tag und Nacht läßt er mir keine Ruhe.«
Er nahm ihre Hand und sah ihr tief in die schwarzen Augen. Dann flüsterte er: »Fühl mal. Das tut mir der Teufel an.«
Sie gehorchte und drückte den Teufel mit mehr Begeisterung, als er zu hoffen gewagt hatte.
»Und wie oft macht er das?«
»Tag und Nacht. Man weiß nie, wann er als nächstes zuschlägt.«
»Tut's weh?«
»Ganz furchtbar.«
Sein Bauch rumorte, und er ließ einen lauten Furz. Nest, Tochter von Iorwerth Gam, zog kräftig am Werk des Teufels, damit er aufhörte, den Leibeigenen zu quälen.
Denk nach, Chwilen, denk nach. Red weiter.
»Du könntest«, er schluckte, »helfen ...«
»Wirklich?«
»Ja, das könntest du wirklich.«
»Wie denn?«
»Indem du ihn in die Hölle zurückschickst.«
»Und wie könnte ich das tun?«
»Du hast eine Hölle. Alle Mädchen haben eine Hölle.«
»Und wo ist die meine?«
Sein Mund war trocken, sein Körper schweißgebadet. Wenn man ihn, einen Leibeigenen, mit einem Mädchen von den Lehnsgütern überraschte, dann wäre das sein Ende. Er legte ihr die Hand auf die Schulter und sah ihr in die Augen.
»Leg dich auf den Rücken ... So ist's gut. Und jetzt spreiz die Beine, damit ich meinen Teufel in deine Hölle stecken kann. Wenn er erst mal eine Weile drin war, wirst du sehen, daß nur noch ein kleines, schlaffes Ding übrig ist ...«
»Bist du sicher?«

»Ganz sicher.«
Also legte Nest sich neben dem Karren ins Gras, und nach einigen Mühen, weil Chwilens Teufel so groß war und die Pforte zu Nests Hölle so eng, schafften sie es schließlich, den Teufel nach Hause zu schicken.

18

Ein Engel flog still über den Himmel, und seine strahlende Robe verströmte ein funkelndes Sternenband. Als er verschwand, öffneten sich zwei große Tore und offenbarten einen blendenden Schein. Ein riesiger Regenbogen wölbte sich zwischen schimmernden Wolken. Auf Thronen um ein gläsernes Meer saßen vierundzwanzig Älteste in weißen Gewändern und mit goldenen Kronen auf ihren Häuptern. Von der Erde erhoben sich vier Wesen, eins wie ein Löwe, eins eher wie ein mißgebildetes Kalb, eins wie ein Mann und eins mit einem Adlerkopf und Flügeln. »Heilig, heilig, heilig«, ertönte ein feierlicher Gesang.
»Ooohhh! Mmmmmmaaaarrrghhh!«
Die Ältesten und die Wesen sanken auf die Knie und beteten den Einen an, der auf dem höchsten aller Throne saß und ein Buch in der Rechten hielt. Ein blutiges Lamm mit sieben Hörnern und sieben Augen trat hervor und nahm das Buch. Vier Engel standen an den vier Ecken.
»Oh! Oooohhh! Uuuooghh!«
Im Hintergrund zogen eine Schar Menschen und vier verschiedenfarbige Pferde vorbei. Sieben Engel ließen sieben Posaunen erschallen, und Donner grollte laut. Ein anderer Engel flog vorüber und rief: »Wehe, wehe jenen, die auf der Erde leben!«

»Mmmmmmmmaaaarrrghhh!«
»Sssscchhh!«
Ein riesiger Vorhang senkte sich hernieder, verziert mit den Worten: EIN GEHEIMNIS: DAS GROSSE BABYLON; DIE MUTTER DER BUHLERINNEN UND DER GREUEL DER ERDE. Eine gigantische Frau trat dahinter hervor, angetan mit Purpur und Scharlach und geschmückt mit funkelndenE delsteinen. In ihrer Hand hielt sie einen goldenen Becher.
Um diese Frau, die sich auf ein scharlachrotes Tier mit sieben Köpfen und zehn Hörnern gesetzt hatte, drängten sich eine Menge Leute, die goldene, silberne und bronzene Bildnisse anbeteten. Und die Händler der Erde weinten und trauerten, denn niemand kaufte ihr feines Leinen, die kostbaren Gewürze, ihr Gold und ihre Juwelen.
»Aaaarrrghhh!«
Die Große Hure Babylon hielt einen Augenblick inne und packte einen der Händler bei seiner Rute, während die anderen um sie herumkrochen, die Nase auf dem Boden wie Hunde.
»O Gott, o Gott. Oooohhh!«
»Ich glaube, wir bringen sie besser in den Palast zurück«, sagte der königliche Apotheker und gab dem König die Flasche zurück.
»Kann sie denn nicht warten bis zum Ende des Aktes?«
»Wwwwwwwoooooooaaghhh!«
Der König erhob sich, und einige Frauen liefen herbei, um die Königin zu stützen. Das erlesene Publikum der Höflinge stand ebenfalls auf, und das gehörnte Tier stapfte entrüstet von der Bühne.
Die anderen Schauspieler drängten sich am Bühnenrand und spähten durch die Kerzenreihen in den Zuschauerraum.
»Was ist denn los?«
»Ich glaube, sie wirft gleich.«

»Ach, leck mich. Das letztemal waren es Kopfschmerzen. Die will's uns wohl zeigen.«
Die Große Hure Babylon nahm ihre Perücke ab. Er war ein Riese von einem Mann mit einem grell geschminkten Gesicht. Die schwärzlich-violette Farbe auf seinen Lippen war verschmiert. Er verzog wütend das Gesicht und wandte sich mißmutig an seine Schauspielerkollegen.
»Wir haben es noch nie bis zum Ende des zweiten Akts geschafft, ohne daß irgendwas in die Hose geht. Das letztemal hat Raoul den Erzengel gespielt und sich den verdammten Flügel abgebrochen.«
Der König rief einen seiner Höflinge zu sich.
»Würdet Ihr bitte zu ihnen gehen, ihnen gratulieren und erklären, was vorgefallen ist? Sagt, wir würden uns freuen, sie bald wieder auf der Bühne sehen zu können. Lobt die Aufführung. Phantastisch et cetera et cetera. Noch nie etwas dergleichen gesehen und so weiter und so fort. Vor allem die Heuschrekken.«
Eigentlich hatte der König in dem kleinen Theater in seiner Sommerresidenz die Aufführung der »Arche Noah« sehen wollen, aber in der sommerlichen Dürre gab es einfach zu wenig Wasser für eine anständige Flut. Jetzt sah er zu, wie seine kleine Königin, hochschwanger wie sie war, höchst unzeremoniell durch die Nachmittagshitze geschleift wurde. Wenn man diese vier Stunden des »Jüngsten Gerichts« durchstehen wollte, ohne verrückt zu werden, konnte man sich nur betrinken. Der König fiel die Treppe hinunter.
Er torkelte über den sonnigen Rasen und schnappte nach Mückenschwärmen, achtete aber darauf, daß er nicht noch einmal zu Boden fiel, denn er wußte, daß er aus Glas gemacht war.
Unterdessen wurde die Königin in den Palast geschleppt und auf den Eichentisch im großen Saal gelegt. Es schien nicht

genug Zeit zu sein, um sie in ihre Gemächer zu bringen. Die Sonne strömte durch jede Tür, jedes Fenster und jede Ritze herein und füllte den Saal mit goldenem Licht und einer erdrückenden Hitze. Die einzigen Geräusche waren das Stöhnen der Königin, das Summen der Insekten und das Quieken einer Kolonie von Ratten, die hinter der dunklen Wandtäfelung und in den kühlen Tiefen des Kellers herumhuschten.

Der König ging zu dem kleinen Bauernhof, den man für ihn gebaut hatte, und trieb gelangweilt ein paar Hühner zusammen. Man hatte ihn zusammen mit seinem Hof hierhergebracht, als die ersten Gerüchte über die Pest Paris erreichten. Eigentlich war er recht gern in seiner Sommerresidenz. Hier schienen ihn die Leute nicht dauernd zu belästigen, so wie sie es in der Stadt taten.
Er setzte sich in der flimmernden Hitze ins Gras und dachte über die Stimmen nach, die beständig zu ihm sprachen. Sie waren es, die ihm gesagt hatten, daß er aus Glas gemacht sei und daß er sehr auf sich aufpassen müsse. Und sie hatten ihn auch vor den Handlangern des Satans gewarnt, die ihn verfolgten. Der König spähte in den Dunst. Waren diese Umrisse Dämonen? Waren sie nahe? Die Welt waberte vor seinen Augen.

Eine große, neugierige Menge umstand den Eichentisch, während die Königin ächzend und stöhnend die Wehen ihrer zwölften Niederkunft über sich ergehen ließ. Der königliche Apotheker beugte sich über sie, und sein Atem stank nach den Unmengen Wein, die er mit dem König getrunken hatte. Der Schweiß lief ihm über das Gesicht und tropfte der Königin auf den geschwollenen Bauch.
Der Körper der Königin zuckte in Krämpfen, und sie schrie. Der Apotheker rutschte aus und schlug sich das Kinn am Tisch, was ihn seinen letzten Zahn kostete. Er fluchte und riß sich die

Kleider vom Leib. Splitternackt beugte er sich dann wieder über seine Patientin.
»Wir schicken besser nach dem Vater«, rief einer der Höflinge.
»Wo ist der denn hin?«
»Zu den Stallungen. Ihr wißt doch, wie sehr er seine Tiere liebt.«
»Ich gehe«, rief eine kleine Magd, stürzte hinaus in die gleißende Sonne und rannte, vorbei an einer Schar Pfauen, über den Rasen.

Der König war auf einen Baum geklettert, um den Dämonen zu entgehen, die ihn peinigten. Von dort oben hatte er einen guten Überblick über alles, was unten vor sich ging. In zwei Booten auf dem See saßen einige Theologen, die sich heftig stritten. Sie verbrachten ihre Tage auf dem Wasser, weil man ihnen eingeredet hatte, dies sei die beste Art, den Pestwürmern zu entgehen. In getrennten Booten saßen sie, weil ihr Disput zu hitzig geworden war. Der König hörte zu, wie sie sich wütend anschrien und dabei die Schwäne verscheuchten.
»... es muß so sein, daß die Jungfrau, da sie menschlich war, in Sünde gezeugt wurde, in der Erbsünde nämlich, die auf uns allen lastet, daß sie aber geläutert wurde, bevor sie unseren Retter empfing. Wenn sie im Augenblick ihrer Zeugung von der Erbsünde frei war, dann steht ihr Menschsein in Frage!«
»Absoluter Blödsinn! Sie ist die vollkommene Reinheit. Sie wurde empfangen und geboren ohne den Makel der Sünde ...«
»Was für ein Unsinn!«
»Also wirklich. Mir scheint da ziemlich viel Wasser im Boot zu sein.«
»Warum seid Ihr unfähig, die Lehre von der Unbefleckten Empfängnis zu begreifen?«
»Die Erbsünde ist dem Wesen des Menschen inhärent, und zu leugnen, daß sie auch ihr anhaftete, bedeutet, ihr Menschsein zu leugnen.«

»Ich glaube, das Boot hat ein Leck.«
»Genau das ist der Punkt. Sie hat nicht teil am Wesen des Menschen. *Was* habt Ihr gesagt?«
»Das Boot sinkt.«
»Hilfe!«
Die drei Theologen schöpften verzweifelt. Der König bemerkte eine kleine Magd, die auf die Stallungen zulief.

Die Wehen der Königin hatten vorübergehend etwas nachgelassen. Inzwischen waren, auf Anordnung des Apothekers, alle splitternackt, auf ihren Körpern glänzte der Schweiß. Der Apotheker lag erschöpft auf einer Bank. Er stand mühsam auf, als die Königin wieder anfing zu stöhnen, und die Menge wandte sich erneut dem faszinierenden Schauspiel der königlichen Niederkunft zu.

Die kleine Magd war bei den Stallungen angekommen. Sie durchsuchte sie und fand Guillaume Karle, einen der Pferdeknechte, schließlich dösend auf einem Haufen frischen Strohs. Er öffnete die Augen, als die kleine Magd ihn heftig schüttelte, stand dann auf und folgte ihr.

Als der Fremde sich näherte, wußte der König, daß es um ihn geschehen war. Das war kein Phantom, dieser dünne, dunkle Mann, der am Fuß seines Baumes herumschlich. Das war der Bote des Teufels, ausgesandt, ihn in die Hölle zu holen.
Das Rascheln der Blätter ließ Salah aufblicken. Er trat einen Schritt zurück und beschirmte die Augen, aber die Sonne, die grell durch die Zweige schien, blendete ihn. Er mußte seinem Ziel sehr nahe sein. Die arme junge Frau war tot. Und jetzt war Salah allein und kurz vor dem Ende seiner Mission. Er entdeckte jemanden oben im Baum.

»Was ist das hier für ein Ort?«
Der König auf seinem Ast erstarrte. Die Theologen waren noch immer zu hören, sie stritten am Ufer weiter, während das eine Boot langsam im Wasser versank.
»Wo bin ich?«
Ein mächtiger Blitz zerriß den Himmel, gefolgt von einem ohrenbetäubenden Donner. Das Firmament verdunkelte sich. Salah hockte sich auf die Erde und lehnte sich gegen den Baum; er fühlte sich sehr müde und sehr alt. Er hatte schon zu viel gesehen. Nun konnte ihn nichts mehr erschrecken.

Guillaume Karle überholte die Magd und stürzte in den Saal. Überrascht vom Anblick der nackten Leiber, hielt er einen Augenblick inne, drängte sich dann aber erregt an die Seite der Königin. Er hatte sich inständig einen Sohn erhofft. Aber er spürte, daß nicht alles so war, wie es sein sollte. Der Apotheker saß zusammengesunken an der Wand. Ein Blitz zerriß den Himmel. Als der Donner grollte, erkannte Guillaume zu seiner großen Enttäuschung, daß die Königin ihm eine Tochter geboren hatte.

Salah zerrte die armselige Gestalt vom Baum herunter und packte sie an der Kehle.
»Wo bin ich hier, Sklave? Wie heißt dieser Ort?«
Der König stammelte.
»Tut mir nicht weh, ich bitte Euch. Ich bin sehr kostbar. Ich bin ein zerbrechliches Glasgefäß aus reinstem Kristall. Bitte seid vorsichtig.«
»Halt's Maul, Sklave, und sag mir, wo ich bin! Ist dies der Palast des Königs von Frankreich? Antworte!«
Der König kicherte. Dieser Dämon hielt ihn also für einen Leibeigenen. Vielleicht war er doch noch nicht verloren. In diesem Augenblick entdeckte Salah die schwere Juwelenkette

um den Hals seines Opfers und die edelsteinfunkelnden Ringe an den knochigen kleinen Fingern. Seine Hände lagen am Hals des Königs von Frankreich. Diese verrückte kleine Kreatur war sein Opfer.

Die Himmel öffneten sich.

Salah stand da und umklammerte die Kehle des Königs von Frankreich, der laut sang. Der warme Regen durchnäßte sie fast augenblicklich bis auf die Haut. Salahs Griff lockerte sich, der König sank zu Boden und kroch auf allen vieren davon. Salah ließ die Hände sinken und wandte sein Gesicht mit geschlossenen Augen dem Wolkenbruch zu. Als er sie wieder öffnete, sah er durch den Regenschleier einen Hund im Gebüsch verschwinden.

Eine Kapelle stand in der Nähe. Zuflucht suchend lief Salah dorthin und trat durch ein reichverziertes Portal in den düsteren Innenraum. Das Geräusch von Schritten ließ ihn hinter einem Wandschirm Deckung suchen. Eine Anzahl Frauen kam aus der Krypta. Jede Frau trug einen Knochen. Und jede Frau hatte einen Bart.

Später erfuhr er, daß es englische Söldner waren, die sich auf dem Weg nach Paris verirrt hatten. Eine Nonne hatte ihnen erzählt, daß die Pest viermal so viele Männer wie Frauen töte und daß sie vor den Würmern sicherer seien, wenn sie Frauenkleider trügen.

Und die Knochen?

Ihr Hauptmann war ein oder zwei Tage zuvor gestorben, und nach einer langen und hitzigen Diskussion hatten sie beschlossen, ihn zu kochen und seine Knochen nach England mitzunehmen, damit ihm dort ein anständiges Begräbnis zuteil werde. Sie sagten Salah, wenn er ihnen mit den Knochen helfe, könne er in ihrer Gesellschaft bis nach Calais reisen. Und dort werde er vielleicht ein Schiff finden, das ihn nach Alexandrai bringen würde.

Und so kam es, daß Salah, in Frauenkleidern und mit dem Schenkelknochen eines Hauptmanns namens Walter in der Hand, Anfang Juli 1348 in Calais eintraf.

19

Das Ende kam, als Eifionydd in der Blüte des Sommers stand und die Halme des Hafers sanft über dem Unkraut schwankten.

Es war Ende August des Jahres 1348, die Zeit der Getreideernte, und jeder Leibeigene mühte sich redlich ab. Tief gebückt schwangen sie ihre Sicheln, während die Sonne auf ihre nackten Rücken brannte. Einige Tage zuvor hatte es heftig geregnet – ein richtiger Augustwolkenbruch, der die Ernte noch schwieriger machte –, aber jetzt war die Hitze erdrückend, und gelbes Sonnenlicht überflutete das Land.

Ein Leibeigener hob den Kopf, um sich die Stirn zu wischen, und bemerkte in der Ferne eine Gestalt. Als sie näher kam, sah der Leibeigene, daß sie einen Bart und auf dem Kopf eine blaue Kappe hatte. Der Mann trug ein schweres Bündel auf der Schulter und hatte einen soliden Knüppel in der Hand. Immer wieder blieb er stehen und sah sich um.

Iolyn der Priester hob ebenfalls den Kopf und sah den Steward böse an, der, nackt bis zum Gürtel wie alle anderen, eben seine Sichel wetzte. In Iolyn brannte ein entsetzlicher, verzehrender Haß auf den Mann, der sein Leben ruiniert hatte.

Anfang des Monats war Iolyn nach Clynnog gegangen. Bei seiner Rückkehr war seine zarte, schiefe Freundin verschwunden. Auf der Suche nach ihr rannte er wie ein Verrückter durch die Gemeinde und verfluchte jeden, von dem er glaubte, er habe ihr etwas angetan. Gwythwches erzählte ihm schließlich, was geschehen war.

»Der Steward ist zu Eurem Haus gegangen, hat die Tür eingetreten und das Weib an den Haaren herausgezerrt. Er hat sie nach Hause geschafft und ihr gesagt, sie dürfe nie mehr zurückkommen.«

Iolyn lief davon, um den Steward zu suchen.

»Wo ist sie? Was habt Ihr mit ihr gemacht?«

Er stürzte sich auf Ieuan Ddu, aber zwei Leibeigene hielten ihn zurück. Der Steward schüttelte sich.

»Das solltet Ihr nicht fragen, Iolyn. Schließlich seid Ihr ein Priester.«

»Was soll das heißen?«

»Wir leben in einer Zeit großer Gefahr für alle. Für Eure Gemeinde, Iolyn, da Ihr die vergessen zu haben scheint. Ihr habt den Garten Eurer Seele begraben unter dem Unkraut der Geilheit und der Fleischeslust.«

Iolyn schnaubte und riß sich los. Als er davonstapfte, rief der Steward ihm nach: »Setzt auch nur einen Fuß über die Grenze dieser Gemeinde, und Ihr kehrt nicht mehr zurück. Nie mehr!«

Die Zeit hatte Iolyns Wut und seinen Haß nicht schmälern können. Und zur Strafe war er jetzt auch noch gezwungen, auf den glühendheißen Feldern zu arbeiten. Er hatte große Lust, dem Steward seine Sichel in den Rücken zu rammen. Die Leibeigenen würden wahrscheinlich zu ihm halten. Schließlich war er von ihrem Fleisch und Blut.

Der bärtige Wanderer hatte den Feldrand erreicht. Er blieb stehen und sah von einem Gesicht zum anderen. Die Leibeigenen rückten verstohlen näher zueinander wie ängstliche Schafe, und der Steward trat vor, die funkelnde Sichel in seiner Hand.

»Ieuan Ddu«, sagte der Bärtige.

»Hywel?« fragte der Steward unsicher.

»Iolyn«, sagte der Mann zu dem schwitzenden Priester.
»Hywel Lipa ap Rhys?«
»Vom Oriel College in Oxford, und ich muß euch sagen, es ist schön, das Meer wiederzusehen.«
Später im Herrenhaus stopfte Hywel Lipa ap Rhys mit beiden Händen Essen in sich hinein und versuchte gleichzeitig, die Fragen des Stewards zu beantworten. Während er kaute und schluckte und trank, erzählte er Ieuan Ddu vom Leben in Oxford ... und vom Krieg in Frankreich ... Der Steward hörte aufmerksam zu und sorgte dafür, daß dem hungrigen Gast Essen und Trinken nicht ausgingen. Hywel Lipa rülpste anerkennend und klopfte sich auf den Rücken. Und dann fiel in seinem Bericht ein Wort ...
»... Pest ...«
Der Steward packte den Studenten am Arm, damit der Sohn seiner Lehnsgüter sich nicht noch einmal den Mund vollstopfte.
»Die Pest? Wo?«
Hywel Lipa ap Rhys griff mit der freien Hand nach dem Ziegenkäse, doch der Steward schob ihn mit dem Ellbogen außer Reichweite. Der Holzteller fiel vom Tisch, Butter platschte auf den Boden, und der Käse rollte davon. Hywel, den Mund noch voller Brot, sah ihm bedauernd nach.
»Hhmmm?«
»Die Pest? Der Schwarze Tod?«
»Hm-hm.«
»Wo? In Oxford?«
»Hm-hm.«
»London?«
»Hm.«
»In der Picardie?«
»Hm-hm.«
Ieuan Ddu hakte den Daumen hinter die Schneidezähne. Die Lady war fortgegangen, um eine Leibeigene mit einem Ge-

schwür in der Brust zu segnen. Zur Mittagszeit war sie aufgebrochen, ihren geschwollenen Bauch zum Zeugnis des Engelsbesuchs in der Nacht vor Aschermittwoch vor sich her tragend. Etwa im November würde dieses überirdische Kind auf die Welt kommen. Aber wenn in der Picardie die Pest wütete, würde der Lord vielleicht nie mehr … Er bekreuzigte sich eilends.

»Es gibt furchtbare Geschichten. Daß ganze Städte ausgelöscht wurden. Und Eltern ihre Kinder essen. Hungersnot, Mord, vergewaltigte Nonnen, Plündereien, Chaos …«

»Und woher kommt sie?«

»Keine Ahnung.«

Der Steward stand auf und glitt mit einem Fuß ein wenig in der Butter aus.

»Also trifft alles ein, was vorhergesagt wurde!«

»Ha?«

»Das Zeitalter des Antichrist ist angebrochen. Die Mächte der Dunkelheit sind über uns.«

Hywel Lipa ap Rhys hörte einen Augenblick auf zu kauen und starrte den blassen, zitternden Steward an. Dann trank er noch einen Schluck Met, rülpste und ließ langsam den Kopf zwischen die Beine sinken.

Auch Chwilen Bwm wurde von Sorgen gequält. Er hatte den anstrengendsten Sommer seines Lebens hinter sich. Seit er und Nest, Tochter von Iorwerth Gam, zum erstenmal den Teufel bezwungen hatten, drängte sie ihn unaufhörlich, er solle sich doch von ihr helfen lassen, den Teufel in die Hölle zu schicken. Er lebte in täglicher Angst, daß ihre Brüder ihn erwischten, und versuchte ihr einzureden, daß der Teufel ihn in letzter Zeit viel weniger peinige, aber dann neckte sie den Teufel so lange, bis er sich erhob und ihm nichts anderes übrigblieb, als ihn in die Hölle zu schicken.

Seine Lust hatte sich schon längst in Überdruß verwandelt. Jede

Nacht schleppte er sich zu seinem Lager, zu müde, um zu essen, doch Nest wurde täglich begieriger. Ihre Hilfsbereitschaft wurde allmählich zu einem echten Problem. Wenigstens hatte er ihr beibringen können, daß der Teufel ihn erst peinigte, wenn die Arbeit des Tages getan war. Doch dann kam sie mit Freuden zu ihm und machte sich täglich begeisterter ans Werk.
Jetzt lagen die beiden im hohen Gras, und Chwilen sorgte sich, was passieren würde, wenn ihre Brüder oder Ieuan Ddu entdeckten, was er und das zehnjährige Mädchen trieben. Als Nest sich auf den Bauch drehte, bemerkte Chwilen, daß ihre Haut sich von der Sonne schälte. Behutsam, mit Daumen und Zeigefinger, zupfte er an einem Fetzchen, das so zart und durchscheinend war wie ein Insektenflügel. Es löste sich mit einem kaum hörbaren Zischen. Chwilen hielt es gegen die untergehende Sonne und legte es sich dann auf die Zunge.

An diesem Abend schleppte sich Iolyn der Priester, wie an jedem Abend, seit das Mädchen verbannt und er zur Schwerarbeit verdonnert worden war, erschöpft zu seinem Lager. Die tägliche Arbeit mit den Leibeigenen machte seinen Haß auf Ieuan Ddu nur noch größer. Er schlief sofort ein. Wenn er nicht so hundemüde gewesen wäre, hätte er vielleicht die Schritte gehört, die an seinem Haus vorbei zur Kirche schlurften …
Der Aussätzige kauerte in der Dunkelheit und horchte auf seinen Herzschlag und das laute Schnarchen des Priesters. Dann kamen Ieuan Ddu und Hywel Lipa ap Rhys aus dem Herrenhaus und wünschten einander eine gute Nacht.
»Gott sei mit dir, und sei wachsam.«
Der Aussätzige duckte sich noch tiefer, als Hywel fröhlich pfeifend an ihm vorbeischlenderte. Während die Schritte des Studenten verklangen, stand er vorsichtig auf und schlich in die Kirche. Ein schwacher Schein flackerte in der Schwärze, als er auf den Altar zuging. Er betastete Iocyn Fachs Schnitzereien an

der Kanzel, schlüpfte dann hinter den Altar und strich mit den Fingern über die Holzbildnisse der Retabeln. Das Jüngste Gericht. War das der Erzengel Michael? Und war das ein Stier, mit dem er kämpfte? Schließlich entdeckte er den Kelch, der auf dem Altar stehengeblieben war. Er nahm ihn und hob ihn an die Lippen, weil er hoffte, noch etwas Wein darin zu finden, doch als dann mit einem lauten Krachen die Tür aufflog, sank er schnell auf die Knie. Einion Fychan lugte vorsichtig aus seinem Versteck hervor und sah Iocyn Fach den Schmied auf den Altarstufen knien. Er zog sich wieder zurück, stieß dabei aber gegen etwas. Iocyn Fach riß den Kopf hoch und stand auf. Als er, merkte, daß der Kelch verschwunden war, ging er um den Altar herum und stolperte dabei über die geduckte Gestalt des Aussätzigen.

»Was zum Teufel ...?«

Es war schwer zu sagen, wer von den beiden mehr Angst hatte.

»Einion Fychan!« Der Schmied wollte noch mehr sagen, aber der erschrockene Aussätzige sprang auf, hob den Kelch und schlug ihn mit Wucht dem Schmied über den Schädel. Iocyn Fach grunzte und fiel auf den Altar. Einion Fychan floh.

Als der Morgen dämmerte, wußte noch niemand, daß dies der schlimmste Tag in der Geschichte der Gemeinde werden sollte. Und erst am späten Vormittag, als einer der Leibeigenen eine neue Klinge für seine Sichel brauchte, merkte man überhaupt, daß der Schmied fehlte.

»Er ist nicht da«, berichtete das Kind, das man zu seinem Haus geschickt hatte, um nachzusehen, ob er vielleicht krank sei.

»Wo kann er denn nur sein?« Der Steward kratzte sich am Kopf. Nests ältester Bruder kam mit der Axt in der Hand auf sie zugelaufen. Chwilen Bwm setzte sich ziemlich plötzlich hin. Jetzt war es also soweit. Man war ihnen auf die Schliche gekommen. Keuchend und unverständliches Zeug stammelnd, blieb der junge Mann vor ihnen stehen.

»Was ist los?«
»M-m-m-m-m-m-m-m-m-m-m-m!«
»Komm doch erst mal zu Atem.«
»D-d-d-d-d-d-d-d-d-d-d!«
Chwilen Bwm stand vorsichtig auf und bemühte sich, sehr beschäftigt auszusehen. Nests Bruder versuchte noch ziemlich lange, ihnen etwas zu sagen.
Das Dorf war verlassen, als Angharad, Tochter von Madog, aus dem Herrenhaus trat. Sie sah hinüber zum Obstgarten, in dem die Apfel auf den Bäumen reiften, und strich sich dann über die Brüste und den harten, runden Bauch. Wie dankbar sie dem Engel doch war, der dies möglich gemacht hatte. Sie wäre damals beinahe umgekommen vor Verlangen. Seit über zwei Jahren war ihr Gatte schon im Ausland gewesen. Mit einem heimlichen Lächeln stieß sie die Kirchentür auf ...

Er mußte schon ein ganzes Stück von der Küste entfernt sein, aber er hatte keine Ahnung, wo er sich befand. Er war mitten im tiefsten Wald, und als er zu dem sonnenbeschienenen Blätterdach hinaufsah, fragte er sich, ob hier auch Menschen lebten oder nur Tiere. Kein Geräusch drang an sein Ohr. Er ging zögernd weiter und hielt sich an jedem Baumstamm fest, als hätte er Angst, über eine Klippe zu stürzen. Sein Magen war voller Salzwasser, und nur noch schlaffe Haut umhüllte sein Knochengerüst. Weiter und weiter ...
Erinnerungen wirbelten durch sein müdes Hirn. An die Pilgerfahrt nach Mekka, von der er vor undenklichen Zeiten in der Madrasa gehört hatte ... Vor so langer Zeit ... Wie hatte er sich danach gesehnt, nach Mekka zu pilgern ... Der Traum eines jeden Moslems, die Lossprechung von seinen Sünden. Dieser Augenblick, wenn das weiße Meer der Pilger bei der Moschee El-Haram eintrifft, ihr triumphierender Gesang: »*Labbaika, Allahumma, labbaika!*« Und wie aus allen Winkeln der islamischen

Welt die Gläubigen zusammenkommen und still in der flirrenden Hitze hinströmen zu diesem kostbaren Stückchen Erde, auf dem Kämpfen und Jagen verboten ist seit Anfang der Zeit ... zu dem kleinen, quadratischen Tempel, der Kaaba, im Mittelpunkt der El-Haram.

Wenn nur auch er Teil dieser Masse sein könnte, im Mittelpunkt des Universums, nahe dem sichtbaren Symbol seiner Religion und Kultur. Wenn nur auch er den heiligen schwarzen Stein in der östlichen Ecke berühren könnte. Denn dann würde aus ihm, dem Einzelwesen, ein unlösbarer Teil des Ganzen ... der göttlichen Ordnung.

Salah Ibn al Khatib lag auf der Erde, den Kopf gegen einen Baumstamm gelehnt, und rieb sich seinen dichten Bart. Er schloß die Augen und träumte weiter von Mekka. Als er sie wieder öffnete, sah er einen jungen Mann vor sich, der mit einer Axt in der Hand auf ihn herabstarrte.

»Labbaika, Allahumma, labbaika!«

Iorwerth Gams ältester Sohn machte sich in die Hose.

Angharad, Tochter von Madog, stürzte aus der Kirche. Sie lief schwerfällig auf die Felder zu, doch auf halbem Weg kamen ihr Ieuan Ddu, Iolyn der Priester, eine Schar verängstigter Leibeigener und Iorwerth Gams ältester Sohn entgegen, der ziemlich merkwürdig ging.

»Was ist los?« fragte der Steward. Doch was sie in der Kirche gesehen hatte, war nicht in Worte zu fassen. Es war ihr, als würden die Mauern ihres Verstandes einstürzen. Sie konnte nichts anderes tun als wimmern.

»Ist er im Dorf?« Der Steward hatte sie bei den Handgelenken gepackt. Sie senkte den Kopf und schluchzte.

»Es ist Iocyn Fach. Er ist ermordet worden!«

Die Leibeigenen heulten. Angharad heulte.

»Kommt mit!«

Salah sah einem kleinen Mann zu, der eine Ziege hinter sich herzog. Plötzlich bemerkte ihn der Mann und fing an zu weinen. Salah konnte nicht wissen, daß Einion Fychan schon die ganze Nacht geweint hatte. Der Aussätzige kam furchtsam auf Salah zu, den tränenverhangenen Blick starr auf ihn gerichtet, fiel dann auf die Knie und küßte ihm die Füße. Die Ziege blökte.
»Ich wußte, daß du kommen würdest. Ich habe dich erwartet. Bitte töte mich nicht. Ich will dein Diener sein. Ich werde alles für dich tun, alles, was du willst! Du brauchst mir nur zu befehlen!«
Salah glaubte, schon wieder Trugbilder zu sehen. Wochenlang war er auf einem Schiff gewesen, das von Calais aus Kurs auf Alexandria genommen hatte, zuerst aber, so hatte man ihm gesagt, den Hafen einer Stadt namens Dublin anlaufen sollte. Die Reise hatte sich eigentlich sehr gut angelassen. Doch dann starben die ersten Seeleute.
Natürlich war es Salah, dem man dafür die Schuld gab. Zuerst wurde er in Eisen gelegt und in den Frachtraum geworfen. Nach zwei, vielleicht auch drei Tagen brachte man ihn vor den Kapitän, der ihm mit zitternden Händen ein Kruzifix entgegenstreckte. Dann schlug man ihm Nägel in die Ohren, damit er nicht hören konnte, was besprochen wurde. Er war stocktaub. Kein Geräusch erreichte ihn außer dem Zischen und Knistern seiner eigenen Gedanken.
Am Tag darauf warfen sie ihn in ein kleines Boot und setzten ihn auf dem Meer aus. Einige Tage und Nächte lang war er hilflos auf dem Wasser getrieben. Doch dann war das Boot gestrandet …
Der kleine Mann zu seinen Füßen schnitt noch immer Grimassen, aber Salah konnte nichts hören.

Der Steward, die Lady, Iolyn der Priester, Iorwerth Gams ältester Sohn und die Leibeigenen stürzten in die Kirche. Fassungslos starrten sie Iocyn Fachs Leiche an. Viele der Leibeigenen sanken schluchzend auf die Knie.
Das Ende war da.
»Auf mich hatte er es abgesehen! Auf mich!« jammerte Iolyn unaufhörlich.
Der Satan durchstreifte das Land und suchte sich Opfer, die er verschlingen konnte. Der Priester kniete sich hin und betete verzweifelt. Einige Leibeigene bespuckten ihn. Was Chwilen Bwm spuckte, war Blut. Die es sahen, jammerten um so lauter. Die Lady spürte, wie ihr ein stechender Schmerz in den Bauch schoß.
Iorwerth Gams ältester Sohn warf sich wortlos heulend mit ausgebreiteten Armen auf den Altar und umklammerte die Schmalseiten der Mensa. Ieuan Ddu sah zögernd von einem zum anderen, er war unfähig, eine Entscheidung zu treffen. Schließlich gab er Iolyn seine Sichel, der sie entgegennahm, ohne dem Blick des Stewards auszuweichen.
Das Kirchenportal wurde aufgestoßen. Einion Fychan stand da und sah sie alle mit irrem Grinsen an. Dann machte er einen Satz auf das Glockenseil zu.
»Er ist hier! Er ist hier! Der Satan ist gekommen, um euch alle zu vernichten.«
Ein dünner, dunkler Mann, der sehr schwach und zerbrechlich aussah, erschien in der Tür. Er hielt den Kopf schief, sein kleiner Finger steckte im linken Ohr. Einion Fychan schrie noch einmal.
»Ich bin Sein Diener. Er hat mich zu Seinem Diener erwählt! jetzt werdet ihr alle bereuen, was ihr mir angetan habt!«
Die Kirchenglocke schepperte. Die Leibeigenen stöhnten. Die Lady schrie und fiel in Ohnmacht. Von Iolyn dem Priester kam ein schauerliches Heulen. In seiner rechten Hand schwang er die blutige Sichel. In der linken Hand hielt er seinen Penis. Blut

lief ihm die Schenkel hinunter. Der Satan runzelte die Stirn und leckte sich die Lippen. Wenn Salah in der Lage gewesen wäre, das Schreien, das Kreischen, das Schluchzen und die gesungenen Gebete zu hören, hätte er einen Vorgeschmack auf das bekommen, was ein Jahr später zu hören war, im Jahr 1349, als die Pest Eifionydd erreichte.

Was bleibt, 1352

1

Bruder Dafydd hackte auf die Äste und Zweige ein, die den Pfad überwucherten, bis seine Muskeln brannten wie Feuer. Kurz zuvor hatte es geregnet, jetzt aber segelten die Wolken in Fetzen über den Himmel, und das Sonnenlicht jagte über das Land. Sein Maultier folgte ihm gehorsam. Bruder Dafydd kämpfte mit den Tränen, und das Muttermal auf seiner Stirn war häßlich purpurn verfärbt.

Das war Leibeigenenarbeit, dieses mühsame Hacken. Für ihn war es auf jeden Fall zu schwer. Und auch wenn er Stunden damit zubrachte, einen Pfad freizuschlagen, am Ende konnte es umsonst sein. Trotzdem mußte er seine Pflicht tun, denn er war ein Abgesandter der Krone. Bruder Dafydds Selbstwertgefühl hatte die Pest nichts anhaben können. Und da es nur so wenige Überlebende gab, hatte er wirklich eine wichtige Aufgabe zu erledigen, denn er mußte Berichte über den Zustand der Bezirke abfassen.

Seine Stimmung besserte sich ein wenig. Im ganzen Königreich mußten verantwortungsbewußte Abgesandte wie er selbst unterwegs sein, die sich auf der Suche nach überlebenden Gemeinden unverdrossen durchs Unterholz hackten. Die Bruderschaft der Hacker? Die Gilde der Ast- und Buschwerkschneider? Doch als ein Ast ihm gemein ins Gesicht zurückschnellte, überkam ihn wieder die Verzweiflung. Eine Katastrophe war hereingebrochen, und die ganze Welt hatte sich verändert.

Der Herbst hielt Einzug in Eifionydd. Die bewaldeten Berghänge wechselten allmählich die Farbe. Seit der Pest waren die Baumreihen, die Büsche, Sträucher und Schlingpflanzen im ganzen Königreich undurchdringlich geworden. Er seufzte und trat hinaus auf eine etwas lichtere Stelle, sein braves Tier hinter sich an der Leine …

Während der Nacht regnete es heftig, und als Bruder Dafydd am nächsten Morgen aufwachte, war er naß bis auf die Haut. Das Maultier war störrisch, und deshalb ließen sie es langsam angehen, solange im vormittäglichen Gras die Regentropfen funkelten. Am Nachmittag, als er sich durch brusthohes Dorngestrüpp quälte, bekreuzigte Bruder Dafydd sich plötzlich: Ihm war seine Reise nach Dolbenmaen mit dem Sheriff Depute zu Michaeli im Jahr 1347 eingefallen. Bruder Dafydd war der einzige Überlebende der damaligen Abordnung. Er lächelte, als er an die List mit der Kerzenregelung dachte, und nahm einen Schluck von dem Met, den er hütete wie seinen Augapfel, seit die Pest nach Caernarfon gekommen war. Dann verblaßte die fünf Jahre alte Erinnerung wieder, er zupfte sich Kletten aus den Haaren und setzte seinen mühsamen Weg fort. Und während er schlug und hackte, hoffte er, daß diese scheinbar endlose Reise zu der Gemeinde von Dolbenmaen wenigstens einen Sinn hatte. Noch ein Tag verging. Und eine weitere Regennacht, die ihn bis auf die Haut durchnäßte. Tropfnaß und frierend lag er die ganze Nacht wach. Am nächsten Morgen regnete es noch immer in Strömen. Er duckte sich unter einen Baum und wartete, bis der Himmel sich aufklärte. Ein plötzlicher Gedanke traf ihn bis ins Mark: Seit er von Caernarfon aufgebrochen war, hatte er keine lebende Seele mehr gesehen. Nirgendwo gab es auch nur einen einzigen Menschen.

Er hatte sich erkältet und taumelte stundenlang blindlings hakkend und abwechselnd frierend und schwitzend weiter. Häufig stolperte er und fiel. Schließlich stürzte er so schwer, daß er nur noch hilflos stöhnend liegenbleiben konnte, über sich sein Maultier, das ihn aus traurigen Augen betrachtete. In seinem Kopf drehte sich alles, sein Blick verschwamm … plötzlich schienen es zwei ... nein, drei Maultiere zu sein ... Viel später wachte er zitternd wieder auf. Sein Maultier war verschwunden. Und mit ihm all sein Hab und Gut, sein Proviant und sein Met. Er hatte jedes Zeitgefühl verloren und war sich nicht einmal sicher, ob er die Richtung eingehalten hatte. Dennoch fuhr er fort, sich mit sturer Beharrlichkeit einen Weg freizuhacken, von dem er hoffte, daß es der richtige war. Seine einzige Nahrung waren Brombeeren, die er sich, zusammen mit einigen Maden, in den Mund stopfte, bis Wangen und Bart schwärzlich purpurn verfärbt waren und ihm von dem weichen, breiigen Geschmack übel wurde.

Zwei Tage später senkten sich gegen Abend Nebelschleier über das Land. Nachdem Bruder Dafydd stundenlang herumgeirrt war, sah er nun eine dünne Rauchfahne zwischen den Bäumen in die Höhe steigen. Er schlich sich heran, bis er deutlich den Geruch von Holzrauch in der frischen herbstlichen Luft wahrnahm. Er spähte durch das wirre Unterholz. Und sah sein Maultier, das an einem Baum angebunden war und friedlich graste. Am Feuer saß, mit dem Rücken zu Bruder Dafydd, ein dürrer, gebeugter alter Mann mit einem groben Umhang um die Schultern. Dafydd zögerte, denn an einem Ast über dem Mann sah er mindestens sechs Totenschädel hängen, die sich langsam im Wind drehten und leise klappernd gegeneinanderstießen. Wer war denn diese alte Vogelscheuche? War das der Dieb, der einem kranken, hilflosen Mann sein Maultier gestohlen hatte?

Das Maultier hob den Kopf und sah mit aufgestellten Ohren in seine Richtung. Dafydd erstarrte. Aber das Tier senkte den Kopf wieder und graste weiter. Dafydd beschloß, den Dieb zu überrumpeln. Er legte sich auf den Bauch und kroch behutsam vorwärts.

Doch plötzlich nahm ihm etwas den Atem. Zwei Füße nagelten seine Schultern am Boden fest, und zwei starke Arme drückten

sein Gesicht in den Dreck. Er schrie und spuckte und drehte den Kopf, bis nur noch die Wange gegen den Boden drückte. Zwei Füße kamen auf ihn zu, und die Hände wurden ihm brutal auf den Rücken gefesselt.
Am Tag darauf zogen der alte Mann und sein Begleiter, ein junger Soldat, Bruder Dafydd erst einmal die Daumennägel, bevor sie sich von seinen Schreien und seinem Flehen davon überzeugen ließen, daß er wirklich ein Mönch und wirklich in Geschäften der Krone unterwegs war, und zwar im Auftrag des Sheriffs, John de Delves. Sie hatten sogar die Güte, die Fesseln zu lösen, die ihn an eine Eiche banden, und Dafydd fiel auf die Knie und flehte die Heilige Jungfrau an, ihm weitere Martern zu ersparen.
»Wollte eben nur ganz sichergehen«, sagte der gebeugte alte Mann und zog sich seinen Umhang enger um die Schultern. Bruder Dafydd weinte, seine Zähne klapperten. Der bärtige Soldat lächelte und warf ihm seine Daumennägel zu. Der alte Mann sagte etwas, und es dauerte eine Weile, bis Bruder Dafydd es begriffen hatte.
»Meint Ihr das ernst?«
Er war verblüfft.
Der alte Mann funkelte ihn nur an, und der Soldat machte sich daran, die Schädel in einen Sack zu packen.
»Seid Ihr wirklich der Lord der Gemeinde von Dolbenmaen?«
Bruder Dafydd steckte die Daumen in den Mund und saugte vorsichtig daran. Er nahm sich vor, den Alten etwas auszuhorchen.
»Rhys ap Dafydd ap Madog, Lord der Gemeinde von Dolbenmaen, war, soweit ich gehört habe, ein großer, starker Mann von stattlicher Gestalt, nicht viel älter als siebenundzwanzig Jahre. Wie es hieß, wurde er bei Crécy getötet, und seitdem sind sechs Jahre vergangen. Ich bin selber auf dem Weg in die Gemeinde, wie ich Euch gestern nacht bestimmt hundertmal gesagt habe,

und wenn wir dort ankommen, werden wir sehen, ob Ihr die Wahrheit sagt.«

Ohne etwas zu erwidern, wendete der Mann, der behauptete, Rhys ap Dafydd ap Madog, Lord der Gemeinde von Dolbenmaen, zu sein, das Maultier und setzte sich langsam in Bewegung, gefolgt von dem bärtigen Soldaten und Bruder Dafydd.

Am Abend sah Bruder Dafydd den anderen beim Essen zu.

»Wart Ihr bei Crécy?«

Der bärtige Soldat riß mit kräftigen Zähnen Fleischstücke aus einem gebratenen Hasen.

»Was geht das Euch an?«

»Es war eine entsetzliche Schlacht, soweit ich gehört habe.«

Zunächst kam keine Erwiderung. Doch nach einer Weile begann der gebeugte alte Mann mit sehr leiser Stimme zu erzählen.

»Die Schlacht von Crécy im August 1346, im vierten Jahr der Herrschaft Seiner Heiligkeit, Papst Clemens' VI. Crécy liegt einen Tagesmarsch von der Grenze der Picardie entfernt. Es ist nur ein winziges Dorf. Es war das erste Mal, daß ich den König sah, Edward III. Und seinen berühmten Sohn, den Schwarzen Prinzen, als der sich gerade hinhockte, um zu scheißen, wenn Ihr gestattet. Wir waren Abertausende. Nachts konnte man über Meilen hinweg unsere Lagerfeuer brennen sehen. Und die Franzosen waren weniger als einen Tagesmarsch entfernt. Wir standen sehr, sehr früh auf, um unsere Schwerter und Lanzen zu wetzen und unsere Bogen vorzubereiten. Und dann warteten wir. Das ist das Schlimmste, das Warten.

Am späten Nachmittag wurde der Feind gesichtet. Wir hätten uns nie träumen lassen, daß sie an diesem Tag noch angreifen würden. Die Sonne stach ihnen in die Augen, und wir hatten sie im Rücken. Aber anscheinend war der französische König wütend, weil ihn eine Wespe gestochen hatte. Schon komisch, daß eine solche Kleinigkeit soviel ausmachen kann. Und kaum hatten sie sich zum Angriff formiert, fing es an zu schütten wie aus Kübeln. Unsere Bogenschützen haben natürlich sofort die Sehnen unter ihre Kappen und Helme gesteckt, aber die Franzosen konnten mit ihren schweren Armbrüsten nichts dergleichen tun, und deshalb wurden sie ihnen naß. Wir hatten uns gerade in Schlachtordnung aufgestellt, als die französische Reiterei hügelan auf uns zustürmte, gefolgt von Hunderten von Genueser Söldnern, die alle mit Armbrüsten bewaffnet waren. Aber schon nach ein paar Pfeilschauern von unseren Schützen glitten sie auf dem schlammigen Abhang aus und fielen übereinander. Dann erhielten wir den Befehl zum Angriff. Ich gehörte zur zweiten Reiterkolonne ... Es war, als würde man über ein Meer aus Fleisch reiten, so viele Leiber lagen auf dem Boden. Die Hufe der Pferde stampften über Bäuche und Gesichter, verfingen sich in Armen oder Beinen. Der Schwarze Prinz tötete den König von Böhmen und stahl ihm sein Wappen mit den drei Straußenfedern und dem Motto *Ich dien.** Und dann unterlief mir ein Fehler. Ich war hinter einem französischen Ritter her, der in den Wald galoppierte. Ich konnte ihn schon riechen, so nahe war ich dran, als es passierte. Es gab einen plötzlichen Ruck, und ich wurde von einem Seil, das zwischen zwei Bäumen gespannt war, vom Pferd gerissen. Ich weiß nicht mehr genau, was danach passiert ist. Man warf mir einen Sack über den Kopf, und danach habe ich kein Tageslicht mehr gesehen bis – nun ja, bestimmt vier oder fünf Jahre lang. Ich war ein Gefangener, und ohne die Pest wäre ich es immer noch. Immer wieder hieß es, daß man mich im Austausch für einen von König Edwards Gefangenen freilassen würde, aber das ist nie passiert. Ich vermute, der König weiß nicht einmal, wer ich bin, obwohl ich ihm die besten Jahre meines Lebens geschenkt habe, wie es

* Seit dieser Zeit finden sich Federn und Wahlspruch im Waliser Wappen (Anm. d.Ü.).

jeder Waliser tut, der etwas auf sich hält. Aber als es dann an der Zeit war, daß er für mich etwas hätte tun müssen ... kein Gedanke.«

Ein langes Schweigen folgte. Doch schließlich sprach der Alte weiter.

»An diesem Tag hat er die Schlacht von Crécy gewonnen. Und ich habe meine Freiheit verloren.«

2

Am nächsten Morgen setzten sie ihre Reise fort. Es zeigte sich, daß der alte Mann – Dafydd erschien es das einfachste, ihn als Rhys ap Dafydd ap Madog anzuerkennen – nach den langen Jahren in der Dunkelheit beinahe blind war. Er trug etwas bei sich, das er in einem Lumpenbündel sorgfältig vor den anderen versteckte. Bruder Dafydd näherte sich ihm, weil er herausfinden wollte, was es war, aber der alte Mann beugte sich über sein Geheimnis. Nach einigen Stunden waren sie am Rand der Gemeinde angelangt. Rhys ap Dafydd ap Madog hielt sein Maultier an, hob den Kopf und schnupperte in die Luft wie ein Tier. Der Soldat ging zu ihm und besprach sich mit ihm, lief dann zu Bruder Dafydd zurück und stieß ihn brutal an.

»Zurück! Zurück!« Er drückte den Mönch gegen einen Baum. »Hände ausstrecken.«

»He! Was soll denn das? Bitte –«

Der junge Soldat fesselte Dafydd die Hände so fest hinter dem Baum, daß das Blut in den Fingern krabbelte und seine gemarterten Daumen schmerzhaft pochten. Der Soldat kniete sich hin und wickelte ein schmutziges Bündel auf, in dem sich eine

Menge Pfeile befanden. Er suchte sich etwa ein Dutzend aus, kam dann wieder zu Dafydd und zischte ihm ins Ohr: »Siehst du den braunen Fleck auf der Pfeilspitze, Mönch? Hm? Was glaubst du, was das ist? Ha? Ich sag' dir, was es ist. Es ist das Blut von einem Arschloch aus Calais. Und weißt du, warum es da drauf ist? Es ist da drauf, weil er seine Schnauze nicht halten konnte. Mit anderen Worten, weil er Krach gemacht hat, wo er still sein sollte. Und still war er dann auch, als ihm dieser Pfeil hier die Kehle aufschlitzte ...«

Dafydd zitterte und kniff die Lippen zusammen.

Der Soldat steckte die Pfeile in einen Köcher über seiner Schulter und ging dann zu seinem Herrn, der abgestiegen war und eben das Maultier festband. Er hatte sein Schwert und seinen Schild aus den Lumpen ausgewickelt, die sie vor Beschädigung schützen sollten.

Herr und Soldat schlichen von Baum zu Baum, bis sie die Kirchenmauer und einen Teil des Turmes sehen konnten. Sie blieben stehen, doch nichts rührte sich, und kein Laut war zu hören.

Vorsichtig gingen sie weiter. Als ihnen ein Dornengestrüpp den Weg versperrte, legten sie sich auf den Bauch und krochen hindurch. Etwas huschte vor ihnen vorbei. Der Soldat sprang auf und rannte stolpernd durch die Dornen, bis er über und über zerkratzt war.

»Beruhige dich, um Gottes willen! Das war doch nur ein Hase.«

Rhys ap Dafydd ap Madog hatte sich nicht gerührt. Aber niemand schien von dem Lärm aufgeschreckt worden zu sein. Sie gingen weiter.

Keine lebende Seele war ihnen begegnet, als sie schließlich, bis zu den Knöcheln in Brennesseln, neben dem Herrenhaus standen.

»Es ist niemand mehr da. Die Pest hat sie alle getötet«, flüsterte der Soldat. Doch der Lord schüttelte den Kopf und schlich auf

Zehenspitzen weiter. Sie suchten den von Nesseln, Ampfer und hartem Gras überwucherten Dorfplatz ab und gingen dann zum Herrenhaus zurück. Der Ast eines Holunderstrauchs wuchs quer über die Tür. Sie krochen darunter hindurch und mußten sich erst durch ein Gewirr von Spinnweben kämpfen, bevor sie eintreten konnten. Licht strömte durch die Löcher im Dach, und der Soldat wäre beinahe auf eine brütende Henne getreten. Der große Saal, in dem früher immer reges Treiben geherrscht hatte, war eine stumme Ruine.
Schweigend gingen sie auf und ab. Der Soldat hob den Schieferdeckel von einem irdenen Kochtopf, prallte aber sofort zurück und hielt sich die Nase zu.
»Puh!«
»Was ist es?«
»Keine Ahnung, aber auf jeden Fall verfault. Ich muß gleich kotzen.«
Die Tische und Bänke waren verschwunden, und der Boden war feucht. Gelblichschwarzes, verfaulendes Stroh lag darauf, in dem sich dürre Hühner ein Nest gebaut hatten. Der Lord griff nach einer Lederflasche, die an einem Nagel an der Wand hing. Er öffnete sie und schnupperte.
»Gut?« fragte der Soldat. Der Lord nahm einen tiefen Schluck.
»Ja.« Er warf dem Soldaten die Flasche zu, der gierig trank, bis ihm der Met über Kinn und Brust lief.
Küche und Speisenkammer waren in einem ähnlichen Zustand. Als der Lord hindurchging, huschte ein Schwarm Mäuse davon, vor Entrüstung über den ungewohnten Eindringling laut quiekend. Krüge und Töpfe lagen in Scherben herum, hölzerne Becher waren von grauem Schimmel überzogen, und eine Roßkastanie hatte, als grüner Wächter über Ödnis und Verwüstung, einen Ast durch das Dach gestoßen.
Draußen herrschte noch immer Stille. Sie sprachen kein Wort, als sie wieder ins Freie traten und auf die Schmiede zugingen.

Die Tür stand einen Spalt offen, und sie stießen sie auf. Die Schmiede war leer. Abgesehen von zwei rostigen Nägeln auf dem Boden war überhaupt nichts mehr in dem Raum. Der Lord sah den Soldaten an, doch der zuckte nur die Achseln.
»Wahrscheinlich Diebe.«
»Seit der Pest hat Eigentum keine Bedeutung mehr.«
Sie verließen die Schmiede und gingen zu den Hütten der Leibeigenen. Auch die waren verlassen und verfallen. Dann wandte Rhys ap Dafydd ap Madog sich der Kirche zu, während der Soldat zu den Ställen ging. Zwei Säue und einige dürre Ferkel wühlten in dem Stückchen Wildwuchs, der früher der Obstgarten gewesen war. Brennesseln wucherten vor dem Eingang der Kirche, das Portal war verschlossen. Der Lord stemmte die Schulter dagegen und drückte. Die Tür ging knirschend auf, körniger Staub regnete auf ihn herab. Er rieb sich das Gesicht und nieste.
Die Kirche war leer. Keine einzige Bank war mehr da, und sogar die Kanzel war verschwunden. Nur der Altar stand noch und sah aus, als hätte jemand mit der Axt auf ihn eingeschlagen. Das Gebäude war nur noch eine verstaubte, leere Hülle. Rhys ap Dafydd ap Madog sank auf die Knie und stützte das Kinn auf den Griff seines Schwerts. Als er etwas später spürte, daß der Soldat hinter ihm stand, öffnete er die Augen.
»Habt Ihr den Friedhof gesehen?«
»Nein. Warum?«
»Ihr seht es Euch besser selbst an.«
Mit pochendem Herzen stand er auf und eilte zum Ausgang. Die Nesseln brannten ihn an den Beinen, als er auf den Friedhof hinaustrat. Alle Gräber waren geöffnet, ein kleiner, längst überwucherter Erdhaufen lag neben jedem Grab. Es sah aus, als hätte ein riesiger Maulwurf hier gegraben.
Sie gingen gemeinsam weiter. Der Soldat spähte in das erste Grab, doch es war leer. Im nächsten Grab fand der Lord einen

verfaulten Sarg und ein greuliches Skelett. Er starrte den Schädel mit seinem höhnischen Lächeln an, bevor er über den Erdhügel zum nächsten Grab stapfte. Der Soldat, der ein Stück weitergegangen war, schrie plötzlich auf, und der Lord eilte über die Erdhaufen zu dem Grab, neben dem sein Begleiter kniete. Auf dem Grund lagen zwei Skelette, deren Rippen so verheddert waren, daß es aussah, als wären sie miteinander verschmolzen. Die beiden Totenschädel grinsten sich an. Der Lord kniete sich hin, legte die Faust an die Stirn und schloß die Augen.

Der Soldat lief von einem Grab zum andern. In einer Ecke war ein hoher Erdhügel, der eine große Grube nur zur Hälfte bedeckte. Der Soldat sah, daß es sich um ein Massengrab handelte, und er bekreuzigte sich, bevor er zum letzten Grab eilte.

»Iiihhh!«

Der Soldat schrie und winkte. Der Lord ging mit gemessenen Schritten zu ihm und sah, daß ein Schaf in das offene Grab gefallen war. Maden hatten sich bereits in sein Fleisch gefressen. Der junge Soldat sprang in das Grab, Knochen knirschten unter seinen Füßen. Er versuchte, das Tier herauszuheben. Der Lord packte es am Nackenfell, und gemeinsam wuchteten sie es heraus. Aber das Schaf war so schwach, daß es nur noch in den Schatten wanken konnte, um dort zu sterben.

Die Nacht brach herein, als sie den Friedhof verließen. Schnaken tanzten unter den Bäumen, die ihre Schatten auf den Dorfplatz warfen. Kein Wort fiel zwischen ihnen. Sie machten sich eben daran, Bruder Dafydd zu befreien, als der Soldat im Gebüsch am anderen Ende des Dorfplatzes eine Bewegung bemerkte. Mit federnden Schritten setzte er geräuschlos über den Platz, duckte sich an der Stallwand und schob sich dann vorwärts, so leise er konnte. Ja! Dort in den Büschen war wirklich etwas.

Der Soldat schlich näher heran.

»Hallo! Ist da jemand?«

Es war die Stimme des Lords. Im Gebüsch raschelte es, und der Soldat rannte los. Ein Mädchen sprang auf und lief schreiend davon, während der Soldat stolperte und kopfüber auf die Erde fiel. Der Lord kam schnaufend herbei.
»Wer war das Mädchen? Wo ist es hergekommen?«
»Weiß Gott«, erwiderte der Soldat und stand auf.
»Ein barfüßiges Kind, in einem grauen Wollkittel …«
»Aus der Gemeinde?«
»Woher soll ich das wissen? Aber wenigstens ist noch jemand da, und wo einer ist, können auch mehr sein.«

Bruder Dafydd schlief unruhig im Stehen, als er plötzlich ein Geräusch hörte.
»Wer ist da?«
Der Soldat hielt ihm die Hand vor den Mund.
»Das Arschloch aus Calais, weißt du noch?«
Der Lord kam dazu.
»Wir haben jemanden gesehen«, flüsterte er. »Aber wir wissen nicht, wie viele noch übrig sind oder wer sie sind. Es können ja Gesetzlose sein, vielleicht sogar Dämonen. Oder Hexen. Eins ist sicher: Heute nacht riskieren wir nichts mehr. Aber morgen werden wir noch einmal nachsehen.«
Die beiden hatten Erbarmen mit Bruder Dafydd und banden ihn los. Bald darauf waren alle drei eingeschlafen und merkten nichts von den Augen, die aus den Bäumen auf sie herabstarrten.

3

Am nächsten Morgen befahl der Soldat Bruder Dafydd, seine Kutte auszuziehen.
»Sie werden es nicht wagen, einen Mönch zu töten«, sagte der Lord, während Dafydd ein Bündel schäbiger, stinkender Kleider in die Hand gedrückt wurde.
»Ich wär' mir da nicht so sicher«, meinte Dafydd gehässig, während er sich in ein zerrissenes Wams zwängte. »Die Pest hat eine seltsame Wirkung auf die Menschen.«
Der Frühtau lag noch auf dem Gras, als sie den Dorfplatz erreichten und zu dem Kuhstall gingen, wo sie das Mädchen gesehen hatten.
»Wie alt, habt Ihr gesagt?« fragte Dafydd.
»Vielleicht sieben oder acht. Mein Gott, ich hab' sie ja nur einen Augenblick gesehen.«
Dafydd versuchte, sich an die Kinder der Gemeinde zu erinnern, an ein Mädchen, das jetzt sieben oder acht sein könnte. Aber es waren ja so viele Kinder gewesen damals, bei seinem letzten Besuch im Jahr 1347. Es war unmöglich, sie alle im Gedächtnis zu behalten.
Ein Pfeil zischte durch die frische Morgenluft und bohrte sich mit zitterndem Schaft vor den Füßen des Lords in die Erde. Aber niemand war zu sehen.
Plötzlich bellte eine Stimme: »Keiner rührt sich!«
»Ich bin es«, sagte der alte Mann. »Rhys ap Dafydd ap Madog, Lord der Gemeinde von Dolbenmaen, nach langer Zeit aus der Picardie zurückgekehrt!«
Die Sonne ging über dem zerstörten Herrenhaus auf, aber es kam keine Antwort.

»Ist meine Frau da?«
Nun war Rascheln und Flüstern im Gebüsch neben dem Obstgarten zu hören. Bruder Dafydd drehte den Kopf und spähte hinüber.
»Wer seid Ihr?« rief der Lord.
Einen Augenblick lang herrschte Schweigen, dann trat ein Junge hinter dem Kuhstall hervor. Er hielt eine Steinschleuder schußbereit in der Hand und umkreiste die drei Männer.
Eine Stimme rief plötzlich: »Waffen fallen lassen!«
Der Soldat sah den alten Mann an, und sie warfen ihre Waffen zu Boden.
»Ausziehen!«
»Wißt Ihr denn überhaupt, wer ich –«
»Auf der Stelle.«
Sie gehorchten, und als sie dann splitternackt auf dem Dorfplatz standen, tauchten von allen Seiten Leute auf, einige aus dem Kuhstall, andere aus dem Obstgarten, wieder andere aus der Schmiede und einer aus dem Herrenhaus. Sie alle trugen Waffen oder was man als solche verwenden konnte – Bogen und Pfeile, Messer, Sicheln, Sensen, Mistgabeln und Steine. Der Soldat trat einen Schritt vor und wurde von einem Stein aus einer Schleuder im Gesicht getroffen.
»Keine Bewegung!«
Der Befehl kam von einem Mann mit einer blauen Kappe auf dem Kopf und einem Bogen in der Faust. Der Soldat hielt sich die Hand vor das Gesicht. Dann stellte ein Mädchen – vielleicht dasselbe, das sie am Tag zuvor gesehen hatten – eine Lederflasche vor sie auf den Boden.
»Trinkt daraus, jeder von euch«, sagte der Mann mit der blauen Kappe.
»Was ist das?« fragte der Lord.
»Eine Arznei gegen die Pest.«
»Aber wir sind alle vollkommen gesund.«

»Trinken!«
»Was ist darin?«
»Schwarzwurz, Gartenraute und Knoblauch, alles gut in Bier eingeweicht und dann durchpassiert.«
»Hat das Euch gerettet?«
»Mund halten und trinken!«
»Dann trinkt Ihr zuerst!« rief der Lord. Der Mann mit der blauen Kappe ging zu der Lederflasche, hob sie an den Mund und nahm einen guten Schluck.

4

Wir haben nicht so recht gewußt, wo wir das richtige harzige Holz hernehmen sollten, aber sie ist innen und außen mit Pech überzogen.« Hywel Lipa ap Rhys bemühte sich, bescheiden auszusehen. »Und wie Ihr sehen könnt, haben wir die dreihundert Ellen Länge und die dreißig Ellen Breite auch nicht ganz geschafft. Wir waren uns auch nicht ganz sicher, wo das Fenster hinkommen sollte, aber dann haben wir beschlossen, es da vorne hinzumachen. Was ich sagen wollte, es tut mir schrecklich leid, was vorher passiert ist, aber heutzutage kann man einfach nicht vorsichtig genug sein. Erst heuer hat eine Bande von Geächteten kurz vor dem Fest des heiligen Jakobus das Priorat von Beddgelert überfallen und vollkommen zerstört.«
»Ich verstehe das sehr gut«, erwiderte der Lord.
Rhys ap Dafydd ap Madog, der junge Soldat und Bruder Dafydd – zu seiner großen Erleichterung nun wieder in seiner Kutte – erschraken sehr, als sie die Arche zum erstenmal sahen. Auf dem Weg dorthin kamen sie an einigen Leibeigenen vorbei,

die schwarzen Weizen droschen. Sie standen sich in Paaren gegenüber, und ihre Flegel hoben und senkten sich abwechselnd, damit sie nicht aneinanderstießen. Jeweils einer trat zurück, der andere folgte ihm, und so umkreisten sie langsam den Dreschboden.

»Chwilen Bwm?« fragte Bruder Dafydd unsicher. Es kam zu einer kaum merklichen Unterbrechung im Schlagrhythmus, als einer der Leibeigenen den Kopf hob, den Mönch ansah und dann weiterdrosch. Bruder Dafydd eilte hinter den anderen her in die Arche.

»Wie viele sind denn gestorben?« fragte der Lord und sah sich um.

»Sehr, sehr viele«, antwortete Hywel Lipa ap Rhys langsam. »Die ganze Schöpfung ist dem Wahnsinn verfallen. Auch jetzt noch leben wir wie Gespenster, wir sind wie Blätter im Herbst, die der Wind mal hierhin, mal dorthin treibt. Die Grundfesten unseres Lebens sind verschwunden, und wir spüren, daß die ganze Welt um uns zusammenbricht.«

Plötzlich stürzte in der Dunkelheit der hölzernen Arche jemand herbei und klammerte sich an den Lord.

»Ach, mein Lord, mein Lord, Ihr seid zu uns zurückgekehrt!«

»Gwythwches!« fauchte Hywel Lipa ap Rhys und riß ihre Hände weg. »Nimm dich zusammen!«

»Äh, ja, Gwythwches«, sagte Rhys ap Dafydd ap Madog. »Ja, ich bin zurück ...«

»Ihr erinnert Euch doch noch an mich? Als Ihr weggegangen seid, war ich mit Pry Gweryd verheiratet ...«

»Aber ja, natürlich. Ich erinnere mich sehr gut an dich.«

»Ihr müßt mir verzeihen. Ich kann nicht mehr richtig sehen. Diese verdammte Pest, oder was es auch war, hat mir fast mein Augenlicht geraubt.« Sie weinte. »Eure Frau Angharad, Tochter von Madog, sie ist tot, sie war eine der ersten, die starb. Und Ieuan Ddu ist auch gestorben, als er versuchte, einem der Freien zu helfen. Iolyn der Priester ist als erster gestorben, ein schrecklicher Tod. Und so viele von den Leibeigenen. Der Geruch des Todes hing über der Gemeinde ...«

»Schon gut, Gwythwches, beruhige dich wieder ...«

»Aber ich habe doch immer und immer gesagt, daß Ihr zurückkommen werdet. Auch als alle anderen schon die Hoffnung aufgegeben hatten, habe ich noch gesagt, daß Ihr zurückkommen werdet, daß Ihr Recht schaffen und alles wieder so machen werdet, wie es vor der Pest war. Damals war alles gut. Sogar die Sommer waren besser. Aber jetzt ist alles zerstört, es gibt keine Ordnung mehr ...«

»Wir tun doch alle unser Bestes, Gwythwches«, ermahnte Hywel Lipa ap Rhys sie sanft.

5

An diesem Abend bestand Rhys ap Dafydd ap Madog darauf, im Herrenhaus zu schlafen, anstatt in der Arche zusammen mit allen Leibeigenen. Es mußte Stroh herbeigeschafft werden, da alle Betten für den Bau der Arche verwendet worden waren. Chwilen Bwm und Mochyn Coed, der Leibeigene, der dem Soldaten den Stein ins Gesicht geschleudert hatte, schleppten auf gebeugten Rücken Bündel aus Stroh und Binsen in den großen Saal und warfen sie auf den Boden. Als sie wieder gehen wollten, hielt der Soldat sie auf.

»Wer leitet denn die Gemeinde seit dem Tod des Stewards?«

»Keiner.«

»Was soll das heißen, keiner?«

»Keiner und alle.«

»Aber hat denn nicht Hywel Lipa ap Rhys das Sagen?«
»Nicht mehr als jeder andere auch.«
Die Leibeigenen gingen hinaus, und der Soldat schloß die Tür hinter ihnen. Als etwas später alles still war, zog der Lord das Lumpenbündel, das er immer bei sich trug, hervor und wickelte sein Geheimnis aus. Er beugte sich darüber und hob es in die Höhe. Dann drehte er es um. Der Mönch bewegte sich im Schlaf, und der Lord packte sein Geheimnis hastig wieder ein.

6

Erzählt mir, wie es geschehen ist«, sagte der Lord zu Hywel Lipa ap Rhys, als sie am nächsten Morgen gemeinsam durch die Gemeinde schlenderten. Bruder Dafydd ging hinter ihnen und notierte sich alles für seinen Bericht an die Obrigkeit.
»Es ist eine lange Geschichte.« Hywel Lipa kniete sich hin und entfernte einige Zecken aus den Ohren des Hundes, der ihnen folgte. »Vier Ernten sind vergangen seit der Ankunft –«
»Der Pest?«
»– des Satans aus dem Wald. Es war während der Getreideernte vor vier Jahren. Ich war gerade aus Oxford zurückgekommen, und meine Füße waren noch wund und voller Blasen von dem langen Fußmarsch. Alle waren auf den Feldern, als er, der Satan, in die Kirche kam und Iocyn Fachs Leben als Opfer forderte.« Er zerdrückte eine Zecke, und das Blut spritzte ihm über den Nagel.
»Wir wissen nicht genau, was passiert ist, aber Iocyns Blut war überall. Der Satan hatte die Kirche besudelt und in den Kelch gepinkelt, es wimmelte von bösen Geistern, die das Blut des

Schmieds überall verschmierten – auf dem Lettner und den Retabeln, der Kanzel, dem Taufbecken – und entsetzliche Blasphemien aufsagten. Dann verdunkelte sich der Himmel, und gelbe Blitze zuckten zur Erde, und aus den höheren Sphären kam ein Donner, wie Ihr ihn in Eurem Leben noch nicht gehört habt. Einion Fychan der Aussätzige verlor völlig den Verstand und kreischte und schrie. Es stellte sich heraus, daß er schon seit Jahren der Diener des Satans gewesen war.« Hywel zerdrückte noch eine Zecke, und der Hund jaulte auf.
»An diesem schrecklichen Nachmittag gestand er auch, daß er es war, der die Kirche angezündet hatte –«
»Die Kirche wurde angezündet?«
»Ja, im Advent. Er hat sie aus Rache angezündet. Er wollte uns alle verfluchen, weil er im Dunkel lebte und nicht das Sakrament empfangen konnte wie wir anderen. Er hat sich gedacht, wenn er schon dazu verflucht ist, in der Hölle zu schmoren, dann nimmt er uns alle mit.«
»Dann hat also der Aussätzige die Kirche angezündet?« sagte Bruder Dafydd nachdenklich. »Aber was war mit dem Satan?«
Hywel Lipa ließ den Hund los und wischte sich die blutigen Finger im Gras ab.
»Der Satan …« Er stand auf und blickte mit leeren Augen zum Fluß hinüber. »Der Satan. Wir standen alle da und starrten Iocyn Fachs Leiche an, als er erschien …« Er sprach so leise, daß sie ihn kaum verstehen konnten.
»Wo ist er erschienen?«
»Auf einer schwarzen Ziege kam er aus der Luft geritten und stand plötzlich an der Kirchenpforte. Die Pforte des Satans, wie sie die Leibeigenen seither nennen. Niemand geht in ihre Nähe, man weiß ja nie, was passieren kann. Splitternackt stand er da und starrte uns alle mit Augen an, die so rot waren wie glühende Kohlen, und er selber war schwarz wie Ruß, und alles an ihm war in Bewegung – so –, und sein Kopf wackelte von einer Seite

auf die andere. Ein komisches, entsetzliches Geräusch kam aus seinem Mund, und dann hob er die Hand und steckte sich den kleinen Finger ins linke Ohr – so –, und von da an war Iolyn von ihm besessen.«
Der Lord war bleich vor Entsetzen. Bruder Dafydd saugte an seinen Daumen.
»Iolyn der Priester war besessen?«
»Er zwang ihn –«
»Den Priester?«
»Laßt ihn ausreden, Bruder, um Himmels willen!«,
»– eine Sichel zu nehmen – so – und sich selbst anzufassen – so etwa – und sie dann nach unten durchzuziehen – so –, bis er sich selbst in der Hand hielt, die blutige Sichel in der Rechten, und in der anderen –«
»Blutige Sichel und seinen –«
»Ja. Alle haben es gesehen, alle haben gesehen, wie der Satan Iolyn zwang, das vor ihren Augen zu tun.«
»Und dann?«
»Jemand läutete die Glocke. Ohrenbetäubend. Ieuan Ddu kam mit der Statue der Heiligen Jungfrau herbeigestürzt, und Einion Fychan wich zurück und verfluchte den Steward und spuckte ihn an, und die Spucke brannte wie Feuer, und der Steward fing an, lauthals das Glaubensbekenntnis zu schreien: ›*Credo in unum Deum, Patrem omnipotentem, factorem caeli et terrae …*‹«
»Und was hat der Satan getan?«
»Der stand einfach nur da und sah zu, aber als der Steward ihm die Tür vor der Nase zuschlug, meckerte er wie eine Ziege. Määh, määh, määh …«
Inzwischen hatten sie das Flußufer erreicht und blickten auf das langsam vorbeifließende Wasser hinunter.
»Drei Tage und drei Nächte lang sperrten sich alle in der Kirche ein. Niemand schlief, wir waren alle mit unseren Kräften am

Ende. Iolyn der Priester redete unaufhörlich, obwohl er vom Blutverlust schon stark geschwächt war. Aber wir achteten darauf, daß so wenig wie möglich von seinem kostbaren Blut verlorenging, beinahe zwei Eimer konnten wir vollmachen. Am Morgen des dritten Tages starb er dann. Und sein Tod reinigte ihn natürlich von allen Sünden und machte aus ihm wieder ein unschuldiges Lamm, während draußen der Wolf lauerte.«
»Und dann?«
»Und dann wurde der Kelch gefüllt, und er ging von Mund zu Mund, damit jeder heilige Kraft schöpfen konnte aus Iolyns Blut, das uns alle reinigte und Schutz gab vor dem Antichrist, der mit dem Aussätzigen durch die Gemeinde schlich. Und alle Kühe der Gemeinde muhten, und sie muhten Tag und Nacht. Die Frauen erkannten, daß der Satan das Vieh verflucht hatte und daß die Milch sauer und die Kühe unfruchtbar sein würden und eine Hungersnot über uns kommen würde. Schließlich faßte Ieuan Ddu sich ein Herz und sagte, er werde sich hinauswagen. Also nahm er sich die Retabel mit dem Jüngsten Gericht zum Schild und bewaffnete sich mit der Sichel und wusch sich mit dem heiligen und kostbaren Blut von Iolyn dem Priester. Und dann ging er hinaus, und die Tür schloß sich hinter ihm, und wieder mußten wir lange warten.«
»Und dann?«
»Genau einen Tag später kehrte er in die Kirche zurück. Er kam herein, und wir machten ihm Platz, damit er sich setzen konnte. Das Blut war an seinem Körper zu einer braunen Kruste getrocknet, und er hatte die Kühe gemolken. Er war sehr bedrückt.«
Hywel Lipa ap Rhys warf einen Stein ins Wasser und sah zu, wie die Wellenkreise sich zum Ufer hin ausbreiteten.
Lange Zeit sagte er überhaupt nichts, sondern starrte nur seine Hand an.
»Aber was war mit dem Satan?«
»Das wissen wir nicht. Natürlich waren wir alle halb wahnsinnig

vor Hunger und Durst, und deshalb rannten wir aus der Kirche. Aber nichts war mehr so wie vorher. Die Prophezeiungen hatten sich erfüllt. Die Tage des Antichrist waren über uns gekommen, die Schreckenszeit der Verwirrung und des Entsetzens, die dem Königreich des Lammes und dem tausendjährigen Frieden vorangeht. Versteht Ihr denn nicht? Die Leute hatten ihn gesehen, hatten den Satan mit ihren eigenen Augen gesehen, hier bei uns in Dolbenmaen!«

»Aber was hat er dann getan?«

»Er hat sich gewaschen.«

»Nicht Ieuan Ddu! Der Antichrist!«

»Aus dem Steward war kein Wort herauszubringen.«

»Der Antichrist ist gerissener und schlauer, als wir uns das je vorstellen können«, sagte Bruder Dafydd, auf einem Schilfrohr kauend.

»Was ist aus dem Aussätzigen, dem Brandstifter, geworden?«

»Auch den hat seitdem kein Mensch mehr gesehen. Soviel wir wissen, könnten sie immer noch hier sein, vielleicht tief im Wald oder hoch oben auf den Bergen.«

Ein Schweigen entstand, das nur vom Muhen der Kühe am anderen Ufer unterbrochen wurde.

»Na, vielen Dank«, sagte schließlich Bruder Dafydd und setzte sich in Bewegung.

»Da ist noch mehr.«

»Noch mehr?«

»Viel mehr. Ich habe ja noch kaum angefangen.«

»Warum erzählt Ihr uns den Rest nicht heute abend?« schlug Rhys ap Dafydd ap Madog vor. »Dann kann Bruder Dafydd das alles niederschreiben.«

7

Chwilen Bwm und Mochyn Coed arbeiteten in der Torfgrube ein Stückchen außerhalb der Gemeinde. Den ganzen Vormittag über hatten sie Torfwürfel ausgestochen, und jetzt genossen sie ihre wohlverdiente Pause, lagen im Gras und aßen Preiselbeeren.

»Ich war noch ein Dreikäsehoch, als der Lord wegging«, sagte Mochyn Coed und sah zum Himmel.

»Ich möcht' nur gern wissen, wer dieser Blödmann von einem Soldaten ist, den er bei sich hat.«

»Wie es wohl weitergehen wird? Was glaubst du?«

»Womit weitergehen?«

»Mit der Gemeinde. Ob es je wieder so sein wird wie früher?«

»Natürlich nicht. Dazu sind doch schon gar nicht mehr genug von uns übrig. Nicht genug zum Säen, zum Gräbenausheben, zum Ernten und zum Dreschen. Zu viel Arbeit und zu wenige Hände.«

»Ja. Ich glaube, du hast recht.«

»Weißt du noch, wie wir eine ganze Mannschaft waren und Ieuan Ddu uns dauernd im Nacken gesessen ist?« sagte Mochyn nach einer nachdenklichen Pause.

»Genau«, erwiderte Chwilen. »Und schau dir an, wie's jetzt ist. Nur noch ein paar Trottel, die die Arbeit tun, wie wir beide heute.«

8

Der junge Soldat war gerade dabei, ein langes Messer zu wetzen, als Rhys ap Dafydd ap Madog den großen Saal betrat. Der Lord blieb stehen und starrte mit offenem Mund die Verwandlung an. Die Spinnweben waren verschwunden, der Lehmboden gefegt. Ein Tisch und zwei Bänke standen in der Mitte des Saales, und auf dem Tisch fanden sich ein Brottopf, einige Zinnteller und eine Schüssel. Er ging in die Speisenkammer, in der vor kurzem noch die Mäuse geherrscht hatten. Doch auch die war geputzt und aufgeräumt. Ein großes Faß mit Bier oder Met stand an der einen Wand, und in einem Winkel stapelte sich ein halbes Dutzend kleinerer Fäßchen. Von einem Balken hingen ein toter Hahn, einige Hühner und eine Speckseite.
Er kehrte in den großen Saal zurück. Der junge Soldat schliff weiter sein Messer mit einem Stein, doch nach einer Weile öffnete er den Mund.
»Diese alte Frau, Gwythwches. Die sich gestern in der Arche so an Euch geklammert hat. Sie ist vorbeigekommen, nachdem Ihr zu Hywel Lipa gegangen seid.«
»Schön, daß allmählich wieder etwas Ordnung herrscht.«
»Ich hab' ihr gesagt, wir brauchen ein Bett, ein richtiges Bett. Und sie hat gemeint, sie wird mit jemandem ein Wörtchen reden.«
Der Lord setzte sich und stützte den Kopf in die Hände.

9

An diesem Abend setzten sich Rhys ap Dafydd ap Madog, Bruder Dafydd und Hywel Lipa ap Rhys im großen Saal zusammen. Es dämmerte bereits, eine Kerze flackerte. Hywel nahm seinen Bericht wieder auf.

»Etwa vier oder fünf Sonntage nachdem der Satan mit dem Aussätzigen verschwunden war, setzten bei Eurer Frau Angharad, Tochter von Madog, vor der Zeit die Wehen ein. Es hatte sich herumgesprochen, daß ein Engel sie am Aschermittwoch besucht hatte, und deshalb waren von überall Pilger herbeigeströmt, um sich von ihr segnen zu lassen. Und wir setzten alle große Hoffnungen in dieses Wunder. Wenn der Antichrist auf Erden erschienen war, so war es doch auch möglich, daß das Lamm zum zweitenmal dem Schoß einer Frau entsprang. Und so glaubte jeder, der Erlöser würde in diesem Herbst in Eifionydd zur Welt kommen, obwohl die Euter der Milchkühe sich verhärtet hatten, die Tage kürzer wurden, die Wölfe sich zu Rudeln sammelten und in den Bergen heulten und der Satan und der Aussätzige tief im Wald lauerten. Wir beteten, daß dies die Zeit der Erlösung und der Befreiung von den Sünden sei, das Ende unserer Angst und unseres Elends. So kam es, daß am Abend vor dem Fest des heiligen Cadog unsere Lady sich in ihr Bett begab. Und kurz nach Mitternacht entsprang der kleine Messias, der Retter, dem Schoß unserer gesegneten Angharad, Tochter von Madog, in der armen Gemeinde von Dolbenmaen im Jahr dreizehnhundertachtundvierzig.«

Rhys ap Dafydd ap Madog sprang plötzlich auf und stieß die Bank zurück. Bruder Dafydd starrte verblüfft und mit offenem

Mund Hywel Lipa ap Rhys an, dessen Augen sich mit Tränen gefüllt hatten.

»Alle Freien und Leibeigenen hatten sich mit brennenden Kerzen in den Händen vor dem Herrenhaus versammelt und sangen Litaneien. Wir holten Iocyn Fachs Schnitzereien und die Statue der Heiligen Jungfrau aus der Kirche. Doch dann kam Gwythwches und sagte uns, daß der Retter tot zur Welt gekommen sei. Ein Schauer überlief uns alle, ein Schauer der Angst und der Hilflosigkeit ...«

»Eine Totgeburt?«

»Es war derselbe Fluch, mit dem der Satan auch die Kühe belegt hatte. Zumindest glaubte das jeder. Eine andere Erklärung gab es nicht. In dieser Nacht hörten einige Leute den Schutzengel über dem Herrenhaus weinen.«

»Und was ist dann passiert?«

»Die Pilger machten sich betend und weinend wieder auf den Weg. Und von da an wurde das Leben immer elender. In unseren Herzen wußten wir, daß das Ende bevorstand. Es war nur noch eine Frage der Zeit, und es gab keine Möglichkeit, es abzuwenden. Der Winter, der folgte, war bitter kalt und schien kein Ende nehmen zu wollen. Ieuan Ddu ließ die ganze Gemeinde und alle Freien barfuß in einer Prozession um Kirche und Friedhof gehen. Aber es gab auch andere, die meinten, die bösen Geister könne man am besten durch Tanzen und Lachen und Fröhlichkeit fernhalten. Also wurde viel getanzt und getrunken und gehurt und auch viel gerauft. Ieuan Ddu schien allmählich den Verstand zu verlieren. Er lief herum mit einem Gesicht wie ein alter Mann und sagte, daß die Strafe über uns komme und daß wir wochenlang büßen und fasten müßten. Am Ende wollten die Leibeigenen nicht mehr arbeiten, sie verloren ihren Glauben an die Kirche und ihr Vertrauen in Ieuan Ddu. Niemand wußte, wann der Satan zurückkehren würde. Kurz vor dem Dreikönigstag kam der Prior von Beddgelert zu uns und meinte, es werde am sechsten Tag des sechsten Monats geschehen, so wie es in der Schrift geschrieben steht, und eine Sintflut werde dem Antichrist folgen. Und dann, im Februar dreizehnhundertneunundvierzig, gaben die Kühe plötzlich keine Milch mehr. Zu dieser Zeit beschlossen wir, die Arche zu bauen. Die ganze Gemeinde sägte und hämmerte und schleppte Vorräte und Brennmaterial herbei, und das Vieh wurde in einem großen Pferch in der Nähe zusammengetrieben. Aber dann kam sie, ohne jede Vorwarnung. Wie Nebel vom Fluß kroch sie langsam über uns. Zuerst wurde ein Leibeigener krank, dann ein zweiter und ein dritter, und ihre Körper waren mit schwarzen Beulen übersät. Gwythwches braute eine Arznei aus Schwarzwurz, Gartenraute und Knoblauch und anderen Zutaten, soweit sie sie bekommen konnte, Mutterkraut und Gänsefingerkraut ...«

»Hat sie geholfen?«

»Nun ja, eigentlich nicht, wie Ihr seht.« Hywel Lipa sah zu, wie das Wachs am Kerzenschaft entlangtropfte und dabei langsam erstarrte.

»Am Ende mußten wir auf dem Friedhof eine große Grube ausheben. Jeden Tag starben so viele, daß die Leute allmählich um ihr Seelenheil bangten, denn sie fürchteten, irgendwann würden keine Männer mehr übrig sein, und dann müßte eine Frau die Sterbesakramente spenden. Aber nach fünf Sonntagen ging sie wieder von uns und hinterließ großes Leid und Wehklagen. Wir Überlebenden waren so verzweifelt, daß wir mit Freuden an den Tod dachten und alle Gräber öffneten, um den Verstorbenen die Reise ins himmlische Königreich zu erleichtern ...«

Die Kerze war niedergebrannt. Ein Windstoß pfiff unter der Tür hindurch und flüsterte im Stroh.

10

Einige Tage später, nachdem Rhys ap Dafydd ap Madog und Bruder Dafydd das, was von der Gemeinde noch übrig war, einer gründlichen Prüfung unterzogen hatten, wurde beschlossen, in der Kirche eine Messe abzuhalten. Es waren nur etwa fünfzehn Gläubige anwesend. Bruder Dafydd leierte murmelnd den Gottesdienst herunter und spendete das Sakrament.

»Diesmal war Gott euch noch gnädig«, sagte er. »Aber wir wissen nichts von Seinen Wegen, und die Sintflut kann immer noch kommen, um die Erde zu zerstören. Ihr müßt lernen, Seinem Heiligen Gesetz zu gehorchen, so wie ihr euren irdischen Herren gehorcht. Haltet euch von der Sünde fern und hegt keine Bosheit in euren Herzen. Vom heutigen Tage an soll jede Arbeit in dieser Gemeinde dem größeren Ruhme Gottes, der Heiligen Jungfrau und allen Heiligen und der guten Königin Isabella gewidmet sein. Amen.«

11

Draußen sind zwei Leibeigene, die Euch sehen wollen«, verkündete der Soldat. Der Lord wickelte hastig sein Geheimnis in Lumpen ein. Chwilen Bwm und Mochyn Coed betraten das Herrenhaus.

»Ja?«

»Wir möchten gern mit Euch darüber sprechen, wie es weitergehen soll«, sagte Chwilen Bwm.

Der Lord sah ihn überrascht und leicht entrüstet an.

»Wir haben ... das heißt ... also, wir haben nachgedacht. Einige von uns haben in der Arche alles durchgesprochen, und, ähm, wir sind zu dem Schluß gekommen, daß ... also, daß wir lieber für jemand anderen arbeiten wollen. Gegen Lohn. Arbeit gegen Geld, das ist ...«

Der Lord sprang auf.

»Arbeit gegen Geld? Aber ihr seid das Eigentum der Gemeinde! Ihr gehört mir. Beide gehört ihr verdammt noch mal mir. Wer versucht, mir mein Eigentum zu stehlen?«

Die Leibeigenen sahen sich verlegen an. Chwilen Bwm atmete tief durch.

»Einion ap Gruffydd, aus Gwely Gwgan. Er hat die Pest überlebt, und jetzt besitzt er eine Menge Land. Er braucht Leute, die es bearbeiten.«

»Aber das dürft ihr nicht! Ihr dürft die Gemeinde nicht verlassen. Habt ihr denn nicht gehört, was Bruder Dafydd gestern in der Kirche gesagt hat? Wer wird denn dann melken? Und pflügen? Wer wird die Schafe scheren? Und sie hüten? Wer wird Torf stechen? Und wer wird die Schweine schlachten? Säen und ernten? Wasser schleppen? Die Einfriedungen

instand halten? Wer wird die ganze Arbeit tun, hm? Sagt mir das!«
Chwilen Bwm trat einen Schritt vor und sah dem Lord direkt in die Augen.
»Seit ich ein Dreikäsehoch war, hat man mir eingebleut, daß ich Euch brauche, daß ich ohne Euch nicht leben könnte. Aber jetzt merke ich allmählich, daß es genau andersherum ist, daß es immer andersherum gewesen ist und daß ich nur zu dumm war, es zu erkennen.«

12

Was?«
»Das hat er wortwörtlich so gesagt.« Der Lord schäumte vor Wut, als er etwas später Bruder Dafydd begegnete.
»Hat er das ernst gemeint?«
»Vollkommen. Wenn sie ihre Drohung wahr machen, ist es um uns geschehen. Die Welt wird wirklich auf den Kopf gestellt, wenn die erst einmal Geschmack am Geld bekommen haben.«
»Wer hat ihnen nur auf einmal diese Flausen mit dem Geld in den Kopf gesetzt? Die Heilige Kirche hat doch immer die Tugenden der Armut, der harten Arbeit und des Zufriedenseins mit dem eigenen Stand gepredigt. Ihr habt recht, wenn die erst einmal Geschmack am Geld bekommen haben, lassen sie sich durch nichts mehr aufhalten, bis sie alle Schätze des Satans in Händen halten. Sie werden immer mehr wollen.«
»Was soll ich tun?«
»Ihr müßt dem sofort Einhalt gebieten. Es im Keim ersticken.

Es ist nur Hochmut und ketzerisches Gift. Es ist eine Todsünde, wenn die Niedersten der Niederen, Abschaum wie diese da, versuchen, sich über ihren Stand zu erheben. Niemand darf den Platz verlassen, den Gott für ihn bestimmt hat.«

»Aber was soll ich jetzt *tun*?«

»Das Gesetz ist auf Eurer Seite.«

»Welches denn?«

»Wißt Ihr das denn nicht? Letztes Jahr wurde eine neue Vorschrift in Kraft gesetzt. Der König und sein Thronrat haben in ihrer Weisheit genau diese Gefahr vorausgesehen. Sie haben ein neues Gesetz zum Frondienst erlassen, das besagt, daß kein Leibeigener die Gemeinde seiner Geburt verlassen und auch nicht mehr als eine angemessene Gegenleistung für seine Arbeit verlangen darf. Das Gesetz ist natürlich als Schutz der Schwachen und Hilflosen vor habgierigen, ungehorsamen und halsstarrigen Leibeigenen gedacht. Die armen Dinger, die Pest hat sie völlig um den Verstand gebracht.«

13

Und was haben sie gesagt?« fragte Nest, Tochter von Iorwerth Gam, nachdem Chwilen Bwm zum zweitenmal beim Lord gewesen war.

»Er hat gesagt, er kann uns alle aufhängen, wenn wir die Gemeinde verlassen. Anscheinend gibt's da ein neues Gesetz aus London ...«

Ein bedrücktes Schweigen entstand. Nest nahm den Säugling in den Arm und gab ihm die Brust.

»Und was sollen wir jetzt tun? Hierbleiben?«

»Wir müssen eben noch einmal darüber nachdenken. Und zwar sehr gründlich. Dann werden wir schon sehen.«

14

Gwythwches häutete am Tisch einen Hasen, als Rhys ap Dafydd ap Madog naß bis auf die Haut den großen Saal betrat. Es regnete heftig, und Wasser tropfte durch die Löcher im Dach, das zu reparieren noch niemand Zeit gefunden hatte. Er ging zu dem Winkel, wo er sein Geheimnis versteckt hatte, und zog es hervor. Dann trug er es zum Tisch und wickelte es aus.

»Was ist denn das?« Gwythwches riß erstaunt die schwachen Augen auf.

»Etwas, mit dem man Ordnung in die Zeit bringen kann, Gwythwches.«

»Und wie macht man das?«

»Indem man sie mißt. Indem man sie in Stunden und Minuten unterteilt.«

»Und dieses Instrument kann das?«

»Ja. So, siehst du?«

Gwythwches beugte sich wieder über den Hasen.

»Als wir noch alle in der Arche gehaust haben, hat mir eins großen Kummer bereitet. Da wachsen Kinder auf, die nicht wissen, was es heißt, unter der Herrschaft eines Lords, einer Gemeinde oder eines Stewards zu leben. Daraus kann doch nichts Gutes entstehen.«

Sie legte ihr Messer weg und setzte sich neben den Lord, der seine Uhr anstarrte. Regen tropfte vom Dach. Gwythwches sah in seine Richtung, bis er sich ihr zuwandte.

»Wer seid Ihr wirklich?«
Der Lord erschrak heftig, faßte sich dann aber wieder und sah sie mit halbgeschlossenen Augen an. Gwythwches legte ihm die Hand auf den Arm.
»Ich habe kein Sterbenswörtchen gesagt. Niemand weiß es.«
»Seit wann weißt du das schon?«
»Schon seit dem ersten Tag, als ich in der Arche Eure Hand faßte.«
»Aber du hast es niemandem gesagt?«
»Keiner Menschenseele. Nein.«
»Was ist mit diesem Leibeigenen, diesem Chwilen Bwm? Hat der etwas gemerkt?«
»Chwilen Bwm ist zu dumm, um sich richtig zu erinnern.«
»Was wirst du jetzt tun?«
»Nichts.«
»Nichts?«
»Wenn Ihr wieder Ordnung in die Gemeinde bringen könnt, wenn Ihr alles wieder so machen könnt, wie es vor der Pest war, dann werde ich kein Wort sagen.«
»Obwohl du weißt, daß ich nicht Rhys ap Dafydd ap Madog bin?«
»Genau.«
»Und was verlangst du dafür?«
»Ich hab's Euch doch gesagt. Nichts.«
»Willst du nicht wissen, wer ich wirklich bin?«
»Nein. Zuerst habe ich geglaubt, ich will es wissen, aber inzwischen will ich es lieber nicht. Die Unwissenheit kann ein großer Trost sein.«
Sie machte sich wieder an ihre Arbeit, während er zusah, wie der Regen durchs Dach tropfte.

15

Einige Tage später brach Chwilen Bwm mit Nest und dem Säugling nach Gwely Gwgan auf, um für Einion ap Gruffydd zu arbeiten. Mochyn Coed hatte beschlossen, doch lieber zu bleiben. Am Abend zuvor hatte man in der Arche gefeiert, Bier und Met waren in Strömen geflossen. Seit der Pest hatten die Leute keinen solchen Spaß mehr gehabt. Die meisten hatten Kopfschmerzen.

Als die kleine Familie den Dorfplatz überquerte, kam der Lord aus dem Herrenhaus.

»Wo wollt denn ihr hin?«

»Das wißt Ihr sehr genau«, erwiderte Chwilen und schob sich sein schweres Bündel auf dem Rücken zurecht.

»Soldat!« rief der Lord. Der junge Soldat kam herbei, ging in Stellung und zielte mit dem Bogen auf die Gruppe.

»Was habt Ihr –«

»Halt den Mund, Mädchen!« Der Soldat zog die Sehne noch weiter zurück. Bruder Dafydd kam aus dem Herrenhaus, um zuzusehen. Der Lord baute sich vor Chwilen auf. »Wenn du auch nur einen Fuß über die Grenze der Gemeinde setzt, habe ich keine andere Wahl, als das Gesetz walten zu lassen.«

Eine Gruppe Leibeigener lief auf dem Dorfplatz zusammen. Der junge Soldat warf ihnen über die Schulter nervöse Blicke zu. Gwythwches marschierte aus dem Herrenhaus, baute sich vor Nest auf und gab dem Mädchen eine Ohrfeige.

»Du bist es, Nest, Tochter von Iorwerth Gam. Du bist schuld an diesem ganzen Aufruhr! Ich hab' doch immer gesagt, daß nichts Gutes dabei herauskommen kann, wenn hohes sich mit niederem Blut vermischt. Es ist unnatürlich. Du warst ein freies

Mädchen von den Lehnsgütern, und jetzt schau dich an! Nicht besser als eine Leibeigenenschlampe!«
»Wir gehen!« rief Chwilen Bwm. »Niemand hat das Recht, uns aufzuhalten!«
»Du brichst das Gesetz, Leibeigener! Du bist ungehorsam gegenüber deinem Herrn und deinem Gott. Schämst du dich denn nicht?«
»Aber versteht doch! Die Pest hat alles verändert. Uns ging es gut, bis der Lord zurückkam. Drei Ernten lang waren wir niemandem Rechenschaft schuldig. Keinem Menschen. Die Pest hat uns über uns selbst hinauswachsen lassen, hat uns dazu gebracht, uns in einem neuen Licht zu sehen.«
»In welchem neuen Licht?« fragte der Lord verächtlich.
»Ich werde es Euch erklären. Die Pest hat jeden gestraft. Niemand wurde verschont. Der größte Lord, der heiligste Abt und der niederste Leibeigene, sie alle mußten sterben. Der Lord beschützt uns, hat es immer geheißen. Aber vor der Pest konnte er uns nicht retten. Die Lords haben versagt. Die Kirche hat versagt. Wenn die Pest eine Strafe für unsere Sünden war, warum hat uns die Kirche nicht geholfen und uns gewarnt?«
»Das hat sie doch!« schrie Bruder Dafydd zornentbrannt. »Immer und immer wieder hat sie euch gewarnt. Aber ihr habt ja nicht hören wollen.«
»Und was war dann mit Ieuan Ddu? Wurde er gerettet, weil er sich in der Kirche vor unseren Augen den Rücken blutig geschlagen hat? Auch er mußte sterben.«
»Ich verbiete dir zu gehen, Leibeigener.«
»Ihr könnt mich nicht aufhalten. Ich bin ein anderer geworden. Seit der Pest sehe ich mich in einem neuen Licht. Ich weiß, daß Veränderung möglich ist, wie gering und wie langsam sie am Anfang auch sein mag. Daß wir stark sind stark durch unsere Arbeit. Stärker, als Ihr je sein werdet.«
Bruder Dafydd drehte sich um und funkelte den Lord an, der

noch näher an Chwilen herantrat und mit gütigerer Stimme als zuvor auf ihn einsprach.
»Chwilen, hör mir einen Augenblick zu. Keine Veränderung kann mehr sein als ein Schluckauf im Vergleich mit der Wirklichkeit menschlichen Leids. Die Sterne bleiben dieselben. Die Jahreszeiten haben immer wieder dieselben Farben. Berge und Meere bleiben unverändert. Denn hinter allem steht Gottes Ordnung. Bruder Dafydd hier wird dir sagen, daß vor dem Auge Gottes alle von uns, ob König, Prälat, Lord oder Leibeigener, nicht mehr sind als Insekten, die sich im Gras streiten.«
»Denk an deine unsterbliche Seele, Chwilen!« Bruder Dafydd konnte sich nicht länger zurückhalten. »Das Paradies erwartet dich, wenn du ein gutes Leben führst und die sieben Todsünden vermeidest. Das Paradies ist die Belohnung für unser irdisches Leiden.«
»Aber solange wir hier auf der Erde sind, brauchen wir die Gnade und den Schutz der Kirche und der Sakramente?«
»Genau.«
»Also habt Ihr noch immer Macht über uns?«
Bruder Dafydd wandte sich empört ab.
»Ich kann mit ihm nichts machen. Er ist nicht bei Sinnen. Wer hat ihm nur diese verrückten Ideen in den Kopf gesetzt, das möcht' ich gern wissen.«
»Was hast du jetzt vor?« fragte der Lord.
»Ich werde gegen Geld in Gwely Gwgan arbeiten, und zwar für Einion ap Gruffydd«, erwiderte Chwilen prompt und hielt dann einen Augenblick inne. Seine nächsten Worte schien ein innerer Zwang aus ihm herauszupressen. »Es ist, als hätte die Wand einen Riß bekommen. Und was ich jetzt tun will, mehr als alles in der Welt, ist, eine Brechstange in diesen Riß zu stecken, das ganze Haus niederzureißen und dann noch einmal ganz von vorne anzufangen.«
Vor allem diese aufrührerische Rede war es, die schließlich dazu

führte, daß Chwilen Bwm, Nest, Tochter von Iorwerth Gam, und der Säugling in die ungenutzte Schmiede gesteckt wurden, während der Lord und Bruder Dafydd sich überlegten, was sie mit diesen Ketzern, diesen Vipern im Nest tun sollten.

16

Wegen des unerhörten Aufbegehrens ließ der Lord Bruder Dafydd dreimal am Tag die Messe lesen.

»Es ist kein Wunder, daß Gott die Pest geschickt hat, wenn man bedenkt, wie lax und unmoralisch alles geworden ist. Wer die Hände in den Schoß legt, dem schafft der Satan Arbeit. Diese Leibeigenen haben nur nach ihrer Lust und Laune gelebt, ohne an die Folgen zu denken. Es wird Zeit, daß wir ihnen zeigen, wer der Herr im Haus ist. Eine strenge Herrschaft muß her. Vor allem für die Jungen. Harte Arbeit, ein ordentliches Leben und jede Menge Drill mit Pfeil und Bogen, das ist es, was sie brauchen. Ein gesunder Geist in einem gesunden Körper. Und wir müssen den Willen dieser gefährlichen Ketzer in unserer Mitte brechen. Sie sind eine ernste Bedrohung für die Art, wie wir leben.«

Und so herrschte wieder einmal reges Treiben in der Kirche. Kerzen, Statuen und Reliquien waren sehr gefragt. Chwilen Bwm, Nest und der Säugling blieben in der Schmiede eingesperrt, wo sie verzweifelt überlegten, ob es einen Ausweg aus ihrer Notlage gab.

17

Fremde kommen ins Dorf«, rief Gwythwches. Der junge Soldat sah aus dem Fenster, packte seinen Bogen und lief hinaus auf den Dorfplatz. Angestrengt spähte er durch den Morgennebel und rief dann zu Mochyn Coed hinauf, der zusammen mit einigen Leibeigenenkindern das Dach des Kuhstalls ausbesserte.

»Kannst du auf dem Damm etwas erkennen?«

»Zwei Männer auf Pferden und ein paar Soldaten.« Der Soldat lief zum Fluß hinunter. Durch den leichten Nieselregen sah er einen dürren jungen Mann auf einem Pferd neben einem anderen jungen Mann, der die Uniform des Vogts von Cricieth Castle trug. Sie ritten durch den spritzenden Morast auf ihn zu, während die Soldaten über den Damm zum Dorf marschierten.

»Seid mir gegrüßt!« rief der Dürre. Der Soldat nickte und führte sie ins Dorf. Auf dem Dorfplatz drängten sich bereits einige Leibeigene mit ihren Kindern, als der Lord heraustrat, um die Fremden zu begrüßen und ins Herrenhaus zu bitten. Gwythwches brachte Glühwein und stellte Becher vor sie auf den Tisch.

»Dies ist mein erster Besuch in diesem Bezirk, seit ich Anfang des Jahres mein Amt übernommen habe«, sagte der Vogt. Er straffte die Schultern, um etwas gebieterischer auszusehen, und trank einen Schluck von dem heißen Wein. »Darf ich euch Francesco Datini II. vorstellen, der aus Genua gekommen ist, um hier bei uns im Norden einige Burgflecken zu besuchen? Wir wollen versuchen, nach dem Chaos, das die Pest angerichtet hat, die Geschäfte hier in unserer Gegend wieder etwas zu beleben.«

Francesco Datini II. begrüßte den Lord in Französisch, was für alle eine Selbstverständlichkeit war. Der Vogt fuhr fort:
»Obwohl noch jünger als ich selbst, ist Signor Datini doch bereits ein erfahrener und scharfsinniger Geschäftsmann mit vielen aufregenden Ideen. Und er hat mir auf dem Weg hierher eine höchst amüsante Geschichte erzählt.«
Francesco Datini nahm mit ernstem Gesicht den Faden auf.
»Ich fürchte nur, sie ist ganz und gar nicht lustig. Es passierte, als ich noch ein Junge war. Mein Vater, der, wie wir glauben, kurz vor den Tagen der Pest in einem Sturm umgekommen ist, war ein erfolgreicher Geschäftsmann, wie auch schon mein Großvater vor ihm. Eines Tages, ich war damals noch sehr klein, setzte er mich auf einen sehr hohen Schrank und befahl mir zu springen. Er schwor, er würde mich auffangen. Ich spähte über die Knie nach unten, und der Boden war sehr weit weg. Es war ein ziemlich tiefer Fall, ein verdammt tiefer Fall. Aber mein Vater hörte nicht auf, mich zu drängen. ›Komm schon‹, sagte er. ›Spring! Ich fang' dich.‹ Ich saß also da oben und sah hinunter, und er rief zu mir herauf. Und wißt ihr, was dann passiert ist?«
»Nein. Was?«
»Ich bin ganz ohne Hilfe von diesem hohen Schrank heruntergeklettert. ›Warum bist du nicht gesprungen?‹ wollte mein Vater wissen. ›Weil ich letzte Woche schon gesprungen bin, als Großvater gesagt hat, er fängt mich auf.‹ – ›Na, dann hast du deine Lektion als Geschäftsmann ja gelernt‹, meinte mein Vater.«
Sie kicherten anerkennend, aber Datini wurde schnell wieder ernst.
»Aber laßt uns jetzt zum Geschäft kommen. Ich bin sicher, daß ihr hier in Dolbenmaen, wie die Leute überall, seit der Pest mit großen Problemen zu kämpfen habt. Zu wenig Arbeitskräfte, hohe Preise, neue Spannungen, überhandnehmende Kirchenfeindlichkeit, um nur einige wenige zu nennen.«
»In der Tat«, erwiderte der Lord düster.

»Also laßt uns vollkommen offen und ehrlich miteinander sein.« Datini sah Gwythwches scharf an, doch der Lord nickte ihm aufmunternd zu, und so fuhr er fort:
»Im Augenblick und, soweit ich das überblicken kann, auch in den nächsten Jahren sind die Leibeigenen stark und wir schwach. Falls die das je erkennen, könnte die Lage wirklich sehr mißlich werden.«
Der Lord stimmte ihm aus vollem Herzen zu.
»Es wäre deshalb wirklichkeitsfremd, mit Gewalt den Zustand wiederherstellen zu wollen, den wir vor der Pest hatten.«
Gwythwches warf ihm einen fragenden Blick zu, doch Datini fuhr fort.
»Nein, dazu hat sich zu viel verändert. Aber es gibt einen Weg, wie wir uns über Wasser halten können. Indem wir uns nämlich die neue Dreieinigkeit zunutze machen, die seit der Pest in die Welt gekommen ist. Diese neue Dreieinigkeit ist Geld, Macht und Sex. Sie werden die Grundlage einer neuen Moral sein. Diese drei, und das Wichtigste von diesen dreien ist –?« Datini hielt inne und sah den Lord fragend an.
»Die Macht?« fragte er zögernd. Der Händler und der Vogt schüttelten die Köpfe.
»Sex?« fragte er noch einmal. Und wieder hatte er sich getäuscht. Er lehnte sich zurück, und die drei Männer lächelten einander in neu entdeckter Übereinstimmung an. Datini beugte sich über den Tisch.
»Erlaubt mir, Euch noch eine Geschichte zu erzählen, um zu verdeutlichen, worauf ich hinauswill. Vor Jahren bereitete Euer König sich auf den Krieg mit Frankreich vor. Aber in seinen Truhen war dafür bei weitem nicht genug Geld. Also wandte er sich an einige der größten Florentiner Bankhäuser um Hilfe. Auch heute kennt noch niemand die genauen Zahlen, aber man nimmt an, daß er sich von den Bardi zwischen sechshundert- und neunhunderttausend Florin und von den Peruzzi noch ein-

mal die gleiche Summe geliehen hat – Darlehen, für die er den Banken die Einkünfte aus der englischen Wollsteuer als Sicherheit überschreiben mußte. Doch die brachten nicht genug ein, er konnte deshalb, seinen Zahlungsverpflichtungen nicht nachkommen, und die Banken brachen zusammen. Zuerst die Peruzzi, im Jahr dreizehnhundertdreiundvierzig, und ein Jahr später auch die Bardi. Und der Ruin der beiden Riesen zog auch den Untergang der Acciaiuoli nach sich. Kapital verschwand, Werkstätten mußten schließen, Handel und Löhne gingen dramatisch zurück. Allein in Siena und Florenz stürzten Hunderte, wahrscheinlich Tausende in den Ruin. Dann kam die große Hungersnot von dreizehnhundertsiebenundvierzig und, wie Ihr wißt, ein Jahr später die Pest. Damals wurde natürlich von den Kanzeln gepredigt, das alles sei ein Teil von Gottes Plan, die Welt für ihre Sünden zu bestrafen …«

»Aber Ihr sagt –«

»– daß alles mit den Naturgesetzen erklärt werden kann. Es ist nichts Geheimnisvolles oder Übernatürliches daran. Es gibt nichts außer der stofflichen Welt. Wir glauben nicht mehr an Feen. Warum sollten wir da an Gott glauben? Die Armut ist keine Tugend. Dem Wohl der Gesellschaft dient am besten, wer soviel Reichtum wie möglich anhäuft.«

»Das Wohl der Gesellschaft …«, murmelte der Lord leise. »Also was ratet Ihr?«

»Folgendes. Die neue Gesellschaft wird sich viel schneller bewegen als die alte. Wir dürfen nicht mehr zu den alten Produktionsmethoden zurückkehren. Es gibt auch einen viel einfacheren Weg, die Leibeigenen in ihrer Stellung zu halten und gleichzeitig noch mehr Geld herauszuschlagen. Ihr müßt nur das Land der Gemeinde in Streifen unterteilen und sie an jeden Leibeigenen, der sich dafür interessiert, verpachten. Gegen Geld. Wenn einer das nicht will, gebt ihm Lohn als Gegenleistung für seine Arbeit.« Datini nahm die Uhr in die Hand. »Bezahlt ihn stundenweise als Euren Diener. Aber achtet darauf, daß Ihr ihn nur mit Geld bezahlt. Dann kann er die Waren kaufen, die Ihr produziert.«

»Aber was sollen wir denn produzieren?«

»Schafe. Wolle und Fleisch. Dann braucht Ihr weniger Leibeigene, die für Euch arbeiten. Weniger Arbeitskräfte. Weniger Kosten. Mehr Profit.«

»Ja-a. Ja! Ich verstehe, worauf Ihr hinauswollt.«

»Die Wolle exportiert Ihr über Cricieth zu mir nach Italien. Ich bezahle Euch dafür. Dann könnt Ihr Euch kaufen, was Ihr wollt. Weine aus der Gascogne, Gewürze und getrocknete Früchte aus Arabien, wonach Euch gerade der Sinn steht. Geld öffnet Türen. Diese drei Dinge, und das wichtigste ist –«

Der Lord hob seinen Becher.

»Auf Gott und den Profit.«

»Auf Profit und Gott.«

18

Chwilen Bwm trat mit Nest und dem Säugling aus der Schmiede in den Rauhreif hinaus. Es war ein kalter Morgen, die Luft schneidend wie eine Klinge. Der Atem dampfte in weißen Wolken aus ihren Nasen, und sie waren von Kopf bis Fuß eingemummt. Der junge Soldat brachte sie zum Herrenhaus. Dort kauerte der Lord vor dem Torffeuer und wärmte sich die Hände. Gwythwches streckte den Kopf zur Tür herein, um zu sehen, wer gekommen war.

Nest saß geduckt auf einer Bank und drückte den Säugling an

sich, Chwilen stand zitternd daneben. Nach einer Weile stand der Lord auf und kam zu ihnen.
»Ich will nicht lange um den heißen Brei herumreden. Ich habe dir ein Angebot zu machen, Chwilen. Ich halte es für ein sehr günstiges, aber es liegt ganz an dir, ob du es annimmst oder nicht.«
Der Leibeigene musterte ihn argwöhnisch. Der Lord nahm seine Uhr in die Hand.
»Ich weiß, was du vorhattest. Du wolltest als Handlanger zu Einion Gruffydd gehen. Aber wenn du zu dem gehst, wirst du für den Rest deines Lebens ein Handlanger bleiben. Es ist nicht sehr wahrscheinlich, daß du je genug Geld zusammenbringen kannst, um dir dein eigenes Stückchen Land zu kaufen. Aber das wolltest du doch eigentlich, oder?«
Der Säugling wimmerte, und Nest drückte ihn enger an sich. Der Lord ging ein paar Schritte und kam dann zurück.
»Du hast Glück, denn ich bin ein vernünftiger Mann und habe ein besseres Angebot für dich. Ich weiß, daß du ein guter Arbeiter bist. Du warst der Gemeinde ein treuer Leibeigener und – na ja, im großen und ganzen – gehorsam. Und ich glaube, wir alle wissen, daß wir zur alten Ordnung nicht zurückkehren können. Also, um es kurz zu machen, was ich dir anbiete, ist die Gelegenheit, ein Stückchen Land zu pachten, das du als dein eigener Herr bearbeiten kannst.«
Nest sah vom Lord zu Chwilen, der ins schwelende Torffeuer starrte.
»Wenn du gut über die Runden kommst, wirst du ein freier Pächter sein, aber wenn schwere Zeiten kommen, kannst du immer noch als Handlanger gehen. Und ich werde dir einen Lohn zahlen. Wir stehen an der Schwelle zu einem neuen Zeitalter, Chwilen. Es ist das Zeitalter des Marktes, der Produktion! Es hält gewaltige Möglichkeiten für alle von uns bereit, ob Herr oder Diener. Jeder von uns, von Dolbenmaen bis Siena, ist den

Marktkräften ausgeliefert, und ob wir es wollen oder nicht, wir müssen uns den Gesetzen des Geldes unterwerfen. Hast du den Mut, zusammen mit uns über die Schwelle in diese aufregende neue Welt zu treten? Einzutreten und ein Teil davon zu werden? Du könntest sogar deinen Namen ändern. Ein freier Mann will doch nicht mehr Maikäfer heißen. Ich hätte nichts dagegen. Was sagst du dazu?«

Doch während er noch sprach, verdunkelte sich der Himmel. Mißklänge drangen aus den Wäldern, als würden die Heerscharen der Zukunft sich dort versammeln. Chwilen drückte die Hände an die Ohren, kniff fest die Augen zusammen und sah, tief im Wald, Salah Ibn al Khatib und Einion Fychan, den Aussätzigen, sich mit dürren Armen, die einen weiß, die anderen schwarz, aneinanderklammern. Das Entsetzen stand in ihren tiefliegenden, weit aufgerissenen Augen, und in diesem Augenblick wußte Chwilen, daß seine Geschichte eben erst begann.

Zur Aussprache der walisischen Orts- und Eigennamen

Für Leser, denen die keltischen Sprachen fremd sind, sehen die walisischen Namen vermutlich etwas merkwürdig aus. Um zu zeigen, daß sie, zumindest zum Teil, nicht nur merkwürdig aussehen, sondern auch so klingen, und als kleine Hilfestellung beim Lesen hier nun einige lautliche Umschreibungen, die in etwa den Klang dieser Sprache wiedergeben sollen. Allerdings ist zu bedenken, daß es sich hierbei nur um Näherungen handeln kann, da der Lautstand der deutschen Sprache und der des Walisischen nicht identisch sind.
Noch einige Hinweise zur Benutzung: Die Namen erscheinen hier in der Reihenfolge, in der sie im Buch auftauchen. Θ bedeutet einen Konsonanten, der ungefähr dem englischen *th*, das Zeichen ə einen Vokal, der in etwa dem in dem englischen Wort *the* entspricht. Außerdem ist es hilfreich, wenn man sich, vor allem bei den Vokalen, eher den bairischen als den hoch- oder norddeutschen Klang vorstellt.

Der Übersetzer

Eigennamen

Chwilen Bwm	chuilen bum
Einion Fychan	ainion f ə chan
Hwch Ddu	huch Θi
Gwythwches	gwiΘuches
Iolyn	iolin
Iorwerth Gam	iowerΘ gam
Nest Gam	nest gam
Mato ap Tudur Hen	mato ap tidir hen
Ieuan Ddu	iuan Θi
Dafydd	dafiΘ
Rhys ap Dafydd ap Madog	ris ap dafiΘ ap madog
Angharad	angarad
Iocyn Fach	iokin fach
Tegwared ap Rhys	tegwared ap ris
Iorwerth Foel	iorwerΘ foil
Eryl Fychan	eril f ə chan
Rhys ap Madyn ap Espyn	ris ap madin ap espin
Hywel Lipa ap Rhys	h ə wel lipa ap ris
Aberconwy	aberkonwi
Meurig	mairig
Pry Gweryd	pri gwered
Iasbis ap Dafydd	iasbis ap dafiΘ
Cadwgan ap Ifor	kadugan ap ifor
Baedd Mawr	BaiΘ maur
Mochyn Coed	mochin koid
Cadog	kadog
Einion ap Gruffydd	ainion ap grifiΘ

Ortsnamen

Eifionydd	aifioniΘ
Dolbenmaen	dolbenmain
Conwy	conwi
Llyn	chlin
Caernarfon	cairnarfon
Aberglasyn	aberglasin
Cricieth	krikieΘ
Beddgelert	beΘgelert
Chwilog	chuilog
Clynnog	kl ə nog
Nantcyll	nantkichl
Nantgwynant	nantgwinant
Dwyfor	doifor
Harlech	harlech
Biwmares	bjumares
Glyn y Groes	glin ə grois
Clenennau	klenenai
Penyfed	pen ə fed
Gwely Gwgan	gweli gugan

Inhalt

Fünf-Sterne-Ideen zum Verschenken